Remember our Love

MÉLANIE CHALON

Remember our Love

Cherry Publishing

Première édition : juillet 2023

ISBN : 978-1-80116-520-4

1

Naya

NOËL 2015

Cette année, les fêtes se passent sans aucune dispute. Chose surprenante ; mes parents ne m'ont encore fait aucun reproche depuis le début du repas.

La neige est d'ailleurs au rendez-vous, ce qui est rare de nos jours. Un vrai miracle. Du coin de l'œil, je couve mon frère d'un regard protecteur. Il y a quelques mois, il a soufflé sa onzième bougie. Olivier est le portrait craché de mon père ; grand, aux yeux marron et aux cheveux noir corbeau. Pour l'instant, il est confortablement installé dans le canapé du salon. Fixé sur l'écran de la nouvelle console de jeux qu'il vient de recevoir en guise de cadeau de la part de ma grand-mère, il n'émet aucun bruit. Comme à son habitude, il est renfermé et seul dans son monde. Nous le surveillons tous à tour de rôle. Il semble serein, mais nous savons très bien que nous ne sommes pas à l'abri d'une crise autistique.

Cependant, je suis rassurée pour l'instant, car tout a l'air de bien se dérouler pour lui et nous le laissons vaquer à ses occupations, tandis que nous profitons de savourer, mes parents, ma grand-mère et moi, de ces quelques instants de calme.

C'est le plus beau Noël de ma vie !

Mon meilleur ami me manque. Jamais il n'a été aussi loin de moi. Depuis tout petits nous passons tout notre temps ensemble. C'est donc morte d'inquiétude que j'arpente le salon, le téléphone collé à l'oreille. J'essaie depuis des heures de joindre Cédric. Malheureusement, je tombe systématiquement sur son répondeur.

Je sais qu'à cette heure-ci il devrait être chez ses parents après avoir déposé ses valises à l'hôtel. Il refuse de passer plus de temps que nécessaire en leur compagnie, c'est pourquoi il a décidé qu'il ne dormirait pas chez eux.

Je connais mon ami par cœur, il garde constamment son cellulaire sur lui. Depuis que nous nous fréquentons, jamais il ne l'a quitté des yeux un seul instant. Cette absence de réponse me stresse. Je suis du genre à devenir folle d'inquiétude pour tout et n'importe quoi et il le sait pertinemment. Alors pourquoi ce silence ?

Ce n'est pas normal !

Cette année est le premier Noël qu'on passe séparément. Certes, il est en froid avec ses parents, et je continue à croire qu'il a commis une erreur en les rejoignant pour passer les fêtes, mais accepter leur invitation était son seul espoir d'avoir la paix pour l'année suivante. Pendant des semaines, il a subi des pressions de leur part, pour qu'il quitte la ville. Cédric a finalement cédé. Dans la nuit, il a pris le volant puis s'est engagé sur une route enneigée. Pour une fois, j'aurais aimé qu'il leur tienne tête et qu'il reste auprès de moi. Depuis le départ, j'avais un mauvais pressentiment, et quand il est parti, ce sentiment s'est accentué. Mais à l'heure actuelle, je me dis que j'avais sans doute raison et que j'aurais dû l'en dissuader.

Je m'énerve en pestant contre la terre entière et retente une nouvelle fois. Malheureusement, je tombe de nouveau sur son répondeur.

Il y a quelque chose qui ne va pas !

Je connais parfaitement Cédric. Il passe ses journées à consulter ses messages, il aurait dû voir mes appels. D'ailleurs, dans le dernier SMS de sa part qui date de ce matin, il me souhaitait un joyeux Noël et me prévenait qu'il se mettait en route depuis l'hôtel pour rejoindre ses parents. Je souffle un grand coup. Il faut que je me calme ! Peut-être qu'il a tout simplement oublié son chargeur à la maison et qu'il n'en possède aucun autre ?

Oui, ça doit être ça !

– Tu n'as toujours pas réussi à le joindre ? me questionne ma grand-mère, tout aussi inquiète que moi.

Pour elle, Cédric est un membre à part entière de la famille. Elle le connaît depuis bébé et n'a jamais fait de différence entre lui et moi.

– Non… Il ne décroche même pas. Je ne parviens pas à comprendre, il sait que je m'angoisse pour un rien et que j'ai besoin de l'entendre me dire que tout va bien. Sauf que là, rien. C'est silence radio, m'énervé-je tout en allant m'asseoir à table.

Elle se rapproche de moi, et s'installe à mes côtés en me lançant un regard qui se veut rassurant. Toutefois, je n'arrive pas à être aussi positive qu'elle.

– Je suis sûre que tu t'inquiètes pour rien. Je ne t'apprends rien en te confiant que les parents de Cédric sont devenus très spéciaux du jour au lendemain. Et s'il ne s'entend plus avec eux, c'est bien par rapport à toi. Souviens-toi que tu leur voles leur fils chéri ! Tu veux que je me renseigne de mon côté pour voir si tout va bien ? Pour toi, je peux prendre sur moi et contacter sa mère. Ashley me dira s'il y a un problème, me lance-t-elle.

Effectivement, entre les parents de Cédric et moi, ce n'est pas du tout le grand amour. Tout se passait bien pourtant ; ses géniteurs et les miens se connaissent depuis des années. Mais quand on a atteint l'âge de 16 ans, tout a changé. Ils ont essayé de nous monter l'un contre l'autre, mais ce fut un échec. Le souci venait de mon petit ami, qui, n'acceptant plus les plans d'Ashley Green, m'a posé un ultimatum : je devais choisir entre Cédric et lui. Ma décision a très vite été prise. S'il ne pouvait pas comprendre, c'est qu'il ne me méritait tout simplement pas. Leur dernier coup en date remonte aux années lycée, lorsqu'ils ont essayé de le changer d'établissement. Ils ont déménagé à plus de huit heures de route de Paris pour lui forcer la main, mais Cédric a tenu bon. Il est resté avec moi et a refusé de vivre avec eux à Saint-Savin. Mes parents l'ont accueilli à la maison. Ce n'est pas de sa faute si ses géniteurs ont pété les plombs d'un seul coup !

Ma grand-mère s'éloigne pour s'emparer du téléphone fixe. Elle s'inquiète tout autant que moi, je le vois bien à la façon qu'elle a de me regarder lorsque je tente de joindre Cédric de mon côté.

Mon cœur se serre. Et s'il regrettait ce qu'il s'était déroulé la veille de son départ ?

Non, Naya ! Ce n'est pas le moment de penser à ça ! Et de toute manière, si Cédric avait quelque chose à me dire, il l'aurait fait. Il n'aurait pas prétexté passer les fêtes avec sa famille pour s'enfuir à l'autre bout du pays.

J'ai besoin de réfléchir à tête reposée. Je m'empare de ma doudoune et de mon bonnet, puis décide de m'aérer l'esprit. Si Cédric devait couper les ponts comme ça du jour au lendemain, je ne le supporterais sans doute pas. Tout me rappelle ce qu'on a vécu ensemble. Nos souvenirs et nos rires se jouent devant mes yeux de la même manière qu'une vieille bande-vidéo.

Installée dans la balancelle, j'observe les flocons tomber et s'écraser contre le manteau blanc ayant déjà recouvert le jardin. À chaque fois qu'il neige, Cédric se transforme en un véritable gamin de 4 ans. Il est le premier à vouloir faire des batailles, de la luge ou simplement un bonhomme de neige. Souvent, lorsque ce dernier était terminé, il allait voler les nains décoratifs de ma grand-mère pour les mettre tout autour. Il fit alors croire à mon frère que le bonhomme de neige complotait avec les nains contre le père Noël, et que s'il n'était pas sage, il n'aiderait pas ce dernier à se débarrasser de ces affreuses petites choses. Une histoire complètement folle, à laquelle Olivier croit dur comme fer depuis que Cédric la lui a racontée la toute première fois. Dorénavant, à chaque veillée on lui ressort cette histoire.

Je souris. J'aimerais tant revenir au Noël précédent. Il était présent et on s'amusait comme on le pouvait pour essayer de faire rire mon frère. On avait organisé une balade en luge pour lui. On allait tout en haut de la colline qui se trouve juste derrière le pâté de maisons, et chacun notre tour, on glissait jusqu'à arriver en bas pour finir les fesses dans un tas froid et mouillé.

Ce jour-là, je n'avais jamais vu Olivier aussi heureux. Le reste de l'année, le regard des autres sur son autisme l'empêchait de vivre sans complexer. Il est diagnostiqué depuis qu'il a 5 ans, et depuis, nous ne cessons d'adapter quotidiennement son environnement afin de lui permettre d'avoir l'enfance la plus sécurisante possible. Mais malgré tous nos efforts, les enfants peuvent se montrer cruels entre eux, et notamment avec ceux qui sont différents.

Après la descente, on organisait une gigantesque bataille de boules de neige avec les enfants du quartier où chacun devait monter son mur et créer ses munitions pour gagner. Une fois les autres gamins rentrés chez eux, nous terminions par faire des anges en nous allongeant au sol. Il fallait bouger les bras et les jambes et tout faire pour qu'ils soient parfaits ! À la fin de la journée, nous avions froid et nous étions fatigués, mais nous avions tous les trois vécu un moment formidable.

Je détourne les yeux quand j'entends la porte d'entrée s'ouvrir et aperçois ma mère s'approcher de moi pour s'installer à la place libre à mes côtés. Malgré les problèmes que j'ai rencontrés avec mes parents, j'essaie de ne pas leur en vouloir et de passer du temps avec eux. Sauf que ça devient de plus en plus difficile : ils me voient me transformer en femme et ils ont beaucoup de mal à comprendre que je ne suis plus une petite fille, mais bien une adulte maintenant.

Après tout, j'ai quand même 23 ans.

Le jour où ils s'en rendront compte, ils auront franchi un grand pas ! Ma mère se frotte les mains pour se réchauffer et prend la parole en me fixant.

– Il faut qu'on discute tous ensemble, et tu as l'air gelée. Rentrons boire un bon chocolat chaud, ta grand-mère est déjà en train de préparer ça.

– Vous avez pu avoir des nouvelles ? lui demandé-je gentiment tout en me retenant de la bombarder de questions.

– On en parlera à l'intérieur, tu veux bien ? me répond-elle d'une voix douce tout en me fuyant du regard.

Le mauvais pressentiment que j'avais jusqu'ici ne cesse de s'accroître, je sens tout au fond de moi que j'avais raison. Je finis par acquiescer, puis me lève et la suis à l'intérieur. Sa réaction ne me dit rien qui vaille. Mon estomac se tord, j'ai du mal à me faire à l'idée que tout va bien pour lui.

Une fois rentrée, la bonne odeur de ma boisson préférée m'arrive jusqu'aux narines et je pense directement à mon ami.

Lui, moi, et le chocolat, c'est une grande histoire d'amour !

Je m'installe dans le fauteuil qui se trouve près de la cheminée. Quand je pose les yeux sur chacun des membres de ma famille, ma gorge se noue. Je suis incapable de prononcer le moindre mot. Si jamais je le fais, les larmes vont couler sans jamais pouvoir s'arrêter. Je suis trop angoissée, si bien que je reste donc concentrée sur mon père, ma mère et ma grand-mère.

Il a coupé les ponts et il n'ose pas me le dire ?

Il a eu un accident ?

Il s'est enfui sous les Caraïbes et prendre de mes nouvelles est le dernier de ses soucis ?

Il vit désormais dans une grotte et n'a pas de réseau ?

Naya, tu es complètement folle !

J'ai une peur bleue de ce qu'ils vont m'annoncer. Je veux voir Cédric, entendre sa voix, qu'il me rassure, me dise que tout va bien et que c'est moi qui me fais des films. On me sert ma boisson, mais je suis incapable d'avaler quoi que ce soit. Aucune des personnes qui m'entourent ne décroche un mot, elles sont bien trop accaparées par le fond de leur tasse.

J'ai l'impression d'assister à une vieille réunion de famille, sauf que nous ne sommes pas au complet. Et surtout, chez nous, ces événements sont toujours joyeux et personne ne tire une tête de six pieds de long comme ils le font tous à cet instant.

– Vous allez enfin me dire ce que vous me cachez ou je dois vous tirer les vers du nez ? les menacé-je.

– Écoute Naya, c'est délicat, je ne sais pas comment t'annoncer ça…

Je ne comprends pas ce que veut dire mon père, ils ont des nouvelles de Cédric, oui ou non ?! Ce n'est quand même pas compliqué ! À moins que ce dernier m'ait complètement rayée de sa vie ? Je savais que je n'aurais rien dû tenter hier, mais quelle imbécile je suis !

– À part me dire pourquoi il ne répond pas au téléphone… Ce n'est pas sorcier !

– Oui, on a eu des nouvelles, Naya, mais tu dois croire que…

– Alors pourquoi il ne décroche pas ? En fait, les fêtes sont juste une excuse, il nous quitte pour toujours, c'est ça ? Et il n'a pas osé m'en parler ?

Ma grand-mère s'éclaircit la voix et plante ses yeux dans les miens, c'est d'ailleurs la première fois qu'elle me regarde comme ça. Ses pupilles sont tristes, on dirait même qu'elle a pleuré. Comment peut-on faire pleurer Mamou ?

C'est la faute des parents de Cédric, j'en suis certaine !

– Cédric a eu un accident de voiture ce matin… À cause de la neige. La route était glissante…

– Tu veux dire qu'il est à l'hôpital ? Je… je dois prendre le premier train pour aller le voir, je ne peux pas rester ici, il a besoin de moi là-bas ! m'affolé-je.

Je me lève du fauteuil et pose la tasse encore brûlante sur la table basse du salon où nous nous trouvons. Au moment où je me dirige vers l'entrée pour récupérer mon manteau, mon père me coupe de nouveau.

– Tu ne dois pas aller le retrouver, Naya. Il… il n'a pas besoin de toi.

– Quoi ? Mais comment ça, il n'a pas besoin de moi ! Il doit être complètement perdu à l'hôpital et en plus, il déteste ce genre d'endroits !

Mamou se lève de son fauteuil et fait les cent pas. On dirait qu'elle est montée sur des ressorts, c'est bien la première fois que je la vois bouger comme ça.

– Christian, vu que tu n'es pas capable de lui annoncer, je vais m'en charger. On a eu James et Ashley Green, ma chérie. Cédric a eu un terrible accident de voiture, mais il n'est pas à l'hôpital… C'est bien plus grave que tu ne l'imagines. Il n'a pas survécu, Cédric est mort, m'apprend-elle en fondant en larmes.

NON.

Je refuse d'y croire.

C'est impossible. Ça ne peut pas être vrai ! Petit à petit mon corps se construit sa propre carapace. La douleur que je peux ressentir à cet instant n'arrive pas à émerger complètement. Elle tente de se faire une petite place entre tout ce qui se passe dans ma tête, mais c'est peine perdue.

Lui et moi n'avons vécu qu'une partie de notre existence. Comment suis-je censée demeurer avec son absence ? Il est ma lumière, mon espoir et ma force. Sans lui, la vie ne vaut tout simplement pas la peine d'être vécue…

Je refuse que tout se termine comme ça entre nous ! Pas lorsque je lui fais enfin ma déclaration, pas quand j'avoue finalement mes sentiments à l'homme que j'ai toujours follement aimé. Je refuse que la vie me l'arrache… Mon cœur souffre, j'ai l'impression que l'on tente de me l'extraire de force sans me demander la permission de le faire. Comment vais-je survivre à ça ? Sans mon meilleur ami, je ne suis rien. Cédric, c'est mon destin, celui qui me fait tenir face à tous mes problèmes, celui qui me donne le courage d'avancer, de vivre, de sourire, et surtout celui qui me permet d'aimer et de me sentir femme. Si je ne le connaissais pas, je ne serais rien… Une fille banale.

– Naya, tu as entendu ce que je viens de t'annoncer ? me demande ma grand-mère.

La phrase fatidique qu'elle a prononcée résonne en boucle dans mon esprit. Je comprends maintenant que c'est fini. Il ne reviendra plus jamais… Mes jambes tremblent, j'ai l'impression que mon corps ne va plus pouvoir supporter mon poids. Je les observe les uns après les autres : ma mère et ma grand-mère sont en larmes tandis que mon père essaie de faire bonne figure. Sans pouvoir réagir, je m'écroule au sol en pleurs et je me mets à hurler, comme si dans un dernier cri je pouvais le ramener à la vie et effacer toute la peine qui se crée un chemin à l'intérieur de mon être. Ma vue est brouillée, mes yeux me brûlent et mon cœur saigne. Je sens le parfum de ma mère quand elle me prend dans ses bras et me serre fort contre elle, certainement pour partager un peu de sa force. Ma vie vient de basculer à tout jamais, comment vais-je pouvoir surmonter tout ça ?

2

Cédric

DÉCEMBRE 2015

Depuis plus d'une heure, je suis installé dans ce maudit fauteuil. Je l'observe dormir. Elle semble paisible, alors que je bouillonne intérieurement. Comment ai-je pu me réveiller totalement nu aux côtés de ma meilleure amie, aussi peu vêtue que moi ?

Je n'en ai pas la moindre idée !

Furieux, je passe mes mains dans mes cheveux pour la centième fois. J'ai tellement de questions en tête, mais elles restent toutes sans réponse. Une telle chose entre Naya et moi n'aurait jamais dû se produire.

Si c'est vraiment ce que je crois…

Quand j'ai ouvert les yeux, il faisait encore nuit, et depuis je suis comme un lion en cage. Mais désormais les rayons du soleil commencent à percer à travers les volets pour caresser sa peau qui a l'air si douce vue d'ici.

Mon vieux, tu dérailles complètement !

Je connais mon amie. Au réveil, elle ne comprendra pas pourquoi elle a dormi en tenue d'Eve, puis elle va me hurler dessus, car je suis en train de la mater comme un débile et elle va paniquer. Malheureusement, je n'en sais pas plus. Dans mon souvenir, on est allés dans un bar au coin de la rue pour fêter la signature de son nouveau contrat de travail. Naya a décroché un job de rêve : bosser pour une des plus grosses librairies de la région Parisienne.

Pendant la soirée, je me rappelle qu'elle a bu plus que de raison. Elle était dans un état lamentable seulement deux heures après. En arrivant, je m'étais promis de ne pas picoler pour qu'elle puisse s'éclater. Il fallait que l'un de nous reste lucide pour rentrer sans encombre à l'appartement que nous partageons. Manque de chance pour moi, Naya m'a fait les yeux doux et j'ai fini par craquer pour trinquer avec elle. Le problème, c'est que je ne me souviens pas d'avoir bu plus d'un verre. Alors pourquoi ai-je terminé complètement bourré ?

Je ne me rappelle qu'une partie de la soirée et ma mémoire ne veut pas revenir. Tout ceci m'énerve. Dans quel bordel nous sommes-nous encore fourrés tous les deux ? Tout porte à croire que nous avons fini la nuit ensemble. Mais c'est juste inconcevable ! Rien que d'y songer, j'en ai des frissons. J'avoue qu'elle n'est pas moche du tout, loin de là, c'est tout le contraire. C'est une bombe ! Ses formes ne laissent personne indifférent, même si à ses yeux elle pense être énorme. Naya est une femme avec des rondeurs qui lui vont si bien ! Ses longs cheveux blonds et ses prunelles bleues mettent, à merveille, son charme en avant, et elle ne s'en rend pas compte… Elle reste fixée sur son poids et parfois ça me désole de la voir ainsi. C'est une femme tellement belle que les hommes devraient se bousculer pour sortir avec elle !

Je secoue la tête de gauche à droite pour reprendre mes esprits. Je crois que l'alcool est encore bien présent dans mes veines, car je déraille ! Je me lève, bien décidé à m'habiller avant que Naya ne se réveille. Nous sommes déjà dans une situation gênante, inutile d'en rajouter en arpentant l'appartement en boxer. Au moment où j'enfile mon jean, je l'entends bouger. Je me retourne et découvre qu'elle n'est finalement pas encore décidée à se réveiller.

Pour mon plus grand malheur.

Mon regard se dirige comme par automatisme vers son corps. Je ne peux m'empêcher de la détailler. Sa peau blanche brille à la lueur du jour et j'observe qu'un suçon est apparu dans le creux de son cou.

Et je continue à la mater…

À mes yeux, Naya n'a aucune imperfection. C'est nouveau pour moi de la voir ainsi. Je m'arrête au niveau de sa poitrine et constate que ses seins ne sont ni petits ni gros, mais qu'ils sont tout simplement parfaits. Quant à ses jambes…

Je serre les poings. Je ne me reconnais plus. C'est ma meilleure amie que je suis en train de reluquer comme un pervers ! C'est bien la première fois que je prends le temps d'admirer le corps d'une femme de cette façon… Normalement, je me contente de baiser puis de rentrer chez moi, et on n'en parle plus, mais là… Bordel, Cédric, qu'est-ce que tu fiches ? C'est Naya ! Ton amie d'enfance. Je remonte mes yeux vers son visage, et croise ses prunelles qui me fixent.

– Tu peux m'expliquer pourquoi je suis nue dans ton lit ? me questionne-t-elle tout en soulevant la couverture pour observer le bas de son corps.

– J'aimerais bien, je t'assure. Mais je comptais sur toi pour me donner un peu plus d'informations, car je ne me souviens pas de grand-chose.

– Attends, mais je te signale que j'étais complètement ivre hier soir, comment veux-tu que je me rappelle quoi que ce soit ? La dernière chose qui me revient, c'est que tu m'as dit que tu n'allais pas boire, du coup je misais sur toi pour rester lucide ! Et ensuite, j'ai enchaîné les coups.

– Je me remémore très bien que c'est toi qui m'as forcé à boire. Je n'ai pas vraiment eu le choix, si tu vois ce que je veux dire. Tu m'as fait les yeux doux, j'ai craqué la première fois, mais maintenant je me souviens que, quand j'ai refusé le second verre, tu m'as sauté dessus et m'as tenu la bouche ouverte.

Naya remonte le drap sur elle et s'enroule dedans. Mes iris ne la quittent pas du regard. Je deviens complètement taré !

– Tu crois qu'on a… couché ensemble ? me demande-t-elle d'une voix hésitante.

– Tu es nue dans mon lit, non ? Et je l'étais également, donc je ne vois pas d'autres explications…

– On ne peut pas avoir fait ça !

– Écoute, on était bourrés, ça peut arriver à tout le monde, tenté-je de la rassurer.

– Non, ce n'est pas possible, surtout pas entre nous deux. Tu penses qu'on s'est protégés ? Non, mais parce qu'on risque d'avoir un léger souci…

Contraception… Nous voilà !

– Je n'en sais absolument rien, mais si tu imagines choper quelque chose avec moi, tu n'as pas à t'en préoccuper, je suis clean. Je fais un test tous les mois.

– Mais je m'en fiche de ça… Je ne prends pas la pilule, je ne l'ai jamais supportée ! Alors, utiliser une pilule du lendemain ? C'est mort, réplique-t-elle, affolée.

Ne surtout pas paniquer !

Elle finit par se lever du lit et file dans sa chambre aussi vite que le drap lui permet d'avancer. J'essaie de la suivre pour qu'on puisse en discuter, mais elle me claque violemment la porte au nez. Je suis d'accord, il y a de quoi paniquer ! Nous n'avons que 23 ans, et un bébé maintenant, ce n'est pas le bon timing !

Non, mais… qu'est-ce que je raconte ?!

Naya est ma meilleure amie ! On ne peut tout simplement pas coucher ensemble ni avoir d'enfant, c'est tout bonnement impossible.

– Et ça t'arrive souvent de mater ta meilleure amie dans son lit alors qu'elle est à poil ? me souffle ma conscience.

Ta gueule !

Je n'ai découvert aucun emballage de préservatif dans l'appartement et j'ai eu le temps d'en faire le tour depuis que je me suis réveillé. J'en viens donc à la conclusion que si on a vraiment couché ensemble, on a oublié d'utiliser une capote… Et ça craint un max !

Résigné, je décide d'attendre dans le salon qu'elle digère la nouvelle. Alors que je pensais ne plus la voir réapparaître de la journée, elle déboule devant moi comme une furie.

– Tu es un homme mort, je vais te castrer, tu peux dire adieu à ta descendance.

Je l'observe sans rien comprendre. J'adore cette fille du plus profond de mon cœur, sauf que parfois, ses sautes d'humeur me font perdre la tête !

– Tu m'expliques ce que j'ai encore fait ? la questionné-je.

– ÇA ! hurle-t-elle en me désignant son cou du doigt. Des suçons ! Tu ne pouvais pas rester loin de moi au lieu de t'accrocher comme une sangsue ! Même bourré t'es pas fichu de faire les choses correctement.

– Oh ça va ! Tu auras enfin une bonne excuse pour rembarrer les mecs qui ne te lâchent pas à la librairie. Tu leur diras que tu as un petit ami.

Furieuse, elle s'empare du premier objet qu'elle trouve et me le lance en pleine figure avant de repartir d'où elle vient. Le coussin retombe sur le canapé sans m'avoir touché. C'est la pire vicieuse que je connaisse.

Elle claque de nouveau la porte et, intérieurement, je prie

pour que les voisins n'aillent pas se plaindre aux propriétaires, sinon on risque d'avoir de gros ennuis… Déjà qu'on leur a menti dans l'espoir d'obtenir l'appartement en jouant les faux couples. Le propriétaire refusait de louer à de simples colocataires suite aux problèmes que ça a pu causer par le passé. On a omis de dire la vérité pour pouvoir toucher un peu plus d'APL[1]. Quand le voisinage a appris pour nous, nous ne faisions pas les fiers… Désormais, ils cherchent un prétexte pour tenter de nous mettre à la rue.

Je finis par abandonner et préfère qu'elle passe ses nerfs ailleurs que sur moi, puis me dirige à grandes enjambées vers la salle de bain pour prendre une douche. Tandis que l'eau chaude coule sur mon corps, je ferme les yeux pour tenter d'avoir ne serait-ce qu'un flash de cette nuit. Sauf que c'est le trou noir. J'en viens à me demander si mon subconscient ne me bloque pas cette partie-là de la soirée parce que c'était une connerie monumentale !

N'importe quoi !

Naya est une bombe, je suis certain que c'était la plus exceptionnelle des baises de ma vie.

Tu parles de ta meilleure amie, là !

Une fois douché, je suis plus que motivé à la faire sortir de sa tanière. On doit parler, elle et moi, qu'elle le veuille ou non ! Je suis prêt à défoncer sa porte s'il le faut. Après m'être habillé d'un jogging, je me poste devant la chambre de Naya.

Je toque une première fois :

– Naya, tu veux bien sortir s'il te plaît ? Il faudrait qu'on discute…

Je n'obtiens aucune réponse. Je souffle de frustration en commençant à m'impatienter sérieusement. Surtout que je ne comprends pas son comportement… D'habitude, elle est la plus mature de nous deux.

---

1 - APL : aide personnalisée au logement.

Je toque une seconde fois.

– Écoute, je suis aussi flippé que toi… Puis tu me connais, jamais je n'émettrais de jugement sur quoi ce soit. On est tous les deux fautifs dans cette histoire. Mais faut vraiment qu'on en parle.

Au même moment, la porte s'entrouvre légèrement. Je pénètre enfin dans la pièce et me tourne vers son lit où je l'aperçois, recroquevillée sur elle-même. Je ne prends pas la peine de l'inspecter comme je l'ai fait tout à l'heure, car il y a plus urgent ! Naya pose son regard sur moi, et je remarque que ses yeux sont rouges et bouffis.

Je n'aime pas du tout la voir dans un tel état… Mais une question me démange : depuis combien de temps pleure-t-elle ? Je m'approche d'elle et m'allonge à ses côtés pour la prendre dans mes bras. Elle se laisse faire et niche sa tête dans mon cou.

Je suis vraiment qu'un pauvre con !

Je m'énerve en lui lançant que ce n'est qu'une gamine alors qu'elle… elle est enfermée ici à verser toutes les larmes de son corps.

– Parle-moi… Dis-moi ce qui ne va pas ? la questionné-je tout en caressant ses cheveux pour tenter de la calmer.

– J'ai… j'ai peur Cédric, dit-elle avant d'éclater en sanglots.

3

Cédric

DÉCEMBRE 2015

Je suis impuissant face à son désarroi. D'habitude, je sais parfaitement comment réagir pour consoler Naya, mais en cet instant… j'ai la sensation de me sentir inutile. Je suis un ami pitoyable !

– Parle-moi, Naya. Raconte-moi ce qui se passe dans ta tête.

On… on ne s'est pas protégés, Cédric, et si je tombe enceinte, hein ? Comment on fera ? Parce qu'il est hors de question pour moi d'avorter.

Ce bout de femme… je l'admire tellement pour ce qu'elle est. Je suis au courant depuis des années que, quoi qu'il puisse se passer, elle préférerait ne pas avoir recours à l'IVG[2]. Et elle est bien consciente que, dans la vie, il peut arriver n'importe quoi. Si elle doit avorter, ça sera avec le cœur lourd…

– Écoute, pour l'instant, on n'en est pas là. On avisera dans quelques semaines. Si tu es enceinte, on l'assumera, c'est tout.

2- IVG : Interruption Volontaire de Grossesse.

Même si je ne suis absolument pas assez mûr pour devenir père.

Jamais je ne le lui avouerai. Je ne suis pas assez dingue pour la faire paniquer alors que je sais pertinemment qu'elle n'est pas prête non plus.

– Je ne t'abandonnerai pas. Quoi qu'il arrive, je serai présent pour toi. Tu en as conscience ?! Sans toi, je serais perdu. Tu restes ma meilleure amie et personne ne pourra te remplacer.

– Et tu seras pour toujours le mien, m'avoue-t-elle tout en caressant le morceau de peau qu'on avait fait tatouer ensemble au niveau du poignet droit.

Un signe de l'infini avec nos deux prénoms. Le sien en haut et le mien en bas. Le tout enroulé dans des boucles.

– Si tu es d'accord, et si ça peut te permettre d'aller mieux, on oublie tout. De toute façon, on ne sait pas vraiment ce qu'il s'est passé. Et on avisera. Ça te convient ? lui proposé-je dans une vaine tentative de la détendre.

– Mais je n'ai pas envie que cette histoire change notre amitié…

– Tout sera comme avant, mis à part que tu rêveras de mon fabuleux corps, jour et nuit !

Elle se met à rire puis me donne une tape sur l'épaule. Au moins, j'aurai réussi à la dérider, ce qui me permet de souffler un peu. Je n'aime pas la voir dans cet état. Puis quand ma meilleure amie ne va pas bien, je ne suis pas au mieux de ma forme non plus. Nous sommes complémentaires !

Toute la tension accumulée disparaît à l'instant où elle m'adresse un grand sourire qui atteint désormais ses yeux. Maintenant je peux dire que je me sens enfin heureux et serein.

Du moins pour l'instant !

Je n'arrive pas à m'empêcher de me conduire comme un gamin et je passe mes mains dans sa longue chevelure blonde.

Je les ébouriffe énergiquement dans tous les sens. Je suis conscient qu'elle a horreur de ça, mais c'est plus fort que moi. Après tout, mon passe-temps favori est de faire râler ma meilleure amie.

– Cédric, t'es pas possible ! J'ai mis du temps à enlever les nœuds ! s'énerve-t-elle avant de croiser les bras contre sa poitrine.

– Dans ce cas, tu pourras recommencer. Allez, tu ferais bien de te préparer, l'informé-je. On est attendus chez ta grand-mère pour 19 heures tapantes !

Elle me fixe d'un regard noir, m'ordonne de sortir, et j'obéis. Je ne voudrais pas m'attirer ses foudres une seconde fois dans la journée. Je traverse le salon pour atteindre ma chambre avec la ferme intention de préparer ma valise. J'ai beaucoup trop repoussé le moment fatidique, car je ne veux pas rejoindre mes parents pour les fêtes. Mais c'est bientôt Noël et je dois faire un minimum d'efforts cette année…

Le souci, c'est que j'ai le mal des transports. Donc le bus, l'avion, le train : on oublie. Il ne me reste plus que l'option de conduire jusque là-bas. Je vais devoir faire six heures et demie de route pour rejoindre mon hôtel en pleine nuit, car il est hors de question que je demeure plus longtemps que nécessaire en leur compagnie. Mais cette histoire avec Naya me chiffonne. Au fond de moi, je suis complètement paniqué à l'idée qu'elle m'annonce un jour attendre un enfant… Si c'est le cas, mes parents risquent de me faire la peau et ils vont carrément lui retourner la tête. Ou lui proposer un gros chèque pour qu'elle avorte… *C'est bien leur genre.*

Je ne suis pas motivé. Pourtant, je n'ai pas le choix. J'ai promis d'être présent et je ne manque jamais à une promesse. Plutôt me couper une jambe. Finalement, j'attrape ma valise rouge qui se trouve au-dessus de mon armoire. J'essuie la poussière qu'elle a accumulée depuis le temps que je ne m'en suis pas servi. Je remarque que les autocollants que Naya avait collés dessus à l'université y sont toujours. Elle les a mis lorsqu'on est partis tous les deux en vacances, un été.

Je ne risque pas de passer inaperçu avec ça…

Sur l'un, il est noté « *Je suis le plus beau* », un autre « *Je sais me servir de mon engin* », je crois même que celui-ci est le pire. *Mon Dieu, je l'ai vraiment laissé faire ça ?* Mon regard descend un peu plus, et je remarque une énième phase qui me fait lever les yeux au ciel : « *Je baise comme un dieu* ».

Naya, je te déteste !

Le pire dans tout ça ? C'est que je vais devoir traverser la rue avec ce truc à la main. Et notre charmante voisine de 80 ans va se faire un plaisir d'aller balancer ses quelques potins dans tout le quartier. Elle va encore raconter que nous sommes deux jeunes dépravés, surtout pas fréquentables. Quand j'y repense, elle est même allée dire que nous participions tous les week-ends à des soirées BDSM[3] ou échangistes !

Complètement folle, cette vieille !

Rapidement, je suis interrompu dans mes pensées quand je vois la porte de ma chambre s'ouvrir sur Naya, qui paraît toute gênée.

– Tu as fini ? Car je suis prête…

Avec la fête d'hier, Naya s'est réveillée assez tard. Mais en plus, j'ai passé la journée à lui courir après pour pouvoir discuter entre adultes. De ce fait, les heures se sont écoulées trop vite.

J'essaie de me maîtriser et de ne surtout pas regarder comment elle est habillée. Sinon je risque encore une fois de déraper, et ce n'est pas du tout le moment !

– Pas tout à fait, j'ai encore quelques vêtements à mettre dans la valise et je ne dois pas oublier le cadeau pour mes

---

3 - BDSM : ensemble de pratiques sexuelles réunissant le bondage, la domination, le sadisme et le masochisme.

parents, lui expliqué-je tout en continuant à ranger quelques babioles dans un sac à dos que je prendrai également avec moi.

– Ne t'en fais pas, je te l'ai glissé dans une enveloppe et rangé dans la poche droite de ta veste, m'informe-t-elle en souriant.

– Oh tu es géniale ! Une vraie femme à marier…

– N'importe quoi… me lance-t-elle, gênée, tandis que ses joues virent au cramoisi.

– Ne dis pas le contraire, j'ai l'impression d'être ton mari, lui dis-je avant d'éclater de rire.

Je l'entends grogner et me dépêche de finir de tout régler. J'aurais dû m'y prendre plus tôt… Mais non, il faut toujours que je fasse les choses au dernier moment. Je m'empare de mon ultime pile d'habits, la range, puis je récupère mon ordinateur portable, ainsi que mes notes pour mon futur roman, et je termine par ma liseuse. Lorsque j'ai finalement terminé, je me tourne vers ma meilleure amie et je me permets enfin de l'observer.

Elle est habillée d'une élégante robe rouge qui lui arrive mi-cuisse et qui lui fait un décolleté du tonnerre. Je suis subjugué ! Quelques flocons sont brodés sur le bas de son vêtement, ce qui lui donne un charme exceptionnel pour cette période de fête. Je me souviens de cette robe comme si c'était hier. Elle m'en a parlé pendant des jours et j'ai terminé par craquer pour mon bien-être mental. Je la lui ai offerte il y a maintenant deux ans. Mon regard continue de la contempler, et je remarque qu'elle a enfilé un collant noir opaque assorti à de jolis petits talons rouges, eux aussi.

Ai-je déjà dit qu'elle est totalement fan de cette couleur ?

– Tu es sublime ! J'avais presque oublié que le rouge et toi c'est une grande histoire d'amour.

– Merci, me répond-elle alors, gênée. Tu penses que j'ai mis trop de rouge cette année ?

– Non ça va, tu as encore tes cheveux blonds, comparés à l'année dernière… Mon Dieu, je me souviens de la tête de tes parents en voyant ta crinière, lui rappelé-je avant d'éclater de rire.

– Je crois bien que ma mère était justement en train d'hyperventiler… L'essentiel, c'est qu'ils s'en sont remis.

– Ils ne s'en sont pas tout à fait remis, je crois, ton père m'a demandé si tu te droguais ou si c'était moi qui te pervertissais, le pauvre s'il savait !

Son père aurait pu me tuer ce jour-là, s'il l'avait souhaité. Quand il m'a posé la question, j'étais à deux doigts d'éclater de rire et de lui demander s'il était sérieux. Il me connaît depuis assez longtemps pour savoir que je n'entraînerais jamais sa fille dans des plans comme ça. Et puis Naya, prendre de la drogue ?!

La blague !

– Il n'a absolument pas besoin de savoir ! Il serait bien capable de m'enfermer dans la cave de chez ma grand-mère et de m'y retenir prisonnière comme Raiponce dans sa tour. J'en frissonne d'avance.

Les parents de mon amie sont très spéciaux. Aurore et Christian sont un poil trop protecteurs avec elle et refusent de la voir grandir. Pour eux, c'est encore la petite fille fragile et insouciante coiffée de deux tresses qui faisait sa rentrée en maternelle. Quand j'assiste à leurs prises de bec avec ma camarade, je suis forcé de m'interposer pour leur ouvrir les yeux. Sauf que jusqu'à présent, rien n'y fait ; ils restent obstinés. Pour eux, Naya fait sa crise d'adolescence bien des années trop tard et ils ne comprennent pas son comportement.

Elle a 23 ans, bon sang !

Et ne parlons pas de ses histoires d'amour… Elles ont toutes été catastrophiques à cause d'eux. Tout était prétexte à foutre la merde. Et quand ce n'était pas eux le souci, c'était le mec qui se tirait aussi vite que possible face à ses beaux-parents. En même temps, si je ne connaissais pas bien la famille de Naya, je crois bien que j'aurais pris mes jambes à mon cou, moi aussi.

Ses relations amicales ont aussi subi la tempête d'Aurore et Christian. Ils ont fait du tri dans ses amis, qu'ils soient filles ou garçons, c'était pareil… Ils n'étaient jamais assez bien pour elle, ses parents étaient constamment en train de lui répéter que ses camarades profitaient d'elle, qu'ils étaient présents uniquement par pur intérêt et qu'ils ne lui serviraient à rien dans la vie.

Des conneries…

Naya n'en peut plus. Je lui ai plusieurs fois conseillé de couper les ponts quelque temps avec eux pour qu'ils comprennent, mais elle refuse d'abandonner son frère. Alors pour être tranquille, elle les écoute. Quant à moi, j'ai la chance de les connaître depuis notre plus tendre enfance.

Je suis un privilégié… Avec certains inconvénients.

Aurore et Christian sont envahissants. Elle n'a tout simplement pas de vie à cause d'eux. Je me souviens quand on leur a annoncé qu'on emménageait ensemble… L'enfer aurait été une destination plus agréable sur le moment. Ils ont accusé Naya de laisser tomber son frère, ils ont joué sur la corde sensible de mon amie et ça a presque failli fonctionner. Mais elle s'est montrée ferme et ils sont restés un mois sans se parler. Puis sa grand-mère a tapé du poing sur la table parce qu'elle refusait de voir sa famille se déchirer à son futur enterrement.

Plus morbide comme excuse, tu meurs !

– Tu te souviens quand on a emménagé ici ? lui demandé-je

– Oh ! Ne m'en parle pas… me répond-elle tout en levant les yeux en signe d'exaspération. Tu es prêt ? On doit bientôt partir, je ne veux pas arriver en retard.

– Tu oublies vite que tu as passé la journée à te cacher dans ta chambre. Si tu étais venue me parler à cette heure-là, tout serait déjà plié, mademoiselle Wen !

– Oh ça va, monsieur *Green* ! Je n'étais vraiment pas bien, et je suis toujours autant stressée d'ailleurs, j'ai également peur de ce qui pourrait arriver… Mais bref, on doit penser à autre chose.

Je m'approche d'elle tendrement et l'embrasse sur le front, avant d'opérer un demi-tour pour m'emparer de ma valise posée sur mon lit. J'estime que tout est bon pour mettre le tout dans le coffre de ma voiture. Une fois fait, je retourne chercher Naya.

Finalement, je sens que m'éloigner quelques jours d'elle va me faire le plus grand bien. Je dois penser à la possibilité qu'elle soit enceinte. Si c'est le cas, que ferons-nous le moment venu ? Après tout, un enfant, ce n'est pas rien et on n'a que 23 ans. Je ne suis absolument pas prêt à devenir père, c'est tout bonnement inenvisageable.

4

Cédric

DÉCEMBRE 2015

Après avoir chargé la voiture, nous sommes partis chez Yvette, la grand-mère de Naya, qui habite à Gerberoy. Comme je ne pouvais pas être présent pour les fêtes, on s'est tous mis d'accord pour faire un dîner le jour de mon départ. Après tout, Noël n'est pas pour tout de suite !

La soirée s'est très bien déroulée. Nous avons passé un réveillon en avance tout à fait ordinaire et festif. À l'apéritif, nous nous sommes régalés avec des toasts au saumon fumé sur une couche de fromage à l'ail. En entrée, Mamou nous a préparé des bouchées à la reine, avec en accompagnement une tranche de foie gras. Naya qui n'aime pas ça m'a directement donné la sienne et mon ventre l'en remercie. En plat principal, Mamou nous a concocté un gratin de cardons et de lardons à la crème. C'était un vrai délice ! Et pour terminer, nous avons eu en dessert une bûche glacée, goût chocolat et poire.

Ce repas fut une pure merveille pour mes papilles.

D'ailleurs, Mamou n'a pas cessé de nous conseiller, à Naya et moi, de nous sauter dessus pour enfin lui faire des arrière-petits-enfants, car elle n'est plus toute jeune. Son argument favori est que, le jour où elle passera du côté des morts pour rejoindre son mari, Albert, il lui cassera tellement les pieds du fond de sa tombe, qu'on l'entendra hurler depuis l'entrée du cimetière. Ce qui nous a bien fait rire.

Nous sommes rentrés de chez ma Mamou, et il va être bientôt l'heure pour moi de partir. Naya reste figée devant mon véhicule et hésite à m'avouer quelque chose. Je le remarque à sa façon d'éviter de me regarder.

– Naya ? Qu'est-ce qui ne va pas ?

– Rien… Tout va bien ! Allez, monte dans ta voiture, tu as de la route à faire et je sais que tu aimes conduire uniquement de nuit, me répond-elle d'une toute petite voix tout en se frottant les bras comme si elle était frigorifiée alors qu'elle porte une doudoune bien chaude.

– Genre, tu me pousses à partir ? Tu peux le dire si je t'emmerde hein, saleté ! rigolé-je pour la détendre.

Le sourire aux lèvres, elle me donne un coup dans l'épaule et je fais semblant d'avoir mal. Je préfère la voir rire qu'être triste.

– Mais non, tu sais très bien que tu vas énormément me manquer et qu'en plus, c'est le premier Noël qu'on fait séparer d'un de l'autre, tu te rends compte ? Ça me fait tout bizarre.

Je comprends sa peine et m'approche d'elle pour la prendre dans mes bras. J'en profite pour respirer son parfum une toute dernière fois avant de la quitter pour plusieurs jours. Moi aussi cette distance me mine le moral, cependant je n'ai pas le choix. J'aurais aimé pouvoir faire autrement.

– Tu vas me manquer, tu sais ? Mais je vais revenir, ne t'inquiète pas, lui avoué-je avant de la serrer encore plus contre moi.

– Je parie que tu vas rencontrer un top model, blonde avec de gros nichons tout refaits, et tu vas tomber raide dingue d'elle, me lance-t-elle avant de rire.

Mais ce dernier n'atteint pas ses yeux. Serait-elle jalouse ?! Ce ne serait pas la première fois qu'elle flippe que je puisse l'abandonner lorsque je trouverai l'amour.

– Alors là, y a aucune chance ! Je préfère le naturel et les petits seins, ça rentre mieux dans ma main. Puis tu le sais bien, mon cœur t'appartient, tenté-je pour qu'elle ne se fasse plus de soucis.

Elle ne répond pas. Puis sans que je m'y attende, elle relève la tête et dépose ses lèvres contre les miennes. Choqué, je reste figé comme une statue, bien incapable de bouger ou de faire le moindre mouvement. Ça n'aura duré à peine que quelques secondes. Mais je le sais, ce baiser ne quittera jamais mes pensées.

– Reviens-moi vite ! me chuchote-t-elle avant de disparaître en courant jusqu'à l'appartement.

Son baiser m'a totalement surpris ! Et pourquoi, d'ailleurs ? Peut-être que c'est sa manière de me dire au revoir ? Il me faut encore quelques secondes pour me sortir cette histoire de la tête avant de grimper dans mon véhicule.

Si j'avais su ce qui m'attendait, j'aurais fait demi-tour.

5

Naya

DÉCEMBRE 2021

Les fêtes de fin d'année approchent à grands pas. Depuis six ans maintenant, je déteste Noël. J'aurais aimé me dégonfler auprès de ma famille et rester seule dans mon coin avec mes idées noires, mais je dois être forte, pour lui. Aujourd'hui j'ai 29 ans, toujours célibataire. Cependant, je ne cesse d'imaginer ce qu'aurait pu être ma vie, si tout avait été différent.

Je suis déterminée à tourner la page, une bonne fois pour toutes. Je suis encore jeune et pourtant je passe mes journées à ressasser le passé, comme si le simple fait de penser à lui pouvait le ramener.

Si seulement.

Cédric est parti et il ne reviendra pas. La seule façon pour moi d'accepter sa mort et d'avancer, c'est d'aller me recueillir sur sa tombe. Six ans que je cherche le courage de le faire…

Et poussée par la nécessité d'arriver à faire mon deuil, je sens qu'il est temps.

Mes proches s'inquiètent assez pour moi. Il faut que je pense à eux, et que je prenne soin de moi. Après tout ce qu'ils ont fait depuis son décès, je me dois de m'occuper d'eux pour leur rendre la pareille. Ma vie doit reprendre son cours dès maintenant. Cédric n'aimerait pas me voir dans cet état. Je me serais déjà pris un bon coup de pied aux fesses s'il avait été à mes côtés.

Ses parents refusent, qu'avec ma famille, nous nous rendions sur sa tombe. Ils ont totalement coupé les ponts avec nous depuis la mort de mon ami. Je n'ai même pas pu assister à l'enterrement de Cédric, car les Green nous ont interdit de mettre un pied à Saint-Savin. Je n'arrive pas à comprendre leur méchanceté envers nous. Ma famille a toujours été présente pour eux, nous étions souvent ensemble. Mais plus nous grandissions, plus ils devenaient aigris. Leur comportement était… complètement imprévisible !

Pour l'heure, la librairie est pleine à craquer et il faut que j'assure. Depuis la mort de Cédric, j'exerce toujours le même travail, mais au fil des années, j'ai su évoluer et passer directrice. Un honneur pour moi qui suis une passionnée de romans en tout genre. Comme Noël sera bientôt là, les clients viennent en grand nombre pour choisir les derniers cadeaux qu'il y aura sous le sapin. Je n'ai plus le temps de tergiverser, je viens donc en aide à mon équipe pour encaisser et demander aux responsables de conseiller, mais aussi de réapprovisionner les rayons.

Je me souviens de la première fois que Cédric et moi avons passé la porte de l'établissement. J'étais la plus heureuse du monde. Et lui me suivait sans rechigner, même s'il avait horreur que je passe des heures à chercher un bouquin. Pour lui, il fallait savoir ce que l'on voulait précisément pour aller à l'essentiel en entrant dans une boutique. Au fond de lui, je sais pertinemment qu'il était comme un gosse dans un parc d'attractions. Il était écrivain depuis quelques années déjà, alors se rendre dans un endroit pareil, c'était pour lui le paradis. D'ailleurs, voir ses livres en vente le motivait énormément. La dernière fois qu'on est venus en tant que clients, je suis repartie avec une dizaine de livres. J'avais pris mon temps, et Cédric avait menacé de me laisser en plan si je ne me décidais pas ! J'adorais m'installer dans un coin pour lire le début d'un livre qui me faisait envie. Pendant ce temps, mon ami en profitait pour discuter avec monsieur Ollivander, le grand patron de notre chaîne de librairie.

Cédric me manque tous les jours, et je ne pourrai jamais l'oublier. Sa présence égayait mon quotidien malgré nos problèmes familiaux, et son soutien indéfectible dans tout ce que j'entreprenais m'a toujours aidé à avancer dans la vie. *Je ne le remercierai jamais assez pour tout ce qu'il a fait.*

Il était toute ma vie, mais maintenant, je dois refermer la dernière page de notre histoire et en écrire une nouvelle. Au fond de moi, je sais qu'un jour ou l'autre on se retrouvera. Et qu'en ce moment, de là où il est, il veille sur moi et m'attend. En plus du trou béant que son décès a créé dans ma poitrine, je culpabilise encore aujourd'hui de l'avoir laissé prendre la route ce soir-là. Si j'avais insisté, peut-être aurait-il fini par rester ? Si je ne l'avais pas embrassé, aurait-il été plus concentré sur la route ?

Avec des si, on referait le monde…

Je sors de mes pensées quand, tout à coup, je sens une main se poser sur mon avant-bras. Je tourne la tête vers Maria, ma meilleure amie depuis maintenant cinq ans. C'est quelqu'un en or qui m'a aidée à traverser cette terrible épreuve, et j'ai vraiment de la chance de l'avoir.

– Tout va bien, Naya ? Si tu veux, je peux te remplacer pendant cinq minutes, me propose-t-elle, tout sourire.

– Ne t'inquiète pas… Je repensais à Cédric, mais tout va bien.

D'origine marocaine, Maria est une fille tout simplement magnifique que j'admire beaucoup. Elle a de longs cheveux noirs, des yeux marron, et un corps parfait avec des formes généreuses. Elle pense avoir trop de poids, alors qu'elle est très bien comme elle est.

– Dans ce cas, va sécher tes larmes et te refaire une beauté. Car ton maquillage a coulé, et t'as la tête d'une licorne sous héroïne !

Sa petite blague a le mérite de m'arracher un sourire timide. Et j'apprécie que Maria essaie de me changer les idées. Je n'avais même pas remarqué que j'étais en train de pleurer, et pire encore, devant tout un tas de clients !

La honte !

Il faut que je me ressaisisse, et vite ! J'embrasse ma collègue sur la joue et pars en direction du couloir pour accéder à l'espace du personnel. Il n'y a pas grand-chose à dire de ce côté : tout est impersonnel, et je n'ai pas le droit de faire comme bon me semble, même avec la décoration. Je suis peut-être la gérante, mais je dois toujours avertir le grand patron si je souhaite réaliser des changements. Sans son aval, je ne peux pas prendre ce genre de décision… J'aurais aimé rajouter une touche de gaieté aux murs maculés de peinture blanche qui, depuis le temps, a viré au gris. J'ouvre la porte des toilettes qui se trouvent juste être la pièce attenante à mon bureau. Quand je m'approche du miroir, je contemple les dégâts.

Je ressemble à un panda !

Mon mascara a dévalé mes joues, et mon fard à paupières noir pailleté… n'en parlons même pas ! Cédric, tu vas me le payer. Maria avait totalement raison : j'ai une tête à faire fuir les clients, et ce n'est pas du tout professionnel. Heureusement qu'elle est présente durant les moments difficiles. D'ailleurs, cette dernière laisse toujours une trousse de maquillage planquée sous l'évier en cas d'urgence et là, clairement, c'en est une !

Je me démaquille grâce à l'une des lingettes qu'elle met à disposition, puis recommence une mise en beauté simple, mais qui fera l'affaire pour la fin de la journée. Après tout, dans moins de deux heures, nous sommes fermés. Je suis quand même heureuse, car aujourd'hui, c'est la première fois depuis des années que j'entrevois le bout du tunnel. Cette décision est toute réfléchie, et je dois vraiment me lancer : je dois avancer. Je ne suis plus seule, ma famille compte sur moi pour remonter la pente. Rien qu'à l'idée de me rendre là-bas, mon cœur se serre. Intérieurement, je ne me sens pas prête à affronter cette épreuve, sauf qu'il faut que je le fasse, je n'ai plus le choix.

Quand je reviens toute fraîche à la caisse pour voir si Maria a besoin d'aide, je ne l'y trouve pas. Éric, un autre collègue, s'occupe d'une horde d'adolescentes venues se procurer la dernière romance en vogue. Je tourne la tête à droite et à gauche : rien. Je finis par laisser tomber au moment où j'entends un :

– Maman !

Un petit bonhomme aux cheveux blond foncé me saute dessus et manque de me faire tomber à la renverse. Il est le plus beau cadeau que la vie ait pu me faire.

– Mon bébé, mais qu'est-ce que tu fais ici ? le questionné-je, intriguée.

– C'est Mamou ! J'avais envie de te faire la surprise, car tu es toute triste en ce moment, et je n'aime pas te voir pleurer, m'apprend-il en faisant une moue adorable.

– Je ne finis le boulot que dans deux heures, mon cœur. Tu serais mieux chez Mamou, non ?

– Ah non ! J'adooore trop ton travail, il y a des livres partout, me lance-t-il, avant de sautiller dans tous les sens.

Tout le portrait de son père !

– J'ai été super méga sage aujourd'hui. J'ai le droit d'avoir un livre ? S'il te plaît ! me demande-t-il tout en me faisant le regard du chat Potté.

Ce gosse sait pertinemment comment m'avoir. Saleté !

– D'accord ! Mais ce soir, tu as intérêt à écouter. Quand je dis au lit, ce n'est pas une heure après.

– Mais ce n'est pas ma faute ! J'ai envie de lire tous les livres que papa a pu écrire. J'ai envie de faire comme lui plus tard.

Je m'agenouille face à lui, puis je le serre contre moi pour lui faire un câlin. Les moments avec Tiago sont importants pour moi, car c'est grâce à lui que je ne flanche pas et que je garde la tête haute.

– Ton papa aurait été très fier de toi !

– Tu crois ? me questionne-t-il d'une petite voix hésitante.

– Oui. Et je suis certaine que, de là-haut, il te regarde tous les jours. Il doit se dire que son fils est un petit plaisantin tout comme lui, et qu'il fait beaucoup trop tourner sa mère en bourrique.

– J'aurais aimé le connaître. Je peux te poser une question, maman ? me demande-t-il tout en baissant la tête, soudainement absorbé par ses baskets.

– C'est normal qu'il me manque alors que je ne le connais pas ?

– Bien sûr que oui ! Il restera toujours ton papa quoi qu'il arrive et même si tu n'as pas pu le rencontrer, je ne cesserai jamais de te parler de lui ! Son absence fera toujours partie de nous, c'est comme ça. Mais il faut te dire que toi aussi, tu dois lui manquer. Je suis certaine qu'il adorerait faire ta connaissance et qu'il n'attend que ça.

En décembre 2015, Cédric m'a quittée, mais avant de partir il m'a laissé le plus beau des présents. Un mini lui qui lui ressemble comme deux gouttes d'eau. Je ne regrette rien de ce qu'il s'est passé, car finalement, Cédric reste mon premier amour, celui que j'ai aimé durant toutes ces années, sans avoir le courage de le lui dire.

Tiago est mon plus beau cadeau de Noël.

6

Naya

DÉCEMBRE 2021

Tiago est arrivé d'une façon si soudaine... Je n'ai pas pu me préparer psychologiquement à être maman. À peine avais-je compris ce qui m'arrivait que je me retrouvais dans la salle d'accouchement, à hurler contre la terre entière. Après le décès de Cédric, j'ai totalement changé, je n'étais plus moi-même. Je mangeais très peu, je passais mon temps à pleurer, et la vie ne m'intéressait plus. Je ne souhaitais qu'une chose : le rejoindre. Mes parents ont tellement eu peur que j'en finisse qu'ils se sont débrouillés pour venir habiter quelques fois à l'appartement. Quant à mon frère, il était encore plus déboussolé que moi face au décès de mon meilleur ami. Et pour être honnête, je n'arrivais tellement pas à gérer mon chagrin que je ne me suis pas préoccupée de ce que pouvaient bien ressentir mes proches.

Pendant des mois, je me suis focalisée sur Cédric, et rien

d'autre. Si bien que j'en suis venue à oublier totalement la nuit que nous avions passé avant qu'il s'en aille.

J'avais tout oublié.

En pleine nuit, je me suis réveillée en hurlant face à des douleurs dont je ne comprenais pas la provenance. Alertés par mes cris, mes parents ont accouru dans ma chambre et ont vite pris la décision de m'emmener à l'hôpital. J'étais terrorisée, mais je voulais savoir ce qui m'arrivait malgré la douleur qui ne faisait qu'augmenter. Puis quand nous avons débarqué aux urgences, les médecins nous ont appris que j'étais en train d'accoucher, et c'est à ce moment-là que tout m'est revenu en tête. Au fond de moi, je m'en veux de ne pas y avoir repensé. À cause de tout ça, j'ai fait un déni de grossesse et je n'ai pas pu profiter de ces neuf mois pour me préparer à l'arrivée de cet enfant qui grandissait jour après jour à l'intérieur de moi. Et je n'ai pas connu la joie de le sentir bouger ni de voir mon bidon s'arrondir.

J'ai finalement atterri en salle d'accouchement, et mon ventre s'est mis à gonfler d'un seul coup. Le corps humain est vraiment quelque chose d'incroyable, quand on y pense.

Malgré mes regrets, je me dis que je suis heureuse que Tiago fasse partie de ma vie. Il est né une semaine pile-poil avant l'anniversaire de son père et du mien. Je n'oublierai jamais le clin d'œil qu'a voulu me faire le destin. Désormais, il n'y a que lui et moi, et personne d'autre. Cette vie nous convient parfaitement, et au fond de moi, je ne sais pas si j'arriverai à laisser un autre homme entrer dans notre quotidien. Je ne m'en sens pas capable pour le moment, mais si un jour l'occasion se présente, je veux être prête à faire un effort pour tenter de voir ce que ça peut donner.

J'observe mon fils lire dans un coin de la librairie. C'est dingue comment il ressemble à son père. Il a les mêmes cheveux cuivrés en bataille et les mêmes yeux verts. Les deux seules choses qu'il tient de moi sont son petit nez et sa bouche, sinon le reste... On ne peut pas nier qu'il est de Cédric.

– Alors tu vas mieux ? me demande mon amie, en me sortant de mes pensées.

– Oui... Merci à toi, d'ailleurs l'idée de la trousse de maquillage d'urgence, c'est extra !

– Je t'avais bien dit que ça nous servirait bien un jour, puis on est les seules femmes à travailler ici ! À moins qu'Éric ne se maquille ?

J'explose de rire. J'imagine notre collègue se passer du fard à paupières ou encore du rouge à lèvres. Au moins, Éric m'aura permis de me changer les idées quelques secondes, même si c'est à ses dépens.

– Je ne pense pas que ça soit son genre... Mais merci, tu es toujours là quand j'ai besoin de toi. J'ai quand même l'impression d'être la pire amie du siècle ! lui avoué-je.

C'est vrai que, depuis que je la connais, je n'ai pas été une amie vraiment présente pour elle. C'est plutôt Maria qui était là à chaque fois que j'en ressentais le besoin. Je promets de lui rendre la pareille, un jour !

– Ne dis pas ça, tu verras, tu te rattraperas quand tu auras enfin tourné la page sur tout ça. C'est dur, mais quand tu comprendras que c'est le moment de lui dire adieu, tu revivras.

– Je ne te contredirai pas, car tu as totalement raison...

– Oui, que ferais-tu sans moi ! me lance-t-elle avant de me faire un clin d'œil.

– Je serais perdue, je l'avoue. Maintenant, assez discuté, remettons-nous au boulot !

– À vos ordres, cheffe !

Je reprends mes fiches qui récapitulent toutes les sorties de la semaine et je m'aperçois qu'on a oublié le plus gros ce matin.

– Maria, on a reçu des nouveautés dans la catégorie *new*

romance, tu peux aller me les ranger pour qu'on les voie directement quand on arrive dans la librairie ? C'est la plus grosse vente du mois. Les lectrices attendent ce nouveau tome avec impatience, et on est clairement à la bourre ! D'ailleurs, bizarre qu'encore personne ne nous l'ait réclamé.

Suite à mes ordres, mon amie se dirige jusqu'au stock pour aller récupérer les exemplaires à mettre en rayon. Puis je la vois revenir avec une grosse caisse à roulettes qui déborde. Entre deux clients, j'observe les jeunes femmes se jeter sur ma collègue alors qu'elle n'a pas encore eu le temps de poser ne serait-ce qu'un seul bouquin sur la table des nouveautés. Je la vois râler, alors qu'elle se fait littéralement arracher certains livres des mains, puis elle se retourne vers moi.

– Si tu me détestes, fallait le dire tout de suite plutôt que de m'envoyer au purgatoire de cette façon !

J'éclate de rire et repense qu'il y a maintenant quelques mois, j'étais dans une situation similaire. Car nous avions exactement le même poste. Mais notre patron a décidé de m'accorder une promotion et je suis devenue la directrice. C'est un honneur de travailler dans un tel endroit, surtout que la librairie s'est transformée en une grande chaîne et qu'il y a désormais un magasin dans chaque grande ville de France. Tout doucement, le nom commence à s'exporter à l'étranger et du haut de mes 30 ans, je me retrouve à gérer cet endroit magnifique qui me permet de m'évader pendant plusieurs heures dans la journée. Je peux m'échapper rien qu'en touchant un livre, et ça, ça n'a pas de prix.

7

Naya

DÉCEMBRE 2021

Depuis que monsieur Ollivander m'a offert une place ici, j'ai travaillé d'arrache-pied. Lorsque j'ai été embauchée, je me levais pour aller bosser par pur plaisir pour les livres, car je suis une vraie collectionneuse de ces petites merveilles. Ensuite, je venais surtout pour oublier Cédric. D'ailleurs, depuis quelques années, j'ai changé ; je ne lis plus de romance. Tous ces romans me font penser à lui, et je refuse de le voir dans toutes mes lectures.

Ça me fait toujours autant mal, et je souffre, mais en silence la plupart du temps. Je me suis donc dirigée vers le thriller, l'épouvante, voire l'horreur, et Stephen King est devenu mon échappatoire.

Je me rappellerai cette journée encore longtemps. Ce jour de Noël, quand on m'a appris la vérité, et que je me suis effondrée. Je n'ai jamais cherché à en savoir plus sur ce qu'il lui était arrivé. Le fait qu'il ait eu un accident me suffisait amplement, et mon chagrin était de plus en plus grand. Puis garder contact avec la famille Green ou même me rendre sur sa tombe n'aurait fait qu'accentuer une peine bien trop présente.

Quelques jours plus tard, mon père a téléphoné à James Green pour en apprendre plus sur les causes du drame. Il lui a alors donné tous les détails. Toutefois, quelle ne fut pas sa surprise quand il lui a avoué que l'enterrement avait déjà eu lieu ?

Trois jours après son décès…

Mon paternel était furieux que les Green ne nous aient même pas conviés pour que nous puissions assister à la cérémonie. Dans un sens, je ne leur en veux pas, car je sais, tout au fond de moi, que je n'aurais pas été capable de l'observer dans le cercueil où il repose désormais sans m'effondrer.

J'aurais certainement craqué…

Néanmoins, j'ai besoin de lui dire définitivement adieu, pour moi, mais aussi pour notre fils. Je veux lui parler de son papa sans fondre en larmes comme aux premiers jours. Tiago est désormais tout ce qui me reste de lui, et je remercierai à tout jamais la vie pour ça.

Si je tourne la dernière page de notre histoire, ce n'est pas pour autant que je l'oublierai. Non. Cédric sera dans mon cœur jusqu'à la fin de mes jours. Il a été mon meilleur ami, mon confident, mais également le premier homme que j'ai véritablement aimé et je ne pourrais jamais l'oublier. Je n'ai qu'un seul regret : c'est de ne pas lui avoir parlé plus tôt de mes sentiments, car je ne saurai jamais s'ils étaient réciproques.

Je ne peux pas retourner en arrière !

Je l'ai aimé de toutes mes forces, j'ai passé des moments extraordinaires avec lui, et rien d'autre ne compte à mes yeux.

Jonathan, un de mes employés, m'interrompt en m'appelant du fond de la librairie. Personne ne veut me laisser tranquille. En temps normal, ils se débrouillent très bien tout seuls, mais aujourd'hui c'est une autre histoire. Je me dirige vers lui et découvre qu'il arpente le rayon thriller en faisant les cent pas tandis que plusieurs cartons du dernier Stephen King sont amassés un peu partout autour de lui.

Il faut que je le lise ! Et le plus vite possible.

Je profite de l'observer pendant qu'il ne m'a pas encore vue. Jonathan est un homme de mon âge, les cheveux rasés sur les deux côtés de la tête, et au centre de son crâne, pointe vers le plafond une crête bleue.

Une horreur cette coiffure…

Il porte de multiples piercings, notamment un anneau au nez. Et niveau carrure, c'est quelqu'un qui aime prendre soin de lui. Ses épaules sont carrées et musclées et je devine que son torse doit avoir de magnifiques tablettes de chocolat. J'aurais très bien pu fantasmer, sauf qu'il y a un mais…

Sa tenue vestimentaire est une horreur ! Cristina Cordula, si tu m'entends, bouche-toi les oreilles…

Jonathan est un fan incontestable de Disney, de jeux vidéo, de séries télé… Chaque jour qui passe, nous avons le droit à de nouveaux habits aux imprimés colorés rendant hommage à ses personnages préférés.

Je ne dis rien, car je n'ai pas le droit de réprimander un employé sur ses mauvais goûts vestimentaires. Sauf que là c'est loin d'être harmonieux, et pourtant j'ai des pulls du *Roi Lion* dans mon armoire, mais pas aussi flashy que lui !

Quand il se retourne enfin et qu'il m'aperçoit, il me fait un grand sourire que je me force à lui rendre en feignant ainsi d'être ravie de le voir.

– Naya, as-tu réfléchi à ma proposition de la semaine dernière ? me questionne-t-il, tout joyeux.

– Euh… Ta proposition de la semaine dernière ? lui demandé-je, tandis que je cherche ce dont il est en train de me parler.

– Je t'avais proposé d'aller dîner un soir. Tu m'as répondu

que tu allais réfléchir, mais tu ne m'as pas encore donné de réponse...

En plus de son apparence hors du commun, Jonathan est un homme adorable. Il a le cœur sur la main et souhaite constamment aider les autres au détriment de sa propre personne. Alors certes, je veux tourner la page, mais il ne m'attire absolument pas... Puis je me suis toujours dit que jamais je ne sortirais avec un collègue. Si notre relation ne se passe pas comme prévu, c'est beaucoup trop de problèmes à gérer.

Je n'ai certainement pas besoin de ça...

Mentalement, je cherche une excuse toute faite pour refuser son invitation. Sauf que je n'arrive pas encore à trouver comment décliner. La vérité va sans doute le blesser, je ne peux pas lui faire ça.

– Écoute, ça serait vraiment avec plaisir, mais là, tout de suite, ça ne va pas être possible. J'ai une affaire personnelle à résoudre et c'est très important pour moi. J'espère que tu comprendras.

Maria déboule de nulle part, se colle à moi et regarde Jonathan avec un grand sourire.

Pitié, mon Dieu, elle prépare un coup foireux.

Cependant, j'aimerais qu'elle me laisse faire, pour une fois. Je voudrais régler tout ceci au plus vite avant qu'elle ne dise une connerie.

– En réalité ce que veut dire Naya, c'est qu'elle serait plus que ravie que tu l'emmènes, dîner ! Elle ne parle plus que de ça depuis des jours. Puis elle te trouve hyper sexy ! lui raconte ma meilleure amie qui vient de perdre toute mon estime en trente secondes.

– C'est sérieux ? Bah écoute, on peut faire ça après les fêtes, si ça te convient. Car là en ce moment, je suis un peu pris par les cadeaux de Noël et les préparatifs, s'extasie Jonathan en m'adressant un sourire idiot.

Pourquoi ce genre de choses n'arrive qu'à moi ?! Je vais tuer Maria d'un coup de pelle et me débarrasser de son corps en pleine nuit. Ni vu ni connu.

– Pour être honnête avec toi, je ne sais absolument pas quand on pourra s'organiser ça. Mais je te redirai ça. Parce qu'avec les fêtes de fin d'année, on risque d'avoir pas mal de monde avant Noël et ça promet d'être compliqué, lui avoué-je dans un demi-mensonge.

Intérieurement, je suis en train de hurler à Jonathan qu'il ne m'intéresse absolument pas et que le seul homme que j'aime n'est plus de ce monde.

Oh non, ça recommence !

– ça me convient, je te fais confiance pour ne pas oublier.

– J'essaierai de tout faire pour qu'on puisse s'organiser ça, lui réponds-je, mal à l'aise, car je sais qu'au fond de moi je n'en ai pas envie du tout.

Il installe un dernier livre en rayon, puis se retourne vers moi avec un sourire en coin :

– J'ai terminé pour aujourd'hui, on se voit demain, les filles !

Il salue Maria, me lance un regard insistant et nous contourne pour s'en aller. Jonathan ne fait pas beaucoup d'heures ici, car je sais que le soir, il va aider ses parents à la pizzeria familiale. De toute façon, la librairie est certes reconnue, mais nous nous trouvons dans un centre commercial au milieu de marques de vêtements et de maquillage. Les clients ne viennent pas ici tous les jours pour acheter un livre ; ils préfèrent, pour la plupart, se rendre en grande surface ou sur Internet.

Quand je suis certaine qu'il est parti et qu'il ne nous voit pas, je m'empare de la peluche panda qui trône à l'entrée du coin enfants, à côté de celui du thriller, et je la jette à la figure de mon amie.

– Espèce de garce ! Pourquoi t'as fait ça ? Je m'en sortais très bien toute seule.

– Tu allais refuser son invitation... Le pauvre, son petit cœur ne l'aurait pas supporté !

– J'ai besoin de régler certaines petites choses avant de penser à rencontrer un mec...

– Et si tu profitais du peu d'affluence pour m'expliquer ?

Finalement, il est temps de lui en parler ; elle seule pourra m'aider. Nous parcourons les rayons de la librairie pour nous rendre jusqu'à la caisse et nous nous installons sur des tabourets derrière le comptoir pour discuter calmement.

– J'ai pris la décision de tourner la page, mais pour ça il faut que je me rende à Saint-Savin, lui annoncé-je.

– Où ça se trouve déjà ? me demande-t-elle perdue.

– Un petit village en Isère. Entre Lyon et Grenoble.

– D'accord. Si tu te rends là-bas, peut-être que ça t'aidera. Mais imagine si c'est tout le contraire, comment vas-tu réagir ? s'inquiète-t-elle.

Dans un sens, elle n'a pas tort. Tout au fond de moi, j'ai la trouille de tomber sur les parents de Cédric, car ils n'ont pas voulu que j'assiste à son enterrement. D'après mon père, ils me tiennent responsable de l'accident depuis le jour du drame. Selon eux, Cédric roulait beaucoup trop vite, avant de perdre le contrôle du véhicule sur une route complètement verglacée. De là, ses parents en ont conclu qu'il s'était passé quelque chose entre nous, l'empêchant ainsi de rester concentré sur sa conduite. Dans tous les cas, je veux juste pouvoir enfin faire mon deuil, rien de plus.

– Je n'en sais rien du tout, mais j'ai besoin d'y aller.

Maria est une amie en or, je lui ai parlé de Cédric beaucoup plus que de raison. À sa place, j'aurais fait une overdose ! Cependant, j'oublie parfois ce qu'elle a vécu. Un jour, son fiancé, Jordan, est parti en voyage d'affaires et son avion n'est jamais arrivé à destination. D'après ce qu'elle m'a raconté, il y a eu un problème en plein vol et l'appareil s'est crashé au milieu de l'océan. Il n'y a eu aucun survivant.

– J'en oublie que tu as vécu la même chose. Comment tu as réussi à tourner la page ? la questionné-je, intriguée.

– Tu sais, on ne passe pas vraiment à autre chose, comme tu le dis, mais on vit avec et on essaie d'avancer. Même si c'est difficile et que ça fait mal, nous, on est encore debout et on vit. Puis, tu crois vraiment qu'il aurait voulu que tu passes ta vie à ne penser qu'à lui ? Que tu t'empêches de vivre pour lui ? Il ne voudrait que ton bonheur ! Tu vas trouver quelqu'un, construire quelque chose avec lui, profiter d'être vivante et continuer d'exister.

Je me rends compte qu'elle a totalement raison. Toutes les fois où j'ai pleuré pour lui, les semaines où je n'ai pas quitté son odeur qui imprégnait les oreillers… Je suis même allée jusqu'à m'habiller avec ses vêtements pour pouvoir respirer son parfum.

Les premiers mois ont été un enfer !

– Heureusement que tu fais partie de ma vie. Tu as raison, il faut que je me ressaisisse.

– Je suis tellement contente que tu te décides enfin ! En plus, tu as la chance qu'un homme beau, intelligent et qui a l'air vraiment très gentil, s'intéresse à toi. Profites-en, tant que tu le peux, m'informe-t-elle véritablement heureuse pour moi.

Au moment où j'allais lui répondre que Jonathan n'est pas l'homme que je recherche, le téléphone de la librairie nous interrompt, et Maria s'en empare, le colle à son oreille puis finit par me le tendre :

– C'est pour toi, ta grand-mère veut te parler !

– Elle sait très bien qu'elle ne doit m'appeler au boulot qu'en cas d'extrême urgence…

Je soupire. Mamou a tendance à m'exaspérer. Si mon patron décide de passer nous voir à ce moment précis, je risque de me faire rappeler à l'ordre parce que ma famille n'est pas capable de respecter les limites que je lui ai imposées. Parfois, j'ai l'impression qu'elle n'en fait qu'à sa tête !

– C'est un cas d'urgence ?

– Absolument pas !

– Pourquoi tu m'appelles alors ? lui demandé-je en grognant.

– On s'en fiche comme de l'an quarante ! Le 25, tu ne fais rien ? Non, ne me réponds pas. Tu annules et tu viens à la maison, compris ?

Je rêve, ou elle est en train de m'engueuler ? Certes, Noël a un goût amer pour moi, depuis quelques années, mais je ne priverais pas Tiago de la magie des fêtes de fin d'année…

– Un jour, tu risques de faire une attaque…

– Une attaque, moi ? Mais tu ne me connais pas, jeune fille, je peux courir un marathon, devenir la championne de prises de ninja, et même faire du saut en parachute.

Un saut en parachute… Mais elle est devenue complètement dingue ? Personne ne voudrait faire faire un saut en parachute à une grand-mère de son âge. D'ailleurs, à force de tirer sur la corde, elle va nous claquer entre les doigts ! Je suis certaine que, même malgré son grand âge, Mamou est hyperactive. Ça me paraît totalement improbable, mais je n'ai pas d'autres explications.

– On sera là, Tiago et moi, comme à chaque fois. Mais je risque de vous le laisser pour aller régler quelques petites choses… C'est l'histoire de quelques petites heures et je serai de retour bien avant qu'on ait entamé l'apéritif !

– C'est-à-dire ? me questionne-t-elle, suspicieuse. Tu ne fais rien d'illégal, j'espère ?! Parce que ton fils a déjà un parent en moins, je n'ai pas l'intention de l'accompagner apporter des oranges à sa mère en prison, je t'avertis !

– N'importe quoi…

– Bon, le plus important, c'est que tu seras présente. Faut en profiter, qui sait, peut-être que l'année prochaine, je ne serai plus là pour vous gâter !

– Mamou ! Ne dis pas ça ! l'engueulé-je en haussant la voix.

Rien que d'imaginer qu'elle puisse disparaître un jour, j'en ai les larmes aux yeux. Le jour où ça arrivera, on risque de me ramasser à la petite cuillère. Déjà que je n'ai pas terminé de faire le deuil de mon ami, alors pour elle... Non, je refuse de l'imaginer.

– Ah, ne m'appelle pas comme ça, toi ! Ça me rappelle ton Cédric... Il râlait toujours, car mes cookies étaient trop mous.

– Et il finissait par tous les manger... Contrairement à moi, qui avais un appétit de moineau !

– Tu vas finir par me donner des cheveux blancs, ma petite.

– Ils le sont déjà... Et ça ne se voit pas, car tu t'achètes des couleurs quand tu vas faire tes courses.

– Chut ! Ne révèle pas mon secret de jeunesse, c'est vraiment top secret !

J'éclate de rire. Ma grand-mère est une des personnes que j'aime le plus au monde. Elle me comprend, elle n'hésite pas à me dire ce qu'elle pense, et j'aime ça.

– On se voit à Noël alors. À plus tard, j'ai déjà plein de choses à faire avant le jour J. Bisous ma puce !

Je n'ai même pas le temps de lui répondre qu'elle me raccroche au nez. C'est définitif : j'aime Mamou du plus profond de mon cœur.

– Alors ? Elle te voulait quoi ? me questionne Maria, intriguée.

– Euh... M'inviter à passer Noël à la maison.

– Mais tu t'y rends tous les ans déjà, non ?

– Oui, même si j'ai du mal... Je ne veux pas priver mon fils de passer un vrai Noël.

– Tu sais, elle prend de l'âge. Tu devrais passer plus de temps avec elle. Et pour te dire la vérité, elle se fait beaucoup de soucis pour toi. Elle appelle au moins une fois par semaine ici, pour prendre de tes nouvelles. Du coup, je la rassure comme je peux, mais pense à aller la voir de temps en temps, tu sais, ça ne te coûte rien.

– Tu es sérieuse ? Elle appelle une fois par semaine… Mince, je ne savais pas qu'elle se faisait autant de soucis pour moi…

Maria ne me répond pas ; elle préfère s'échapper pour continuer sa mise en rayon, plutôt que de discuter de ce qu'elle me cachait jusqu'à présent. Néanmoins, elle n'a pas tort, encore une fois. Je dois rendre visite à Mamou un peu plus souvent. Mais en attendant, je dois me préparer mentalement à tourner la dernière page de ce chapitre afin d'en entamer un nouveau.

8

Naya

DÉCEMBRE 2021

Après avoir informé Maria de mon intention de tourner la page, elle s'est transformée en véritable entremetteuse ! Tous les moyens étaient bons pour tenter de me caser avec un homme via les réseaux sociaux. Peu importe à quoi il ressemblait, il fallait que j'aie un rendez-vous.

Elle est complètement timbrée !

Un matin, alors que j'arrive tranquillement au boulot, la tête encore à deux mille lieues d'ici, elle me saute littéralement dessus en brandissant un papier.

– Naya, tu oublies tes plans pour ce soir ! Je te garde Tiago et tu fonces changer ta vie à tout jamais, s'excite-t-elle en sautillant dans tous les sens.

Je sors mon téléphone et regarde l'heure : neuf heures moins le quart. Décidément trop tôt, pour mon bien-être mental. Je souffle, déjà fatiguée par l'attitude de ma meilleure amie.

Il y a des jours où j'aimerais rester dans mon lit !

– Tu ne veux pas attendre que je me sois installée dans mon bureau avec un bon thé chaud ? Non, mais, parce que là... Je ne suis pas sûre de t'écouter, lui réponds-je avant de bâiller.

J'ai mal dormi et j'ai passé la nuit à penser à Cédric. Malgré ma décision, j'ai la sensation que mon subconscient m'envoie un message. Comme si je devais m'en vouloir de tourner la page. Certes, au fond de moi je me sens coupable d'une façon que je n'arrive pas à définir, mais quand je pense à mettre un point final à toute cette histoire, mon cœur se serre. J'ai la sensation de le quitter pour toujours. C'est bête, alors qu'il est décédé depuis des années maintenant.

– Bah dans ce cas, bouge ! J'ai plein de choses à te raconter.

– Tu sais qu'on s'est vues hier et qu'on a discuté ? Alors que s'est-il passé en l'espace de seulement seize heures ? la questionné-je, intriguée.

Parfois, Maria me fait peur. Cette fille est une vraie pile électrique. Sérieusement, le jour où elle trouvera quelqu'un, je lui souhaiterai tout le courage du monde ! J'adore mon amie, mais je crois que je serais incapable de vivre avec elle, car une Troisième Guerre mondiale éclaterait. Et pourtant elle me l'a proposé un nombre incalculable de fois, lorsque je ne m'en sortais pas entre mon fils et toutes les factures à payer. Néanmoins, pour ma fierté personnelle, j'ai toujours refusé. Je me sentirais mal de donner l'impression de me débarrasser de la charge de mon enfant en acceptant l'aide d'une personne extérieure à ma famille.

– Tu ne te rends pas compte de tout ce qu'il peut se passer en seize heures, toi !

Oh que si, je le sais mieux que personne...

Je bifurque vers mon bureau, pose mes affaires, ainsi que mon manteau, et me dirige vers la machine à thé, dans laquelle j'insère une capsule pour me préparer ma boisson préférée.

Pendant ce temps, Maria, qui s'est assise sur une des chaises, est morte d'impatience de m'annoncer enfin ce qu'elle a trouvé de si important.

Par pitié, je ne peux pas avoir une seule matinée tranquille ?!

Une fois que le liquide a fini de couler dans ma tasse, je vais poser mes fesses dans mon fauteuil et je fais enfin face à ma meilleure amie et collègue, qui devrait être en train de bosser au lieu de vouloir bavarder.

– Mon Dieu… Mais pourquoi tu gardes ce mug horrible ?! s'indigne-t-elle en faisant une grimace de dégoût.

– Je trouve ta tête ignoble, et pourtant je ne te l'ai jamais dit ! Alors laisse ma tasse tranquille, tu veux bien ? Elle ne t'a absolument rien fait.

Outrée, elle me regarde les yeux et la bouche grands ouverts. De toute façon, elle le mérite amplement. On ne se moque pas de mes affaires.

– Espèce de connasse ! Je n'ai jamais critiqué ton physique, même quand tu avais un cul aussi gros qu'une baleine ! se moque-t-elle avant de me tirer la langue.

Maria : 1

La maturité : 0

– J'étais enceinte à cette période ! Certes, sans le savoir, mais je l'étais quand même. Et tu n'avais qu'à pas critiquer mon bon vieux *Bob l'éponge* [4] *!*

– Excuse-moi, mais en tant que directrice, ça ne fait absolument pas sérieux ! D'ailleurs, je ne t'ai jamais vue sans. Je me demande où tu as bien pu le trouver, il est vraiment horrible !

J'observe mon mug. Je le trouve plutôt sympa moi ! Il est de couleur crème, avec Bob l'éponge en son centre qui gonfle les joues et qui dit : « *Oh oh !* » Sur un fond de bulles d'eau.

---

4 - *Bob l'éponge* : (*SpongeBob SquarePants*) est une série télévisée d'animation comique américaine, créée par l'animateur et ex-biologiste Stephen Hillenburg, diffusée depuis le 1er mai 1999 sur la chaîne Nickelodeon.

– C'était un cadeau de Cédric. On regardait ensemble les épisodes du dessin animé, et on n'en a jamais loupé un. Même après son décès, j'ai continué de regarder et j'ai transmis la *Bob'Omania* à Tiago, lui avoué-je en prenant une gorgée de ma boisson.

– La *Bob'Omania* ?! OK, ça devient trop bizarre pour moi, me dit-elle en levant les bras au ciel.

– Tu n'avais pas un truc super, ultra, méga important à me dire ? la questionné-je désormais impatiente d'en finir avec elle.

Je la fixe en croisant les bras contre ma poitrine, tout en espérant que ça soit vraiment urgent. Car je connais Maria, et elle peut très vite devenir exaspérante… Elle s'enflamme la plupart du temps pour pas grand-chose.

– Il se trouve que ce soir, après le boulot, tu vas rentrer chez toi…

– Comme tous les soirs effectivement, la coupé-je avec un grand sourire.

– Tu vas me laisser finir, oui ! s'énerve-t-elle. Donc, je disais, tu vas rentrer et tu vas te faire belle ! Je veux voir une bombe, t'as entendu ?

– Pourquoi je devrais faire ça ? m'étonné-je.

– Tu vas aller au Levrette café[5] ! Ils organisent un speed dating, et tu vas enfin avoir un rendez-vous !

Elle se fout de ma gueule ?!

– Tu n'es pas sérieuse là ?! Je te préviens, je n'irai pas ! Je dois m'occuper de Tiago, on ne s'est pas trop vus cette semaine étant donné qu'il a dormi chez mes parents. Alors je veux profiter de lui avant de partir.

– Sauf que c'est non négociable ! J'ai réservé ta place, et Tiago est d'accord pour passer la soirée avec moi pendant que

5 - Le Levrette café : est une Franchise de café, disponible dans quelques villes de France où vous pouvez déguster des bières de la marque Levrette.

tu vas chercher un amoureux pour qu'il puisse enfin faire des trucs de garçons !

– Tu as soudoyé mon fils ?! Espèce de traîtresse ! En plus, paie le nom de ton café... Je vais avoir l'impression de me rendre dans une maison close pour aller coucher avec un inconnu, lui lancé-je, passablement irritée.

Ce qu'elle ne semble pas comprendre, c'est que je ne veux personne dans ma vie ! Du moins, pas pour l'instant. Je dois faire mon deuil avant d'aspirer à rencontrer quelqu'un. Et puis, ça fait tellement longtemps que je ne saurais plus quoi faire.

– Même si tu ne souhaites rencontrer personne, vas-y. Discute avec des gens, ça ne te fera pas de mal. Et puis ça ne te coûte rien d'essayer. Je ne te demande pas de sauter sur le premier qui t'adresse la parole, mais j'aimerais que tu comprennes que tu peux plaire à n'importe quel homme sur cette planète ! Tu es une vraie bombe, Naya ! Toutes les femmes sont jalouses de toi, et tu ne le remarques même pas.

– De toute façon, tu n'es pas objective ! Je suis ton amie, donc tu ne le diras jamais si je ressemble à un hippopotame.

– J'ai bien dit que tu avais le cul d'une baleine et toi tu m'as bien sorti que j'avais une sale tronche, donc on se dit tout, même le plus intime des détails.

– Je suis sérieuse, Maria !

– Figure-toi que moi aussi. Je te le dirais si tu n'avais aucune chance. Alors je ne veux rien savoir. Je viens chez toi en sortant du boulot, et tu n'as aucune excuse.

Elle se lève, me donne le prospectus du café, et s'en va avec un grand sourire aux lèvres. Je m'empare du bout de papier, le parcours puis finis par souffler d'exaspération.

Je n'ai absolument pas envie d'y aller !

Si ça se trouve, je vais tomber sur des détraqués, ou pire encore ! Et si je faisais la rencontre d'un tueur en série à la recherche de sa prochaine victime ?!

Je ne veux pas rencontrer Dexter[6] *en dehors de Netflix*[7] !

– Maria ! Reviens, faut qu'on parle ! hurlé-je.

C'est une mauvaise idée, ce speed dating !

J'observe rapidement la devanture du café avant de souffler d'exaspération. J'aurais vraiment voulu rester au chaud avec un bon chocolat devant un film, en compagnie de mon fils. Franchement, toute cette histoire est une mauvaise idée, et je le ressens au plus profond de moi.

Si ça ne tenait qu'à moi, j'aurais passé le temps ailleurs qu'ici, mais je suis sûre que ma meilleure amie l'aurait su. J'aurais été bombardée de questions et je me serais pris tout un tas de reproches à la figure.

Maria est pire que le diable !

Je finis par abandonner l'idée de fuir, puis ferme les yeux pour me donner du courage. Lorsque je les rouvre, je suis plus déterminée que jamais. Je traverse la rue, et une fois devant la porte, je me fige. J'ai encore envie de me dégonfler.

Ce n'est pas mon genre d'habitude…

Au moment où ma main touche la poignée, mon cœur se serre. Je ne sais vraiment pas si j'en suis capable, au final. Mon comportement est complètement débile ! À part discuter quelques minutes avec des inconnus, je ne m'engage à rien.

– Excusez-moi, mademoiselle, vous comptez entrer ?

Je sursaute. Une dame âgée m'observe de ses grands yeux

---

6 - *Dexter* : série télévisée américaine, mettant en scène un expert en médecine légale qui est en réalité un psychopathe aimant tuer des personnes criminelles.

7 - *Netflix* : entreprise multinationale américaine créée à Scotts Valley en 1997 par Reed Hastings et Marc Randolph appartenant au secteur d'activité des industries créatives. C'est aujourd'hui une importante plateforme de streaming, mettant à disposition des séries, des films et des documentaires.

bleus. Avec tout ça, je n'avais même pas remarqué que des personnes attendaient derrière moi. Je recule de quelques pas et je l'invite à passer. De toute façon, je n'ai pas encore décidé si j'allais le faire ou non… Après tout, je pourrais simplement m'installer et prendre une petite douceur.

Je cogite vraiment pour rien…

Cédric n'aurait certainement pas voulu que je me comporte de cette façon. Il m'aurait donné un bon coup de pied aux fesses et aurait éclaté de rire en me disant que je ne suis qu'une froussarde. Et il aurait eu raison.

– Je ne te laisserai pas te moquer de moi, peu importe où tu te trouves, Cédric Green !

Les gens vont croire que je suis folle, cependant je n'en ai strictement rien à faire. Si lui parler peut m'aider à faire enfin mon deuil, alors pourquoi pas ?!

Cette fois-ci, je passe la porte d'entrée, et une bonne odeur de café mélangée au chocolat me parvient. Le speed dating est complètement oublié ; je veux ma boisson ! Pour me réchauffer, je frotte l'une contre l'autre mes mains totalement gelées à cause du froid. Et m'approche du comptoir. L'endroit est chaleureux, avec un décor tout en bois du sol jusqu'au mobilier. Un sapin trône, pas très loin de la porte principale, et des guirlandes parsèment la salle un peu partout pour donner une ambiance de Noël. Je remarque que les employés ont tous un bonnet rouge, ce qui me fait sourire.

J'ai eu exactement la même idée pour la librairie.

Avec Maria, nous devons commencer les préparatifs d'ici la fin de la semaine, avant mon départ pour Saint-Savin. Je serai de retour juste avant Noël. Je pensais rentrer le 25 décembre dans l'après-midi, mais mon cœur de maman s'est rendu compte que je ne pouvais pas infliger ça à mon fils. Donc, changement de plan, je partirai quelques jours avant, et je passerai les fêtes avec lui et notre famille. Certains me jugeront d'avoir pu imaginer lui infliger une chose pareille, sauf que je fais tout ceci pour lui.

Pour être une meilleure mère.

– Madame, je suis désolé, mais nous sommes fermés. Nous avons réservé le café pour un speed dating donc l'accès est possible uniquement si vous êtes inscrite, s'excuse l'employé en face de moi, mal à l'aise.

Il me sort d'un coup de mes pensées, et on dirait bien que je vais devoir participer à cet événement si je veux mon chocolat...

Misère !

– Je suis sur la liste, normalement. Je vous avoue que je n'ai jamais participé à ce genre d'événements, donc je suis un peu perdue, lui réponds-je avant de glousser nerveusement.

On dirait une gamine !

– C'est toujours comme ça les premières fois, me réplique-t-il avant de comprendre le double sens de sa phrase.

Gros blanc. Aucun de nous deux n'ose parler le premier ni regarder l'autre. Il finit par glousser, et passe sa main dans ses cheveux en signe de gêne.

– Le pire c'est que je ne suis même pas ici de mon plein gré, vous y croyez, vous ?

– Je vois très bien, ça fait quelques années que ma meilleure amie tente de me caser. Elle n'a rien trouvé de mieux que les speed datings, m'avoue-t-il, mal à l'aise.

Je pouffe de rire. À première vue, nos amies semblent être identiques. Qui aurait cru qu'il existait, quelque part, une seconde Maria ? Impossible.

– Je ne connais que trop bien ce genre de situation...

Il se retourne vers les grosses machines derrière lui. Puis tout en préparant ma boisson, il me lance :

– Avec le chocolat chaud, vous souhaitez un supplément chantilly et marshmallows ? Personnellement, j'adore et je ne peux que vous le conseiller !

Je le regarde avec un sourire et décide de suivre son conseil. Il m'intime d'aller m'asseoir à une des tables dédiées à la soirée et m'apprend qu'il viendra me l'apporter en personne dès qu'il sera prêt. Je le remercie, puis décide de rejoindre l'endroit qu'il m'a indiqué. Il y a déjà beaucoup de monde, et j'ai bien l'impression que je suis loin d'être sortie avant que Tiago s'endorme ce soir…

Maria va me le payer !

D'ailleurs, elle aussi est célibataire. Pourquoi je devrais chercher quelqu'un pendant qu'elle se tourne les pouces de son côté ? Je me vengerai un jour, c'est certain ! La soirée du speed dating a enfin commencé, et je me demande toujours ce que je fais ici. J'aimerais pouvoir m'ouvrir aux autres, mais je bloque systématiquement. Parler avec d'autres hommes me donne mauvaise conscience vis-à-vis de Cédric, et être ici me donne l'impression de le trahir alors que c'est tout bonnement n'importe quoi. Lui et moi n'étions pas un couple, mais mon subconscient n'arrive pas à l'intégrer, c'est comme ça et je n'y peux rien, je n'arrive pas à me défaire de ces idées.

Plus les années passent, et plus je me dis que je devrais me faire aider. Ma mère a sans doute raison quand elle me conseille d'aller consulter un psychologue.

Un homme, aux cheveux blonds coupés court et aux yeux verts, me fait face. Il s'appelle Nick et il est journaliste depuis maintenant cinq ans. Il est vraiment sympa et je prends plaisir à échanger avec lui.

– Alors, Naya, parle-moi un peu de toi !

– Tu sais, il n'y a pas grand-chose à dire sur moi… avoué-je, à moitié gênée.

– Je suis certain que c'est faux ! Une jeune femme comme toi doit avoir des tas de trucs à dire. Mais si tu n'en as pas envie, on peut discuter d'autre chose et apprendre à se connaître plus tard… En se revoyant peut-être ?

C'est qu'il est direct lui !

– En tout cas, tu sais ce que tu veux ! lui fis-je remarquer.

– Je ne suis pas ici pour collectionner les numéros, je cherche vraiment quelque chose de sérieux et… je ne sais pas… Avec toi, il y a un petit truc qui me plaît.

Tout à coup, mes joues s'enflamment ; je n'ai pas l'habitude qu'un homme me fasse de telles révélations. Je ne sais plus où me mettre ni où regarder.

– Je serais plus que ravie de te revoir après cette soirée, lui révélais-je, tout sourire.

J'ai du mal à croire ce que je viens de dire… Mais j'ai vraiment envie de faire des efforts ! Même si je ne suis pas encore prête, un rendez-vous n'engage à rien du tout.

Nous finissons par échanger nos numéros, et très vite notre temps est terminé, et nous devons passer à la table de rencontre suivante. Un autre homme finit par s'installer à la place de Nick.

– Hum… Tu fais quoi dans la vie ? me demande Ethan.

Ils ont tous du charme lors de ce speed dating, mais aucun n'est *lui*. Je n'arrive pas à passer au-dessus et à profiter du moment présent. Même si j'ai vécu un très bon moment avec Nick, je ne sais pas… Il manque un petit quelque chose pour me faire vibrer. Je commence à me dire que je finirai ma vie seule comme une vieille fille, entourée d'un nombre incalculable d'animaux. Je suis certaine que même mon fils me laissera tomber, car il en aura marre de voir sa mère figée dans ses souvenirs d'antan.

– Je suis directrice d'une librairie faisant partie d'une grande chaîne, et toi ? lui réponds-je, pas vraiment intéressée par la réponse qu'il va me donner.

J'aurais vraiment dû rentrer après ma conversation avec Nick !

– Une librairie ? Tu devais être un petit rat de bibliothèque quand tu étais jeune, me lance-t-il avant d'éclater de rire.

Je rêve ou il se paie ma tête ?!

D'ailleurs, ce n'est pas parce que je bosse entourée de livres que je suis forcément une intello ! C'est même tout le contraire… Je n'ai jamais été bonne à l'école. Pire encore, je détestais ça. Je n'avais qu'une envie, c'était de tout plaquer pour travailler dans ce qui me passionnait vraiment.

– Tout de suite les préjugés ! Sinon tu aimes les enfants ?

Autant entrer dans le vif du sujet ; non, mais parce qu'un homme qui n'aime pas les gamins n'a rien à faire avec moi. Pas qu'Ethan m'intéresse loin de là, j'essaie de le faire fuir !

– Le mot « enfant » et moi, on n'est pas compatibles. Jamais de la vie j'en aurai, je tiens trop à ma liberté, et un môme, c'est signe de problèmes, alors très peu pour moi.

– Dans ce cas, tu peux te lever, on en a terminé, car vois-tu, je suis maman d'un petit garçon, et ma vie n'est pas source de problèmes. Mais la tienne semble être un pur bonheur. Tu aimes cataloguer les gens sans les connaître, c'est magnifique ! J'ai été ravie de te rencontrer… Non, en fait, j'aurais aimé passer au suivant directement.

Il commence à se relever du fauteuil dans lequel il était installé puis se retourne, furax :

– Tu ne sais pas ce que tu rates, ma belle ! J'aurais pu te baiser comme personne ne l'a fait et je t'aurais fait grimper au rideau.

– Alors là, je ne crois pas ! lui réponds-je avant d'éclater de rire.

Pourquoi la plupart des hommes qui sont beaux à en tomber sont toujours des connards ?! Il a un physique à faire craquer n'importe quelle femme, mais non, il se conduit comme le dernier des crétins !

Brun, cheveux courts, yeux marron, barbe bien taillée, visage carré, et sous son pull, il a l'air de cacher une musculature de rêve. En bref, le look typique de surfeur. Sans oublier ses fesses bien rebondies ! Pourquoi le bon Dieu m'en veut comme ça ?! Pas que j'étais prête à me caser là tout de suite, mais j'ai quand même le droit de regarder sans arrière-pensée.

J'attrape ma tasse où mon chocolat est en train de refroidir et j'en bois une gorgée pour retrouver mon calme. Quand je la repose, j'aperçois qu'il y a quelque chose d'écrit sur la serviette :

« J'ai été ravi de te rencontrer ! J'ai vraiment hâte de te revoir et oui… J'ai soudoyé le serveur pour t'apporter ce petit mot, histoire que tu ne m'oublies pas d'ici la fin de cette fabuleuse soirée. À très vite, Nick. »

Si je m'attendais à ça !

Je suis quand même heureuse d'avoir fait la rencontre de Nick qui, au premier abord, semble être un homme gentil et mignon. Son petit mot me fait extrêmement plaisir et il m'a même noté son numéro juste en dessous. Je termine ma boisson en attendant que la personne suivante se présente pour finir cette soirée en demi-teinte.

Quand enfin je relève la tête, j'ai envie de faire une grimace, mais je me retiens et plaque un faux sourire sur mon visage. Un homme d'une cinquantaine d'années me fait face, il a les cheveux noirs… mais gras. Ses yeux sont verts, et je ne veux même pas en voir davantage, car son odeur corporelle me dégoûte.

Finalement, je n'ai pas le courage de terminer ce speed dating. Je m'empare de mes affaires et m'excuse en vitesse auprès du dernier monsieur qui s'est présenté, tout en me retenant de lui dire qu'une bonne douche lui ferait du bien, et je m'enfuis. Avant de sortir, je croise Nick en compagnie d'une vieille dame… Le pauvre ! Il m'adresse un charmant sourire en coin et je lui réponds d'un rapide signe de la main. Il faudra que je le contacte assez vite et que je lui explique la situation si lui cherche quelque chose de sérieux dès à présent. Car je ne peux pas faire attendre quelqu'un indéfiniment.

Je m'empresse de rejoindre ma voiture et démarre en quatrième vitesse. J'ai besoin de faire un gros câlin à mon bébé pour oublier tout ce qu'il s'est passé aujourd'hui.

9

Naya

Décembre 2021

Il ne reste plus que deux semaines avant Noël. J'ai décidé de bouleverser mes plans et de me rendre sur la tombe de Cédric plus tôt que prévu. Tiago restera chez Maria le temps que je revienne, car je ne veux pas lui faire subir ça maintenant. Il faudrait déjà que j'arrive à tourner la page et, ensuite, je l'emmènerai voir la sépulture de son père. Je ne cache jamais rien à mon fils concernant son paternel ; s'il a des questions, je fais toujours en sorte de lui répondre tant que c'est possible.

J'ai donc quitté Paris pour me rendre à Saint-Savin. Je me demande encore ce qui a pris aux parents de Cédric de venir se perdre en pleine campagne au milieu de nulle part. Eux qui aiment le luxe, l'argent et le bling-bling.

Je coupe le moteur de ma voiture, une fois garée devant le petit hôtel du village où j'ai réservé une chambre pour toute la durée de mon séjour. Une grande bâtisse à la façade beige se dresse devant moi. Elle dispose d'une très grande piscine.

Ça sera idéal de faire un petit saut dedans de bon matin.

Oui, on est en décembre, mais heureusement, cette dernière est couverte, et d'après le site Internet, l'eau est chauffée tout l'hiver. Juste à côté de l'accueil, que je repère grâce à une pancarte, se trouve une petite terrasse sur laquelle plusieurs tables sont disposées de façon très symétrique. Vu le silence qui règne à cet endroit, je pense venir souvent ici pour lire au calme. Je distingue également un grand jardin parsemé de quelques arbres et de fleurs de Noël, ce qui colore l'endroit.

J'ai la forte impression que je vais me plaire ici. Je ne suis pas encore entrée dans l'hôtel que je m'y sens déjà comme chez moi. Je sors ma valise de mon coffre, puis me dirige enfin jusqu'à l'entrée. Après avoir montré mes papiers de réservation, une grande blonde m'accompagne jusqu'à ma chambre. Elle a une silhouette digne d'un mannequin, et j'en suis presque jalouse. Elle est mince, comme toutes les femmes souhaitent l'être, avec une poitrine généreuse. Cette fille est vraiment tout le contraire de ce que je suis, et si Cédric l'avait rencontrée, il lui aurait sans doute déjà sauté dessus…

– Je manque à tous mes devoirs ! Je m'appelle Élodie. Enchantée ! me dit-elle en montant les escaliers qui mènent au premier étage.

– Naya, enchantée également…

Je n'ai pas l'habitude d'être dans un établissement aussi familier avec ses clients. Mais un peu de changement ne peut pas me faire de mal.

– Naya ? Hum… Ce n'est pas courant comme nom, mais ça me dit quelque chose. J'ai dû l'entendre quelque part…

– Oui, ce nom n'est pas très répandu… Mes parents se sont battus pour que je le porte, puis ma grand-mère les a aidés à trancher, et voilà.

– Ils ont eu raison, c'est très sympa. Tu viens passer les vacances de Noël en famille ? me questionne-t-elle curieuse.

– Non, pas vraiment… J'ai certaines choses à régler ici avant de rentrer chez moi.

– À cause d'un mec ? Hum… s'il te cause des ennuis, tu n'hésites pas. J'ai l'habitude des gros lourds, alors si je peux aider…

– Non, il ne risque pas de me causer le moindre problème, justement : il est décédé il y a six ans…

Je ne sais pas pourquoi j'ai balancé cette information, après tout elle n'est pas là pour m'écouter me plaindre, ou autre. Je devrais tourner ma langue dans ma bouche avant de parler ! Mais cette fille est très sympathique. Je comprends pourquoi les clients ont envie de se confier à elle, et je ne sais absolument pas comment elle fait.

– Oh quelle gourde ! Je suis vraiment désolée pour toi. Tu verras, tu seras tranquille ici, aucun enfant à l'horizon, dit-elle en m'ouvrant la porte.

Je la remercie et pénètre dans la pièce pour découvrir une chambre très accueillante dans les tons gris clair et blanc. Un lit à barreaux blancs se trouve au fond, et ce dernier est recouvert d'une couverture rouge sans motifs. En guise de décoration, des tableaux se trouvent accrochés aux murs à divers endroits. J'ai aussi à disposition une télévision à écran plat, un dressing, ainsi qu'une connexion Wifi illimitée.

Je dépose enfin ma valise au pied du lit, me laisse tomber sur les draps et regarde le plafond. Depuis que je suis arrivée ici, tout me ramène à lui. Chaque année, je passais tout le mois d'août dans cette ville. Cédric n'avait pas forcément le choix de retourner dans sa famille, alors je le suivais. Tout ça ne plaisait évidemment pas à ses parents, mais une fois que j'étais sur place, ils ne pouvaient pas faire grand-chose. Ils n'allaient tout de même pas me laisser dormir sur le trottoir.

Nous avons fait les quatre cents coups tous les deux, et je ne pourrai jamais tout me rappeler, mais je me souviens très bien que, tous les après-midi, on allait faire tourner la tête de son voisin. Un vieux papi de 80 ans ; c'était vraiment le meilleur moment de toutes nos vacances. Bon, la plupart du temps, il nous balançait le journal à la figure pour nous faire disparaître, mais on nous entendait rire dans toute la résidence. C'était le bon vieux temps… J'aurais aimé vivre plus de choses, avec lui, mais malheureusement la vie est injuste. Il me manque tellement et encore plus aujourd'hui. J'aimerais tellement qu'il fasse connaissance avec son fils, qu'il voie combien il lui ressemble, et surtout, qu'il sache que je ne l'ai jamais oublié et qu'il restera toujours profondément ancré en moi.

Après avoir fait une bonne sieste de quelques heures, je décide de prendre ma liseuse pour lire le dernier livre de Stephen King, au calme sur la terrasse. Je dévale les escaliers et me dirige vers cette dernière. Aujourd'hui, les températures sont tellement douces qu'on n'a pas l'impression d'être en décembre. Je n'ai même pas le temps de m'installer et d'allumer ma liseuse qu'Élodie vient m'interrompre.

– Tout va pour le mieux pour toi ? Si tu as besoin de quoi que ce soit, surtout tu n'hésites pas !

– C'est très gentil de ta part ! Vous avez de la chance d'avoir un cadre aussi magnifique, c'est très agréable et c'est parfait pour des vacances. Je pourrais en tomber amoureuse.

– Tombe amoureuse de qui tu veux, mais laisse mon hôtel, il a eu trop de peines de cœur ! me lance-t-elle avant d'éclater de rire.

Si seulement c'était possible… J'aimerais beaucoup aller

de l'avant et reprendre ma vie en main une bonne fois pour toutes. Sauf que pour l'instant, il faut que j'apprenne à guérir mes blessures avant de pouvoir voler de mes propres ailes.

– J'ai dit quelque chose qui ne fallait pas ? s'inquiète tout à coup Élodie.

– Oh… Désolée. J'étais partie dans mes pensées. C'est juste ta phrase qui m'a refait penser à quelqu'un à qui je tenais beaucoup, lui réponds-je d'une voix triste tout en évitant son regard.

– Excuse-moi… J'ai un humour assez bizarre, et en plus je te rappelle de mauvais souvenirs. Je suis vraiment un boulet !

– Tu ne pouvais pas savoir. Et de toute façon, ma venue ici n'est pas quelque chose de gai, donc j'essaie de faire avec.

– Je n'ose pas te demander ce qui t'arrive, car ma grand-mère me reproche d'être trop curieuse. Mais sens-toi libre d'en parler si tu as besoin d'en discuter, me confie-t-elle tout en souriant.

Je réfléchis quelques secondes, avant de prendre ma décision. Dans tous les cas, me confier à une parfaite inconnue ne me fera pas de mal. Tout au fond de moi, j'ai la sensation que ça pourrait me faire du bien.

– Mon meilleur ami a eu un terrible accident de voiture il y a quelques années… Je n'ai jamais fait mon deuil. Aujourd'hui, j'ai envie de tourner la page et de passer à autre chose. C'est pourquoi je veux me rendre sur sa tombe pour un dernier au revoir. Je le dois à mon fils, il faut que j'avance.

– C'est horrible ! Enfin… Je veux dire que tu as dû terriblement souffrir !

– Le lieu du drame n'est pas très loin d'ici… À chaque fois que j'y repense, j'en ai des frissons.

– Il s'appelait comment ?

– Cédric Green.

À l'évocation du nom de mon meilleur ami, Élodie fait une

drôle de tête. Les sourcils froncés, elle semble réfléchir… À quoi ? J'aimerais bien savoir !

– Il y a un problème ? la questionné-je, intriguée.

– Non… Enfin, je veux dire… Tu es certaine qu'il est décédé ?

– Malheureusement, oui, j'en suis sûr à 100 %. Pourquoi tu me demandes ça ?

– Non, rien… Oublie ce que je viens de dire, je dois sûrement confondre !

Élodie se lève d'un coup en prétextant qu'elle a une tonne de travail qui l'attend. Bien entendu, j'ai vite compris que ce n'était qu'une échappatoire pour filer le plus vite possible. Je suis persuadée qu'elle me cache quelque chose…

Pourquoi ?!

Je n'arrive pas à mettre la main sur ce qui cloche… Après tout, je ne pars pas tout de suite, j'ai donc encore un peu de temps de libre pour comprendre ce qu'elle essaie d'éviter de dévoiler…

Et j'y arriverai, coûte que coûte !

10

Naya

Ce soir, j'ai eu la merveilleuse idée de faire défiler des photos de moments vécus avec Cédric… J'ai comme la sensation qu'il est encore parmi nous, alors que c'est bien loin d'être le cas. Je me répète sans doute, mais la vie est une connasse ! Les gens bien partent toujours les premiers…

Comment, en seulement l'espace de quelques heures, l'homme qui était le plus important à mes yeux a pu m'être arraché d'une manière aussi cruelle ?! J'aurais aimé pouvoir lui dire au revoir, ou lui avouer mes sentiments. Puis quand j'ai accouché, mon cœur s'est encore brisé en réalisant que mon petit garçon ne connaîtra jamais son papa… J'aimerais changer beaucoup de choses dans ma vie, notamment le fait de l'avoir laissé partir ce soir-là.

Sauf qu'on ne revient pas en arrière…

Tout ceci ne m'aide pas, bien au contraire… Je ne sais pas ce que je pensais trouver en regardant tous ses souvenirs ! Mon cœur saigne encore plus qu'avant…

Je suis venue ici dans l'espoir de tourner la page, pas faire dix pas en arrière. Je suis dans l'optique de prendre mon courage à deux mains et de me rendre au cimetière demain. Je sais pertinemment que ça va être très dur pour moi, qu'une fois là-bas je prendrai enfin conscience de la dure réalité, et ça m'effraie. Mais je dois le faire une bonne fois pour toutes.

Je m'empare de ma liseuse et me rappelle qu'il était totalement fan de cet auteur. Il avait d'ailleurs tous ses livres, et je ne parle même pas des films. Après son décès, je voulais qu'une part de lui continue d'exister. Je me suis donc réfugiée dans l'univers de cet écrivain. J'aimerais, par moments, qu'il sorte de mes pensées. Je fais des efforts pour passer à autre chose, mais malgré ça, mon cœur se brise un peu plus chaque jour, et ce, depuis six ans. J'aurais dû prendre mon courage à deux mains et lui dire ce que je ressentais depuis tellement longtemps… Mais maintenant, je ne peux m'en prendre qu'à moi-même ; il est parti et c'est terminé pour de bon.

Je sursaute lorsqu'un léger coup retentit à la porte. Je sèche mes larmes et me dirige vers celle-ci. Lorsque j'ouvre, je tombe nez à nez avec une grand-mère qui, aux premiers abords, paraît très gentille. Elle n'est pas bien grande. À vue d'œil, je dirais qu'elle ne mesure pas plus d'un mètre cinquante. Elle est ronde et m'a l'air d'une mamie gâteau. Elle porte une robe verte en laine qui me rappelle les fêtes de fin d'année, et ses cheveux gris sont entourés d'un serre-tête où trônent deux pères Noël. Je finis d'inspecter sa tenue vestimentaire et tombe sur ses chaussures. Toute personne gaga de Noël les voudrait dans sa collection ! Une paire de Converses de couleur noire sur lesquelles on peut retrouver des pères Noël, des rênes, et des bonshommes de neige…

Je suis fan de son look complètement décalé !

– Bonjour, mon chou. Ma petite fille, Élodie, m'a dit que tu étais toute seule enfermée dans ta chambre. Je ne peux pas te laisser comme ça, viens dîner avec nous. On est que toutes les deux, car ce soir, mon autre petite-fille dîne avec la famille de son fiancé, alors joins-toi à nous, ça me ferait énormément plaisir.

– Oh, alors c'est vous, mamie Suzette ? demandé-je.

– Oui, c'est moi, et toi, tu es Naya, c'est bien ça ?

– Tout à fait. Mais je ne veux pas vous déranger, vous savez, j'allais prendre une douche et me lire un bon livre avant d'aller me coucher. Et il doit me rester un sandwich dans mon sac.

– On ne discute pas, jeune fille ! S'il y en a assez pour deux, il y en aura assez pour trois ! On t'attend dans le salon dans une demi-heure !

– Dans ce cas, si vous insistez… À tout à l'heure !

– N'oublie pas… une demi-heure, dit-elle avant de s'en aller.

Cette dame me rappelle Mamou. J'ai la sensation qu'elles se ressemblent sur beaucoup de points, et je suis certaine que si elles faisaient connaissance, elles s'entendraient à merveille.

Je regarde ma montre ; l'heure tourne et si je suis attendue pour dîner ce soir, il faut que je me prépare. Je cours en direction de ma valise. Je vais bien trouver quelque chose pour m'habiller. Cette grand-mère est une dingue de Noël, mais je ne sais plus si j'ai emporté quelque chose qui rappelle les fêtes ou une petite robe sympathique. Après tout, je ne m'étais pas préparée à avoir un dîner avec qui que ce soit, donc j'ai dû emporter avec moi les premiers vêtements qui me sont venus sous la main. Je fouille dans ma valise en mettant un bazar monstre dans cette dernière. Et finalement, je tombe sur mon Saint-Graal : la robe que Cédric m'avait offerte il y a des années, et que j'avais portée juste avant qu'il s'en aille… pour toujours.

À la vitesse de l'éclair, je finis par me précipiter dans la douche, car il faut que je me dépêche. Apparemment, cette mamie Suzette n'aime pas qu'on soit en retard.

De ce que j'ai compris !

J'ouvre le robinet et attends que l'eau soit un peu plus chaude avant de me mettre sous le jet. Après quelques secondes, je peux enfin savourer la sensation de l'eau chaude sur mon corps. Je ferme les yeux, et tente d'oublier pendant un instant la raison de ma présence ici. Mais bien trop vite, le visage de Cédric m'apparaît comme s'il était présent à mes côtés. Si je pouvais communiquer avec lui une toute dernière fois, il y a énormément des choses que je voudrais lui dire... Que le jour de sa mort a été le pire moment de mon existence ! La vie n'est jamais simple, mes parents me l'ont souvent répété et ça, à plusieurs reprises, alors je me dois de vivre ma vie tant que je le peux. Et un jour, je le retrouverai et on fera les quatre cents coups ensemble.

Après m'être vite séchée, je m'enroule dans ma serviette pour aller m'habiller dans ma chambre. J'enfile des sous-vêtements propres, un collant blanc qui ira parfaitement avec ma robe rouge : cette dernière a deux bandes blanches au niveau de la poitrine et juste en dessous du ventre. J'enfile ensuite mes petites bottines noires. Puis je décide d'attacher mes cheveux en chignon. Pour la touche finale, j'opte pour un maquillage léger : un trait de crayon noir sous les yeux, un coup de mascara et une touche de rouge à lèvres rose pâle.

Je suis enfin prête pour rejoindre mamie Suzette et Élodie dans le salon. Je descends les marches, prudemment cette fois-ci, car j'ai tendance à glisser avec ces bottines. Une fois arrivée au salon, j'entends de la musique, je crois même que ce sont des chants de Noël. Je m'approche timidement et j'aperçois mamie Suzie passer avec plusieurs plats, sûrement brûlants, tout en chantant et en remuant son popotin. J'ai presque envie d'éclater de rire, mais je suis invitée et mon geste pourrait être déplacé. Je ne remarque Élodie que lorsque je sursaute en entendant sa voix :

– Tu sais, elle est souvent comme ça. Après, on a pris l'habitude de la voir remuer ses fesses sur des chants de Noël, m'apprend-elle avant d'éclater de rire.

– Je te rassure, ma grand-mère est pareille. Je pense qu'elles s'entendraient très bien toutes les deux.

– Mon Dieu ! La jumelle de mamie Suzie ? Avoue que tu veux ma mort ? Non, mais parce que déjà une, c'est parfois difficile à supporter, mais deux… l'enfer !

Je me mets à rigoler, et c'est à ce moment-là que mamie Suzie nous aperçoit. Elle s'approche de nous, toute pimpante.

– Oh, mes chéries, installez-vous, je vous ai préparé un dîner gastronomique, vous m'en direz des nouvelles !

– Mamie, tu n'aurais pas dû ! Tu sais, on est qu'entre nous, un repas simple aurait suffi, lui répond Élodie.

Suzette enlève sa manique et s'en sert pour frapper gentiment Élodie sur l'épaule. *C'est décidément la jumelle de Mamou !* Puis elle lance à sa petite fille d'un ton indigné :

– Tu es folle ! On teste notre repas pour Noël, alors il est hors de question que je fasse quelque chose de simple, ma petite, enfin ! Où as-tu été élevée ?

– Par toi justement…

– J'ai encore dû rater quelque chose ! Ah les jeunes de nos jours, ils ne parlent que pour dire des bêtises !

Elle nous ordonne ensuite de nous installer à table. Je prends place en face d'Élodie, et on laisse Suzette en bout de table. Elle revient avec des petits apéritifs dont l'odeur me donne tout de suite l'eau à la bouche. Suzette s'installe enfin et prend plusieurs petits fours puis me regarde :

– Alors, jeune fille, comment une aussi jolie jeune femme se retrouve seule dans un coin comme celui-ci ?

– MAMIE ! la gronde sa petite-fille.

– Non, laisse Élodie, ce n'est pas grave. Je suis venue ici pour faire mon deuil… Mon meilleur ami était venu chez ses parents il y a six ans, pour passer Noël auprès d'eux.

Malheureusement, il a eu un grave accident de voiture et il n'a pas survécu. Sauf qu'aujourd'hui, j'ai beaucoup de mal à vivre sans lui, alors que notre fils lui ressemble trait pour trait… Mon cœur de maman est fier, mais celui de femme se brise un peu plus chaque jour. Cependant, notre enfant est le meilleur cadeau que la vie m'ait fait. Je suis donc ici pour tourner la page et pour mon bébé, leur révélé-je avec des trémolos dans la voix.

– Mon Dieu, ma pauvre petite… Ça n'a pas dû être facile pour toi. Je ne comprends pas, tu as eu un enfant avec ton meilleur ami ? Ou je n'ai pas tout saisi.

Voilà pourquoi j'aurais aimé que les choses soient moins compliquées entre Cédric et moi. Comment j'explique aux gens qu'on a couché ensemble et qu'ensuite, il a dû partir et que je ne l'ai plus jamais revu… ?

– Lui et moi, ce n'était pas simple. Notre histoire était en train d'évoluer au moment où il est décédé… Mais je ne veux pas pourrir l'ambiance avec mes histoires.

– Tu ne pourris pas l'ambiance, je veux juste apprendre à te connaître un peu plus, tu m'as l'air d'une fille sympathique, me sourit mamie Suzette.

Pour mettre fin à cette conversation gênante, nous commençons à manger, tout en écoutant des chants de Noël. Suzette est une excellente cuisinière. Elle nous a préparé de la dinde avec quelques patates en accompagnement, ainsi qu'un pavé de saumon fumé pour chacune de nous. En grande pâtissière qu'elle est, d'après ses mots, Suzette nous a concocté en dessert une délicieuse bûche pâtissière aux trois chocolats. Après ce délicieux repas, mon ventre n'acceptera plus aucune nourriture !

11

Naya

Nous nous sommes toutes les trois installées dans le canapé du salon, avec la télévision comme bruit de fond. Suzette nous a préparé un délicieux thé à la menthe. Moi qui raffole de cette boisson, je suis servie !

– Maintenant que nous avons terminé notre repas, parle-nous de ton ami, Naya. J'aimerais en apprendre plus, si tu le souhaites, bien entendu.

– Il s'appelait Cédric Green, et il avait le même âge que moi. Nous sommes nés le même jour, à la même clinique. Nos mères se sont trouvées dans la même chambre et elles ont sympathisé. C'est comme ça qu'a débuté notre amitié. Nous ne passions pas un seul jour l'un sans l'autre. Toujours collés ensemble, on était pires que des aimants… Puis lorsqu'on a atteint la majorité, ça s'est compliqué…

Je ferme les yeux et souffle. Ma voix devient chevrotante à force de parler de lui. Tant de souvenirs me reviennent en tête. Néanmoins, je dois faire un effort et arriver à parler de lui avec le sourire.

– Il était issu d'une famille aisée, et pas moi... Ses parents avaient des projets pour lui, et je n'étais malheureusement pas incluse dedans. Mais Cédric leur a tenu tête, et ses géniteurs sont venus emménager ici, tandis que lui est resté avec moi, à Paris. Quelques mois plus tard, nous nous sommes installés ensemble en tant que colocataires. À l'heure actuelle, j'ai toujours l'appartement...

Je sèche les larmes qui ont commencé à couler. Évoquer mon passé avec lui est encore très douloureux, mais je sais qu'en parler peut me faire du bien. Je ne peux plus vivre comme ça, il faut que je continue à construire ma vie, même si j'aimerai Cédric toute ma vie. Il est le père de Tiago, et ça, personne ne pourra l'effacer.

– Prends ton temps, ma petite, nous t'écoutons.

– Avant son départ pour Saint-Savin, il s'est passé des choses entre nous. Je ne parlerai pas des détails, mais on devait en discuter à son retour et on n'a jamais eu l'occasion de le faire, car on me l'a enlevé pour toujours...

– Personne ne devrait vivre un drame pareil à votre âge, le destin est parfois injuste... Vous aviez pourtant la vie devant vous tous les deux, et on vous a retiré le droit de vivre votre amour, réagit Suzette, peinée par mon histoire.

Élodie n'ose pas me fixer dans les yeux et essaie par tous les moyens de ne pas croiser mon regard.

Elle est vraiment étrange...

– Je comprends pourquoi tu n'as pas pu faire ton deuil depuis toutes ces années. En plus, rien qu'en te regardant, on voit très bien l'amour que tu lui portes. Je t'admire pour la force dont tu fais preuve pour surmonter tout ça, me lance mamie Suzette.

Les larmes se mettent à couler de plus belle le long de mes joues. Je n'avais pas craqué devant quelqu'un depuis plusieurs mois, mais parler de Cédric à des inconnus me fait du bien, car elles ne le connaissent pas comme moi.

Après avoir ravivé le passé en l'évoquant avec elles, je ressens l'envie de me réfugier dans ma chambre et de fermer les yeux pour enfin dormir.

– Merci à toutes les deux pour cette soirée, mais j'ai besoin de me retrouver seule, maintenant. Je suis vraiment désolée de vous abandonner…

– Ne t'en fais pas, ma petite, il se fait tard. Moi aussi je vais aller me coucher, me lance mamie Suzette.

Après leur avoir souhaité une bonne nuit, je retourne dans ma chambre et j'enfile un pyjama. Au moment où je m'approche de la fenêtre pour fermer les volets, un gros 4x4 noir roule au pas devant l'hôtel. Je n'avais pas relevé, mais je suis certaine que ce n'est pas la première fois que je vois cette voiture.

Je décide de ne pas paniquer. Je suis exténuée, et avec la fatigue, je dois sûrement imaginer des choses…

Une fois bien au chaud sous les draps, mon cerveau ne veut pas se mettre en pause. Je n'ai même pas mis un vêtement à lui dans ma valise ; un de ceux qui portent encore un peu son odeur. Celle qui me rappelle qu'il a existé et qu'il est encore un peu avec moi.

Je m'empare de mon téléphone portable, qui se trouve sur la table de chevet à ma droite, et fais défiler les photos que je regardais plus tôt dans la journée. Je n'étais qu'au tout début de l'album, et vu la soirée éprouvante que je venais de passer, j'avais besoin de revoir ces photos jusqu'à la toute dernière.

Elles commencent lorsque nous étions bébés et se terminent à notre dernier Noël ensemble. Je me remémore les souvenirs que j'ai passés avec lui, ce qui me fait sourire et me permet de m'endormir en pensant que son accident n'a jamais eu lieu.

12

Naya

DÉCEMBRE 2021

Le jour où un nouveau-né pousse son premier cri, c'est un moment magique. On se dit que l'on vient de donner la vie et que rien ne pourra venir entacher cette nouvelle bulle de bonheur. Face à toute cette joie, nos yeux brillent d'émotions, les sourires sont collés sur nos visages et les larmes coulent chez certaines personnes. On pense que la vie est merveilleuse et jamais on ne s'imaginerait qu'elle puisse s'arrêter d'un seul coup…

Et la mort dans tout ça ? Elle nous arrache les personnes auxquelles on tient le plus ; elle nous brise, nous fait souffrir jusqu'à ce que notre cœur explose et qu'il n'en reste plus grand-chose. Tout le monde doit pouvoir se relever après un deuil, mais au fond, sommes-nous vraiment guéris ? Au final, ne mettons-nous pas notre douleur dans un coin, pour qu'un jour, elle puisse ressortir pour nous frapper encore plus fort qu'au départ ?

Lorsque l'annonce tombe, notre univers s'écroule. La souffrance est si vive que notre corps ne le supporte pas. On aimerait ne plus rien ressentir, faire disparaître tous ces sentiments et la douleur dont ils s'accompagnent. Sauf que vivre, c'est endurer des choses, c'est passer par des hauts et des bas. C'est être heureux comme malheureux, mais surtout, c'est souffrir bien plus de fois qu'on ne l'aurait voulu.

J'ai voulu en finir tellement de fois, afin d'arrêter d'avoir aussi mal. Pouvoir enfin le retrouver et être à ses côtés, or si je fais ça, ce serait tout simplement égoïste de ma part. J'ai une famille qui m'aime et qui se fait du souci pour moi... Alors même si mon cœur saigne, même si j'ai du mal à faire face à la douleur que je ressens, il faut malgré tout que je sois forte pour eux. Il faut que je vive ma vie, que j'avance et guérisse pour me reprendre en main. Toutefois, je me jure de ne jamais l'oublier. Bien au contraire, il fera à jamais partie de moi et il aura toujours une place au fond de mon cœur.

Le vent glacial souffle dans mes cheveux, cependant je ne ressens rien. Je suis là, les bras le long du corps, le regard fixé sur ce vieux portail en fer noir qui me sépare de l'endroit qui changera mon existence à tout jamais. J'ai la sensation d'être pétrifiée et de ne plus pouvoir bouger. Je suis morte de trouille à l'idée de devoir affronter la triste réalité.

Suis-je vraiment prête pour ça ?!

Je tente de me donner toute la force possible pour affronter cette épreuve difficile. Je me pensais beaucoup plus forte que ça, et maintenant que j'ai fait tout ce chemin pour arriver jusqu'ici, je n'y arrive pas. Sauf que je ne veux pas me dégonfler. Cédric n'aurait jamais voulu ça. Il aurait souhaité que je continue à vivre même s'il n'est plus là, aujourd'hui. Je souffle un bon coup pour me donner assez de courage pour affronter ce qui m'attend, et je me dirige vers les grilles de l'entrée du cimetière. À l'approche des fêtes, il n'y a absolument personne. Je suis seule, et heureusement. Je ne voudrais pas que quelqu'un me voie craquer… Je n'entends aucun bruit à part le piaillement des oiseaux. Je pose la main sur le barreau de la grille d'entrée, puis je me fige. Mon cœur commence déjà à se serrer, et je frissonne… Des larmes menacent de couler le long de mes joues, mais j'essaie de les retenir.

Ce n'est pas le moment de craquer, sois forte, Naya !

Je rentre enfin dans l'enceinte du cimetière et m'arrête en observant toutes les pierres tombales qui m'entourent. Certaines sont décorées de fleurs de toutes les couleurs, et de différentes plaques. Je viens me recueillir et je n'ai même pas pensé à prendre un bouquet de fleurs ! De là où il est, Cédric va se payer ma tête, car je suis une amie pitoyable.

Je me souviens de la direction qu'il faut emprunter pour aller au caveau familial. Cédric rendait visite une fois par an à son grand-père lorsqu'on venait ici en vacances. Je souffle un bon coup et marche le long des allées. Le bruit des graviers à chacun de mes pas me donne l'impression que je me dirige vers le couloir de la mort, et qu'une fois arrivée à destination, je recevrai une sentence irrévocable.

Lorsque j'aperçois le nom des Green, gravé en gros dans une couleur dorée, je me fige. Ma gorge se serre et mes yeux me brûlent. Tous les noms des personnes de sa famille qui sont enterrées ici sont inscrits dans le marbre. Cependant, je ne parviens pas à dévier mes pupilles du nom de famille. Je ne veux pas faire face à la réalité, c'est bien trop dur. J'aimerais tellement revenir en arrière… Je regretterai jusqu'à la fin de mon existence de ne pas l'avoir retenu. Ce jour-là, j'aurais aimé qu'on me dise que c'était ma dernière chance de lui avouer ce que je ressentais pour lui ! Peut-être que ça aurait tout changé, qu'aujourd'hui il serait présent à mes côtés, mais aussi auprès de son fils. Je suis persuadée qu'il aurait été un papa formidable.

Je prends mon courage à deux mains et observe enfin ce que je redoutais tant : le caveau possède trois emplacements collés les uns aux autres. Au-dessus se trouve une croix dessinée au centre des trois tombes. Je ferme les yeux pour me donner du courage, car je me dois d'être forte une dernière fois, puis je lis les noms inscrits dans la pierre.

« CÉLINE GREEN 1936-2000 »

Enfin, je dirige mon regard sur l'emplacement d'à côté et découvre l'endroit où repose le grand-père de Cédric.

« CÉDRIC GREEN 1934-2000 »

Je sais que sa grand-mère est décédée d'un cancer des poumons, avant que son mari ne la suive dans la mort quelque temps après. Ce dernier ne s'est pas remis d'avoir perdu l'amour de sa vie. Il a succombé au syndrome du cœur brisé.

Cédric était jeune quand ils sont partis tous les deux. Il n'a pas eu autant de souvenirs d'eux qu'il l'aurait souhaité. Je pose enfin le regard sur la dernière tombe, mais celle-ci n'a aucun nom gravé, rien du tout. Il n'y a même pas de fleurs ou de plaques, elle est vide…

C'est une blague ?

Où se trouve la tombe de Cédric si elle n'est pas là ? Surtout que c'est le caveau familial des Green, il ne peut pas se trouver ailleurs, c'est impossible. Peut-être que ses parents l'ont fait enterrer en dehors d'ici ?

Je fais le tour du cimetière, j'observe un par un les noms inscrits dans la pierre, mais une fois la dernière pierre tombale examinée, j'en reviens au même point. Cédric n'a pas été enterré dans ce cimetière, j'en suis certaine, mais pourquoi ? Je m'arrête en plein milieu des allées et regarde autour de moi ;

il y a des centaines de tombes, et je ne vois pas celle que je recherche. Il va falloir que je me débrouille pour savoir pourquoi Cédric n'est pas dans le caveau familial. Après toutes ces émotions, je me dirige vers ma voiture. Toutefois, au moment de m'installer au volant, j'aperçois un papier coincé entre l'essuie-glace et le pare-brise. Je n'ai quand même pas pris une contravention ?!

« Ne cherche pas à en savoir plus, repars d'où tu viens ! »

Je scrute les alentours, mais je ne vois strictement rien, à part des buissons, des oiseaux ou encore un chat qui attend sur un muret. Je mets le mot dans la poche de ma veste et rentre dans ma voiture.

C'est quoi cette connerie encore ?

Quelqu'un est au courant que je suis ici pour Cédric et veut me faire fuir le plus loin possible… Ou alors, je regarde trop de séries télé et je me fais des films. Il faut avant tout que je sache où est enterré Cédric, j'en ai besoin pour faire mon deuil ! Et s'il se passe quelque chose, je le découvrirai !

À l'heure actuelle, je ne sais pas comment réagir. Moi qui m'attendais à pleurer toutes les larmes de mon corps, voilà que je découvre que sa tombe n'est pas à l'endroit qu'on m'a indiqué. Toute cette histoire va me rendre folle ! Pour la seconde fois, je craque… J'ai la sensation de perdre pied et, sans lui, je suis complètement perdue.

Cédric, pourquoi tu me fais subir tout ça ? Tu ne crois pas qu'en six ans, je n'ai pas assez souffert ?

Mon cœur est en miettes depuis ton départ. Je ne sais pas comment surmonter cette histoire… Tu étais toute ma vie, et maintenant, je dois vivre sans toi. Comment je suis censée faire ? Guide-moi. Envoie-moi un signe. Parce qu'aujourd'hui, je me sens comme un animal apeuré et abandonné à son triste sort. Rien que le fait de penser à toi fait saigner mon cœur et fait couler mes larmes.

Au moment où je mets en route le moteur de la voiture, je

tourne la tête sur ma droite. Un 4x4 de couleur noire roule tout doucement, puis s'arrête quelques instants lorsqu'il arrive à ma hauteur. Mon cœur tambourine dans ma poitrine, et je n'ose plus bouger.

Je suis pétrifiée et je n'arrive plus à bouger d'un centimètre. Je n'ai donc pas imaginé cette fameuse voiture, c'était bel et bien réel… Pendant plusieurs secondes, le véhicule reste à ma hauteur et, sans crier gare, démarre en quatrième vitesse pour s'éloigner en me faisant sursauter.

Je souffle un bon coup, histoire de reprendre contenance. Puis une fois mes moyens retrouvés, je décide de ne pas traîner et de reprendre la route.

Une question se pose désormais : qui se cache au volant de ce 4x4 ?!

13

Naya

DÉCEMBRE 2021

Le lendemain matin, je me réveille avec une tête de six pieds de long. Ma nuit a été à la fois longue et mouvementée. Cédric n'a pas cessé de hanter mes pensées et mes cauchemars ; résultat je n'ai pas réussi à fermer l'œil de la nuit. Je suis terriblement fatiguée et la journée s'annonce interminable… Quant à mes émotions, elles ont toutes été chamboulées pendant la nuit. Mon visage était inondé de larmes, mon cœur battait la chamade, ma gorge était nouée, et à cet instant, Cédric me manquait plus que tout au monde. Je suis venue ici dans le but de faire mon deuil et de tourner la page, sauf qu'au final, c'est une tout autre mission qui m'attend : il faut que je comprenne ce qu'il lui est arrivé, et surtout que je trouve des preuves concrètes. Sans ça, je ne pourrai rien faire de mon côté pour comprendre où se trouve sa sépulture.

Ce matin, j'ai décidé de me rendre à la mairie pour savoir

exactement où se situe la concession de Cédric. Lorsque j'arrive à l'accueil, une petite dame d'environ une cinquantaine d'années se tient devant moi. Cheveux longs, châtain foncé et un sourire très sympathique. C'est peut-être le dernier pas avant d'avoir toutes les cartes en main !

– Madame, bonjour ! me lance-t-elle joyeuse.

Je m'avance vers elle et lui explique le problème. Lorsque je termine ma phrase, sa bonne humeur s'est littéralement envolée. Elle s'excuse un instant en m'informant qu'elle doit vérifier dans les registres. Elle fait quelques pas et emprunte ce qui m'a l'air d'être un couloir, que je ne distingue pas de là où je me trouve à cause de la longueur du mur. Un peu plus loin, j'aperçois une machine à café où deux jeunes femmes discutent à voix basse.

Je n'y connais absolument rien, mais je suis quasiment certaine que ce n'est pas du tout la procédure pour ce genre de choses. Puis n'est-ce pas censé être informatisé ?

Les minutes défilent, et je suis toujours là, plantée dans l'accueil de la mairie, à attendre que la femme revienne. Il ne faut quand même pas dix ans pour me fournir une réponse ?!

– Madame, excusez-moi ?! l'appelé-je en essayant pour autant de ne pas crier pour éviter de déranger le personnel.

Elle revient accompagnée d'une collègue, et elles se lancent des regards que je ne comprends pas. Mais j'ai la désagréable sensation qu'elles ont parlé de mon cas à l'abri des regards.

Je me fais sûrement des films…

Celle qui m'a reçue à mon arrivée me fait un sourire désolé et me lance :

– Après quelques recherches avec ma collègue, nous ne pouvons pas donner suite à votre demande.

Je fronce les sourcils

Je n'ai quand même pas attendu tout ce temps pour rien ?!

– Vous allez enfin me dire où mon ami, Cédric Green, est enterré ?! Et je pourrais savoir au moins la raison de votre refus ?! répliqué-je, passablement irritée.

À la fin de ma phrase, les deux employées face à moi se figent sur place, et j'entends leurs deux collègues près de la machine à café se taire brusquement. Tous s'échangent des regards sans oser me regarder.

– Nous sommes vraiment navrés, mais vous ne faites pas partie de la famille, je n'ai donc pas l'autorisation de vous donner la moindre information.

Je suis sceptique face à sa réponse. J'ai plus la sensation qu'elle me cache quelque chose. Elle ne tient pas en place et se balance d'un pied sur l'autre. Sa voix devient hésitante à mesure qu'elle essaie de me donner des explications, et je sens très bien que quelque chose cloche.

C'est tout sauf normal !

Finalement, je décide de prendre du recul. J'opère un demi-tour sans avoir eu de réponses à mes questions. Je ne sais ni comment interpréter la réaction de cette dame ni pourquoi à l'évocation de Cédric, tout le monde s'est figé comme si je venais de tuer quelqu'un, voire pire ?

Installée au salon de l'hôtel, je termine le petit-déjeuner très copieux préparé par mamie Suzette, comme à son habitude. J'ai eu le droit à un grand bol de thé à la pêche avec des pancakes que j'ai pu tartiner de Nutella. Un vrai régal ! Ensuite, elle m'a apporté quelques fruits et un jus d'orange.

Je vais rentrer chez moi avec dix kilos en plus…

J'en suis actuellement à essayer de terminer mes rondelles de banane sans vexer mamie Suzette… Si elle est comme

Mamou, elle va croire que je suis malade si je ne termine pas ce que j'ai dans l'assiette.

– Ne te force pas si tu n'as plus faim, avec tout ce que tu as avalé, tu en as au moins jusqu'à midi, me lance-t-elle alors que je tourne la tête pour l'apercevoir qui arrive à grands pas, toute souriante.

– Si je reste ici trop longtemps, je vais grossir !

– Bah voyons ! Vous êtes toutes pareilles ! À votre âge je ne regardais pas ma ligne, je pensais qu'à mon mari et mes enfants. Et puis de toute façon, il faut se nourrir pour être en pleine forme.

– Les temps ont changé, Suzette… lui rappelé-je en buvant une dernière gorgée de ma boisson.

– Que vas-tu faire aujourd'hui ?

Je lui explique que je compte me balader en ville, histoire de me changer les idées, puis que j'ai espoir de trouver un dernier cadeau pour Tiago. Cette année, il va encore être pourri gâté, mais c'est le seul enfant de la famille, alors tout le monde en profite.

Puis ressasser le passé me retourne intérieurement. J'ai du mal à dormir convenablement, et je me réveille toutes les heures en pensant encore à lui. J'ai des doutes sur sa mort, car tous ceux que je questionne détournent les yeux sans oser me répondre. De toute façon, tant que je n'ai aucune information, je ne peux me confier à personne. Je remercie chaleureusement Suzette, et l'aide à débarrasser malgré ses protestations. J'ai beau payer ma chambre, je me vois mal m'enfuir et la laisser nettoyer à ma place. Une fois nos chamailleries terminées, et après avoir reçu un coup de balai sur les fesses de la part de mon hôte, j'ai pris mes jambes à mon cou et je suis partie en courant loin de cette sorcière que j'aime déjà tant. En grimpant dans ma voiture, j'inspecte les alentours et vérifie qu'aucun 4x4 ne m'attend, caché dans un coin…

Je vais finir par devenir dingue !

Après quelques minutes de route, je me gare au niveau du parking attenant à quelques magasins environnants. J'inspecte l'heure : 10 h 30. Finalement, j'ai plus que le temps de flâner. Une journée loin de tous mes problèmes me permettra de faire le vide et de pouvoir réfléchir plus tard à tête reposée. Sinon, je sais que je suis capable de prendre des décisions irréfléchies… Et ce n'est pas le but de mon voyage jusqu'ici.

J'arrive à la hauteur des magasins et à mon grand étonnement, l'endroit est plutôt animé. Dans mes souvenirs, très peu de personnes venaient ici, et les commerçants menaçaient tous de mettre la clé sous la porte… Je suis heureuse que tout ait changé !

D'ailleurs, la place où je me trouve est décorée aux couleurs des fêtes de fin d'année, et un marché de Noël y a attiré les foules. De part et d'autre des lieux, des chalets proposent des gourmandises, des décorations ou encore des petits cadeaux. *De quoi contenter n'importe qui en cette période.*

Mes pas sont lents, et je prends le temps d'admirer les devantures des boutiques devant lesquelles je passe. Un magasin de jouets attire mon attention : il faudra que j'y fasse un tour avant de partir. Je continue mon chemin, et une librairie me fait de l'œil… Au moment où j'allais poursuivre dans cette direction, une affiche attire mon attention.

C'est une blague ?! Retenez-moi, je vais m'écrouler.

« N.C Wilds en dédicace jusqu'à la fin de la journée. »

C'était le pseudonyme qu'utilisait Cédric lorsqu'il était écrivain, ce n'est peut-être qu'un hasard ?

Tout à coup, je suis intriguée. Ça ne peut être qu'une simple coïncidence… Après tout, cette personne a sans doute mis ses initiales et son nom de famille ! De plus, sur la vitrine, aucune photo de l'auteur n'apparaît. Je ne sais pas quoi penser… Le mystère autour de cet écrivain me rend bien trop perplexe pour que je n'aille pas vérifier ! Je tremble de tous mes membres, mes mains sont moites et mon cœur bat à tout rompre. J'ai l'impression que je vais imploser. Le restant de ma vie pourrait se jouer durant les prochaines minutes, et je suis angoissée à l'idée de ce que je pourrais trouver à l'intérieur de la librairie.

Naya, arrête de chialer pour rien et mets-toi un coup de pied bien placé !

Lorsque je passe la porte, j'appréhende de plus en plus ce qui va se passer. C'est une librairie, bon sang, normalement c'est l'endroit où j'adore flâner et qui me permet de m'évader. Sauf qu'aujourd'hui, j'ai plus envie de le fuir qu'autre chose. Le plus lentement possible, je marche en regardant les rayons à la recherche de ce N.C Wilds. Je ne sais pas ce que j'attends, mais ce qui est sûr, c'est qu'au fond de moi, un mauvais pressentiment s'installe. La nostalgie et la curiosité sont également au rendez-vous. Après tout, Cédric était du coin. Ils veulent sans doute lui rendre hommage ? J'imagine tout un tas de scénarios possibles qui finissent par se jouer en boucle dans ma tête. Alors que je m'apprêtais à rebrousser chemin, je perçois des voix de femmes hurler le nom de l'écrivain, telles de véritables groupies. Je suis sur la bonne voie, je ne peux pas me dégonfler comme ça ! Je dois continuer pour Tiago. Si quelqu'un ose usurper l'identité de son père défunt, je dois le voir et le confronter. N'a-t-il donc pas honte de se faire passer pour un homme décédé ?! C'est suffisamment douloureux de devoir accepter sa disparition, alors voir quelqu'un s'attribuer son nom de plume me met hors de moi.

J'entends de jeunes femmes piailler derrière moi et courir en direction de la file d'attente pour se faire dédicacer l'un de leurs livres. Il a l'air d'être célèbre localement, et moi, en tant que directrice d'une librairie parisienne, c'est la première fois que j'en entends parler.

Comment est-ce possible ?!

J'en déduis que c'est grâce à lui si l'endroit est bien plus animé que dans mon souvenir. Les habitants se sont déplacés uniquement pour rencontrer l'enfant de la région et avoir une magnifique dédicace.

– Vite, faut qu'on se dépêche ! Sinon on va attendre des heures, en plus il me faut une photo avec lui, il est tellement sexy ! lance une jeune femme à celle qui l'accompagne.

– C'est clair, j'envie trop sa femme, lui répond-elle, les yeux pleins d'étoiles.

– Arrête, apparemment il est en train de divorcer, car c'est une vraie connasse. Elle était avec lui uniquement pour l'argent… Heureusement qu'ils n'ont pas eu d'enfant, t'imagines l'enfer ?!

Elles s'éloignent, et je n'arrive plus à entendre la suite de leur conversation. Je suis chamboulée et à deux doigts de m'évanouir.

C'est une histoire à dormir debout, je vais me réveiller !

Je m'approche à mon tour de la file d'attente, et je suis la dernière. Il vaut mieux, car je risque de faire un malaise. Mon corps continue de trembler, j'ai chaud et j'ai la tête qui tourne. Je suis persuadée que tout ira bien, et que je me suis trompée sur toute la ligne. J'ai tendance à me faire des films toute seule ; je devrais certainement me mettre à écrire des livres, moi aussi ! J'essaie de distinguer quelque chose, sauf que c'est peine perdue, je ne vois rien avec toute cette foule. Je vais en avoir pour une éternité et mon cœur risque de ne pas tenir le choc.

J'aurais dû aller flâner à la recherche de ses bouquins, par chance il y aurait sans doute eu une photo de l'auteur sur la quatrième de couverture ou même à l'intérieur des livres. Ça m'aurait peut-être évité d'attendre pendant plusieurs heures pour rien. Maintenant, il est trop tard pour faire marche arrière. De toute façon, même si je me trompe, je suis la dernière de la matinée à passer vu que l'un des employés vient à l'instant de refermer la queue derrière moi.

Plus le temps passe, plus je deviens irritable. Tout en moi se mélange, et je ne suis plus très sûre de ce que j'avançais il y a quelques heures. Mais le plus important, c'est que je suis impatiente que tout se termine pour pouvoir rentrer chez moi. Toute cette histoire me fatigue et je n'arrive plus à penser clairement. Le nombre de personnes diminue devant moi et j'avance lentement, toutefois je garde les yeux fixés sur le sol. Je ne veux pas voir cette personne tant que je ne serai pas face à elle.

Je risquerais de me dégonfler !

Plus je progresse dans la file, plus je stresse. Mon cœur va finir par sortir de ma poitrine, et j'ai tellement chaud que j'ai la sensation que quelqu'un a monté le chauffage jusqu'à son maximum. Le temps file rapidement et vient le moment fatidique. Depuis six ans, j'ai tellement changé que je suis sûre qu'on ne me reconnaîtrait pas. Mes cheveux sont brun doré, et je les ai laissés pousser jusqu'au milieu de mon dos. J'ai perdu énormément de poids et je fais plus femme désormais.

– Madame ?

Cette voix…

Je relève la tête vers lui, les yeux exorbités. Lorsque je tombe sur ces yeux que j'ai tant rêvé de revoir, je ne peux me retenir plus longtemps : mes larmes roulent le long de mes joues, mais j'arrive tant bien que mal à voir son visage. Il n'a pas changé ; il a juste une barbe de quelques jours, chose qu'il n'aimait pas garder avant. Quand il me voit enfin, il paraît à la fois choqué et terrifié.

– Naya ?!

Mon Dieu. Je suis tellement heureuse ! Cependant, pourquoi n'est-il jamais revenu ? J'ai tellement de questions…

Toutefois, je n'ai plus la force de prononcer un seul mot pour l'instant. Il se lève, contourne les tables et vient à ma rencontre. Je n'arrive pas à me contrôler, et je lui saute dans les bras. Je suis certainement en train de bousiller son pull à cause de mes larmes, sauf que je n'en ai strictement rien à faire. Le plus important, c'est que toutes mes souffrances sont terminées. Je vais enfin pouvoir vivre et me permettre d'être heureuse. Je sens son souffle contre mon oreille, et mon cœur rate un battement.

– Tu m'as tellement manqué, me glisse-t-il tout en me serrant plus fort contre lui.

Si tu savais, Cédric…

14

Naya

DÉCEMBRE 2021

Je viens de retrouver Cédric, néanmoins mes émotions font le Yoyo. Je ne sais pas si je dois être heureuse de le voir ou en colère de n'avoir jamais eu de nouvelles. J'ai tellement souffert à cause de sa mort, comment peut-il ne pas réagir face à tout ça ?!

– Pourquoi tu es ici, Naya ?! Tu dois partir, et le plus vite sera le mieux, exige-t-il tout en étant soucieux.

– Merci de t'inquiéter de savoir comment je vais, ça fait toujours plaisir ! Surtout, ne demande pas comment j'ai vécu toute cette mascarade…

– Naya, on ne joue pas là ! Tu es en danger si tu restes ici, d'accord ? s'énerve-t-il en m'adressant un regard furieux.

Je n'arrive pas à le croire !

Six ans que je crois qu'il est décédé, et lui, tout ce qu'il trouve à dire, c'est : « Merci d'être passée, c'était sympa. Maintenant, dégage ! »

Où est le Cédric que j'ai connu ?! Je ne comprends pas sa réaction. Certes, on ne s'est pas vus depuis longtemps, et pour cause : il a disparu ! Sauf qu'il pourrait faire preuve de compassion et m'expliquer ce qu'il s'est passé. Me dire ce qu'il lui est arrivé, et surtout pourquoi il nous a abandonnés. Il nous a oubliés, et j'aimerais qu'il se souvienne de nous comme au bon vieux temps.

– Premièrement, estime-toi heureux que je ne mette pas mon poing dans ta belle gueule ! Et ensuite, tu me demandes de m'en aller alors que tu viens de me mentir pendant six longues années ? Je compte si peu pour toi ?

– Naya… Tu sais que ça n'a rien à voir.

– Non, je ne sais pas. Six ans se sont écoulés, sans que tu prennes contact avec moi, sans que tu me dises que tu étais vivant ! J'ai vécu un véritable enfer par ta faute, alors excuse-moi de te demander des explications ! Je n'étais pas du tout au courant que tu étais vivant, donc apprendre que tu me mens depuis tout ce temps… ça fait mal, lui lancé-je au visage, tandis que ma gorge se resserre à la fin de ma tirade.

Tout se bouscule en moi, et au final je me demande si je connais Cédric aussi bien que je le prétendais. Il s'est comporté comme ses parents. J'ai l'impression d'avoir un étranger face à moi. On se connaît depuis si longtemps… Je suis prête à tout entendre, et s'il avait des problèmes, j'aurais pu l'aider. Mais non, il a disparu du jour au lendemain en prétextant être mort. Comment suis-je censée le prendre ?! Après tout, je ne suis pas n'importe qui… On a toujours été ensemble et avant qu'il me quitte il y a six ans, j'ai pensé que notre amitié aurait pu évoluer en quelque chose de beaucoup plus sérieux.

J'ai été bien conne de croire à tout ça !

– Écoute, si je ne suis pas revenu, c'est qu'il y avait une raison, Naya. Je te le promets. Être loin de toi n'était pas une partie de plaisir, je t'assure.

– Dans ce cas, explique-moi ! hurlé-je, folle de rage face à toute cette histoire que je n'arrive pas à comprendre.

– C'est compliqué...

Il me contourne puis fait les cent pas à travers la pièce tout en maltraitant ses cheveux déjà bien décoiffés. Les traits de son visage semblent à la fois durs et tendus, comme s'il avait peur pour moi. Sauf que je n'arrive pas à avoir le fin mot de l'histoire. À part me parler en énigmes, il ne me raconte rien de plus.

– Je ne sais plus qui tu es, Cédric... Six années sont passées, nous avons évolué chacun de notre côté, et j'ai la sensation d'avoir un inconnu en face de moi. Tu te conduis comme si on ne se connaissait pas. Tu peux me parler, je suis toujours celle que tu as connue, lui avoué-je, peinée par ce qui nous arrive.

Si un jour on m'avait dit que Cédric n'était pas réellement mort, je n'y aurais certainement pas cru. Néanmoins, si on m'avait laissé une chance de le retrouver, je n'aurais pas imaginé que ça puisse se passer de cette manière. Honnêtement, je pense que je n'ai plus rien à faire ici. J'ai trouvé pire que ce que j'étais venu chercher, mais j'accepte au fond de moi qu'il n'est plus le garçon avec qui j'ai grandi.

Lui et moi, c'est définitivement terminé.

Je baisse sans doute les bras un peu trop tôt, sauf que tout ceci me bouffe depuis tellement longtemps que j'arrête les frais. Je ne souhaite plus me battre pour rien. Désormais, je dois penser à mon fils et à la vie que nous menons tous les deux. Je dois me reconstruire et enfin peut-être un jour retrouver l'amour. Toute mon existence a tourné autour de Cédric, et je n'ai pas pris le temps de croire en moi. Il fallait toujours que je sois présente pour lui, sauf qu'aujourd'hui... Il m'abandonne et me repousse de la plus terrible des façons.

– Arrête de dire des conneries, tu veux ?! s'agace-t-il à son tour tout en se rapprochant de moi. Je ne peux juste rien te dire pour le moment, ça viendra sauf qu'il faut que tu sois patiente.

– J'ai été patiente pendant six ans, je pense que ça suffit, maintenant.

– Naya… Tu m'emmerdes ! Comporte-toi comme une adulte et pas comme une gamine juste cinq minutes.

– Je rêve, commencé-je en riant de manière sarcastique. Tu t'es royalement foutu de ma gueule, mais c'est moi qui me comporte comme une gamine ?! Qui fait croire à tout le monde qu'il est décédé, hein ?! Ce n'est juste pas croyable que tu me sortes ça !

– Écoute, ce n'est pas en s'engueulant qu'on va arriver à discuter !

Il marque un point. Toutefois, je n'arrive pas à rester zen. Je bouillonne intérieurement en me retenant de lui taper dessus pour me défendre. Je ne vois qu'une solution à notre problème…

– J'ai besoin de digérer la nouvelle, et si tu veux discuter c'est très simple : tu me retrouves à l'hôtel, et là on pourra parler rien que tous les deux. Par contre, si tu ne viens pas ce soir, je considérerai que notre amitié n'a jamais rien signifié à tes yeux et je m'en irai sans plus me retourner.

– Je ne peux pas…

– Dans ce cas, je pense qu'on s'est tout dit, Cédric.

Sans pour autant bouger, nous entendons le moteur d'une voiture pousser une grosse accélération devant la vitrine de la librairie. Je tourne la tête et aperçois encore une fois ce gros 4x4 noir. Mon angoisse remonte en flèche, tandis que Cédric a l'air complètement paniqué.

– Va-t'en Naya ! hurle-t-il.

Je fais deux pas en arrière en l'observant une dernière fois. Au fond de moi, je suis consciente qu'on me cache des choses. Mais pour l'heure, je ne cherche pas à en apprendre davantage et m'enfuis jusqu'à mon véhicule pour rentrer en quatrième vitesse.

Ce 4x4 me donne tellement la chair de poule, que je n'ai plus le sentiment d'être en sécurité, où que j'aille... Et je n'aime pas ça. Prévenir la police ne servirait à rien ; ils penseraient que je suis bonne à enfermer.

Pour le moment, je dois rester prudente !

15

Naya

DÉCEMBRE 2021

Je fais les cent pas dans ma chambre tout en bouillonnant de rage. J'aimerais pouvoir prolonger mon séjour pour comprendre ce qui se passe, et surtout, ce qui est arrivé à Cédric pour qu'il agisse comme il l'a fait. J'ai été en colère contre lui, je l'avoue. Certains mots que j'ai prononcés ont dépassé ma pensée, néanmoins j'ai l'impression qu'il était sincère quand il disait vouloir me protéger d'un danger, mais lequel ?!

Dès l'instant où il m'a découverte face à lui, la bonne humeur dans ses yeux s'est évaporée. Elle a été remplacée par une peur si intense, que mon corps s'est mis à frissonner. Jamais je n'avais vu ça dans ses pupilles auparavant. Je n'arrive pas à me l'expliquer ! S'il n'a pas peur de moi… Qui l'effraie de cette façon ?

Et s'il était au courant à propos de Tiago ?

Impossible ! Le Cédric que je connais aurait certainement flippé, mais il aurait assumé ses actes. Tiago a toujours souffert de l'absence de son père, même s'il m'affirme que tout va bien. Un petit garçon de son âge devrait vivre des expériences avec son paternel au lieu de le pleurer nuit et jour. J'aurais tellement aimé que tout soit différent. Je ne regrette pas d'avoir eu Tiago, néanmoins, laisser partir Cédric il y a six ans était une grosse erreur. Si je l'avais retenu, peut-être qu'on aurait pu être une véritable famille en ce moment même.

Décidée à ne pas bouger de la journée après cette matinée forte en émotions, j'enfile l'un de mes pyjamas Pilou-Pilou, et finis par m'écrouler sur mon lit, prête à récupérer le sommeil qui s'est envolé cette nuit.

Au bout d'une heure à me tourner et me retourner, j'abandonne ! Je ne cesse de penser à Cédric, à Tiago, à ma vie depuis toutes ses années…

Je n'arrive pas encore à réaliser que mon âme sœur est en vie. Depuis que j'ai aperçu mon ami, mon cœur déborde d'une joie immense, et mes émotions s'emmêlent. J'ai autant envie de sourire que de pleurer. J'ai du mal à réaliser ce qu'il se passe.

Mon fils ne grandira pas sans son père… Du moins je l'espère. Et notre vie sera sans doute différente à partir d'aujourd'hui. J'imagine que Cédric nous rejoindra un jour et qu'on pourra former une véritable famille. Et qui sait, peut-être que dans un futur proche, on pourrait donner une sœur ou un frère à Tiago.

Pour le moment, je fais des plans sur la comète alors que je n'aime pas faire ça, en temps normal. Cédric a disparu pendant des années, il a sûrement changé. Puis de ce que j'ai compris, il a aussi une vie maintenant…

Passe à autre chose, Naya !

Je lui en veux tellement pour ce qu'il m'a fait subir. J'ai été dévastée, pendant que lui se la coulait douce à Saint-Savin durant toutes ces années ! J'aurais aimé savoir pour éviter de souffrir autant... Si on m'avait tenue informée, ma vie aurait sûrement été différente aujourd'hui. Je serais peut-être avec un autre homme qui tient réellement à moi...

J'aime Cédric de tout mon cœur, mais qu'en est-il de lui ? Après tout ce temps, ses sentiments se sont sans doute évaporés...

Trop de questions restent en suspens !

J'espère pouvoir discuter avec lui rapidement. Je veux des réponses... Puis je veux qu'il sache qu'il a un fils qui l'attend à Paris, et ensuite ça sera à lui de décider ce qu'il compte faire. Rester ici ou nous suivre et peut-être commencer une nouvelle vie à trois.

Trois coups retentissent à la porte, ce qui me réveille en sursaut. Je ne pensais pas m'assoupir aussi rapidement, mais les événements de la matinée m'ont tellement chamboulée que je n'ai pas pu résister à l'idée de me reposer. Encore groggy, je me dirige vers l'entrée de la chambre, et les yeux à moitié fermés, j'ouvre sans vraiment regarder qui peut bien venir me déranger.

– C'est pour quoi ? dis-je avant d'étouffer un bâillement avec ma main.

– Je peux entrer ? me demande une voix que je ne connais que trop bien.

Cette mélodie a l'effet d'un électrochoc sur moi, et mes yeux s'ouvrent d'un battement de paupières. Je me souviens de ce qu'on s'était dit plus tôt dans la journée ; j'ai menacé de tirer un trait sur lui s'il ne venait pas me voir pour discuter entre adultes, sans nous hurler dessus. Je suis surprise de le voir ici, car je ne pensais pas qu'il me rejoindrait...

– Tiens, un revenant…

– Tu doutais que je vienne ? me questionne-t-il.

– Pour être honnête, oui. Je pensais que tu allais encore me faire faux bond.

Il me contourne sans que je l'aie invité à entrer, puis retire sa casquette, ses lunettes, son écharpe et, pour finir, son manteau qu'il pose sur l'un des fauteuils disposés dans un coin de la pièce. Il n'a pas changé depuis tout à l'heure et ressemble toujours à celui que j'ai connu il y a quelques années, du moins physiquement. Pour le reste, je n'en sais rien… C'est bête à dire, mais j'ai l'impression que nous sommes devenus des étrangers, pour l'un comme pour l'autre. Tout ce qu'on a vécu ensemble semble ne s'être jamais produit, et notre complicité s'est envolée avec sa présumée mort et ses mensonges.

J'aimerais retrouver ce que nous avions…

Et pourtant je me dis que c'est impossible, car trop de choses se sont produites, et pire encore, il m'a fait croire à son décès pendant plus de six années… Pour moi, c'est de l'abus. Ou peut-être que, justement, il n'avait pas assez confiance en moi pour m'expliquer ce qui lui arrivait ? Dans tous les cas, j'aurai beaucoup de mal à lui pardonner, surtout s'il n'a pas une excellente raison d'avoir disparu !

– Tu veux qu'on discute ? me demande-t-il d'une toute petite voix, comme s'il n'était pas à l'aise en ma présence.

– Tu ne penses pas qu'on en a besoin ?!

Il souffle et s'assoit sur le lit. Les traits de son visage sont tirés, il a l'air épuisé. Tout d'un coup, je n'ai plus un homme de 30 ans en face de moi ; j'ai quelqu'un qui porte un lourd poids sur ses épaules, mais qui ne peut se confier à personne. Pourquoi cette sensation ? Je n'en ai pas la moindre idée.

– J'aimerais vraiment que tu me parles, Cédric. Depuis que j'ai compris que tu étais bien vivant, je n'ai qu'un mot qui tourne en tête, c'est : Pourquoi ?! lui avoué-je, le cœur à moitié meurtri du coup de poignard qu'il m'a assené plus tôt dans la journée.

– Je n'ai qu'une seule envie, c'est de tout te dire. Tu ne peux pas savoir combien ça me ronge. J'ai constamment une épée de Damoclès au-dessus de la tête et j'ai peur qu'il t'arrive quelque chose. Si je fais un pas de travers, c'est ta vie qui sera en jeu, Naya. Je tiens beaucoup trop à toi, et ça, je l'ai compris en restant éloigné de toi durant tout ce temps.

Je saisis parfaitement qu'il soit mal, mais il me sort encore et toujours la même rengaine. J'en ai marre ! Je ne veux pas qu'il me protège comme il le dit si bien ; je souhaite des réponses.

– Tu n'as rien compris depuis ce matin...

– Naya, il faut que tu comprennes que je ne peux rien te révéler ! Je ne devrais même pas être ici, car chaque seconde passée avec toi te met en danger, me lance-t-il, réellement apeuré.

– Pendant tout ce temps, tu m'as protégée d'après ce que tu me dis, mais de quoi ?!

Il se lève, et commence à arpenter la pièce. Très vite, il me donne le tournis et j'ai la sensation qu'il va m'échapper encore une fois, mais je ne le permettrai pas. Je suis encore amoureuse de lui et je refuse de le perdre une seconde fois. Pas après tout ce que j'ai vécu !

– Pour une fois, laisse-moi décider si je suis capable de me défendre ou non. Ne décide pas tout à ma place, Cédric !

– Et moi, je te demande de disparaître et de ne pas essayer d'en savoir plus ! s'énerve-t-il tout en élevant la voix.

Je ferme les yeux face à la violence de ses mots. Il cherche délibérément à m'atteindre et il sait pertinemment comment y parvenir. Il me connaît par cœur. Sauf qu'aujourd'hui, j'ai 29 ans et plus 23. Je ne suis plus une gamine et je ne veux plus perdre mon temps avec lui pour des broutilles. J'estime être assez grande pour prendre soin de moi, et ce n'est certainement pas à lui de prendre ce genre de décision.

– Je crois que je n'ai pas été assez claire : tu me dois un minimum d'explications, et j'exige que tu me les donnes. Ensuite, libre à toi de passer la porte et de disparaître à nouveau comme tu as si bien su le faire. Le pire, c'est que je pensais être responsable de ton accident, je me suis dit un nombre incalculable de fois que je n'aurais jamais dû t'embrasser ce soir-là, et que tu avais été distrait à cause de ça ! Mais en fait, tu as dû bien rigoler !

Il s'approche finalement de moi. Je n'ai pas bougé depuis qu'il est entré dans la pièce et je suis restée figée, à l'écouter parler. Il prend mes mains dans les siennes et me force à le regarder dans les yeux. J'aimerais dire que je suis heureuse de retrouver ces iris qui m'ont tant manqué, mais ça serait mentir. Désormais, j'ai l'impression d'être face à un imposteur. Et je ne ressens que de l'incompréhension.

– Tu te trompes sur toute la ligne, je suis toujours le même, Naya, je n'ai pas changé. Des choses se sont passées, c'est vrai, cependant je t'ai dit qu'être loin de toi m'a fait prendre conscience de certaines choses : toi et moi, nous n'avons sans doute jamais été amis…

– Tu veux que je te refasse le portrait ou tu le fais exprès ?! lui réponds-je, furieuse.

– Laisse-moi parler, au lieu de m'interrompre !

Je relâche ses mains et finis par croiser mes bras contre ma poitrine en le fixant durement, les sourcils froncés. Il me lance à la figure que notre amitié n'a jamais compté à ses yeux, et je devrais sourire et acquiescer ? Il peut gentiment aller se faire foutre !

– On s'en est peut-être rendu compte trop tard et comme je le disais, toi et moi n'avons jamais été réellement amis. On était bien plus que ça… Quand on était petits, tu étais tout pour moi, nous étions toujours ensemble, et rien n'aurait pu nous séparer, mais quand nous avons grandi, j'ai pour ma part vu les choses sous un angle différent.

– Tu t'es dit que tu allais profiter de la gentille Naya jusqu'à ce que tu en aies assez, et que tu pouvais lui briser le cœur puis te faire passer pour mort ? C'est très loin d'être classe, même pour toi !

– Tu veux bien arrêter de faire comme si je ressemblais à mes parents ?! Je ne t'ai jamais menti, Naya, j'ai toujours été franc avec toi. Notre amitié a toujours compté à mes yeux ! Ce que j'essaie de te dire, c'est que depuis notre adolescence, on se voile la face tous les deux. On était plus que des amis, et je l'ai compris que bien plus tard. En vérité, je suis tombé amoureux de toi quand je devais avoir seize ans. Je n'en suis pas sûr, mais je suis certain que c'était pendant notre adolescence en tout cas. Et quand on s'est quittés ce soir-là, j'étais totalement paniqué. Pas par le baiser, mais par la possibilité que tu puisses être enceinte alors qu'on n'était pas vraiment un couple, et surtout parce qu'on était encore très jeunes, m'avoue-t-il de but en blanc, sans lâcher mon regard une seule seconde.

Tout à coup, je me détends et j'essaie d'analyser ses paroles sauf que je suis figée sans pouvoir réagir. J'ai attendu tellement longtemps de l'entendre m'avouer ses sentiments, j'en ai même rêvé, et il est là, face à moi en train de me révéler la chose la plus importante pour moi. Mon cœur loupe un battement lorsque je comprends qu'il a sans doute dit vrai depuis le début et qu'il a fait tout ça pour moi. J'ai envie de lui dire que moi aussi, j'ai toujours été amoureuse de lui, toutefois sans que je sache pourquoi, quelque chose m'en empêche.

– Pourquoi tu ne me l'as jamais dit ? le questionné-je, soucieuse. Car si je me rappelle bien, tu étais le genre de mec à te taper toutes les nanas que tu croisais et ça me brisait le cœur de te voir te conduire comme tu le faisais.

– Parce que je pensais que j'allais détruire notre amitié en t'avouant mes sentiments. Je ne pensais pas que tu ressentais la même chose ; sinon j'aurais foncé. Car tu peux me croire, aujourd'hui je regrette de ne pas avoir eu la force de te dire tout ça. On aurait vécu bien plus de choses et sans se priver ni se faire du mal mutuellement. Maintenant, le temps a passé, tu as certainement dû refaire ta vie de ton côté et si tu es heureuse c'est le principal.

S'il savait…

– Je n'ai jamais pu être avec quelqu'un d'autre que toi…

Ses yeux deviennent ronds comme des billes tant il est choqué. C'est pourtant simple, lui seul compte à mes yeux. J'avoue avoir eu quelques histoires avant son décès pour justement oublier mes sentiments, mais ça n'a jamais été sérieux. Je pensais devenir folle à ressentir ce genre de choses pour mon meilleur ami, et finalement j'aurais dû tenter l'impossible. On a été bêtes autant l'un que l'autre.

– Tu me fais marcher ?! me questionne-t-il, toujours aussi étonné.

– Non… J'avais d'autres priorités.

Je ne veux pas lui apprendre qu'il a un fils de cette manière. Si le fait que je sois célibataire le laisse sans voix, alors cette nouvelle risque de véritablement le tuer, cette fois-ci.

– Comme quoi ? Je sais que la nouvelle de mon décès t'a détruite comme tu l'as laissé entendre, mais j'aurais pensé que tu aurais rencontré quelqu'un, fondé une famille, et que tu te serais mariée. Enfin, ce genre de choses.

Il ne me facilite pas la tâche. Il ne répond à aucune de mes questions, toutefois il semble vouloir savoir tout ce qui m'est arrivé pendant toutes ces années. Peut-être que si je lui parle de moi, il voudra bien m'en apprendre plus.

– Tu devrais t'asseoir avant que je t'explique, le prévins-je tout en désignant une nouvelle fois le lit sur lequel il était installé quelques minutes plus tôt.

Il s'exécute sans discuter et attend que je reprenne la parole. Je sens que ce moment risque d'être plus dur que ce que je m'étais imaginé ce matin. Après tout, Cédric était décédé à mes yeux, je ne m'étais donc pas préparée à lui apprendre qu'il était papa. Je m'empare de mon téléphone portable, resté sur la commode et cherche la dernière photo que Maria m'a envoyée. Elle et Tiago ont trouvé un chaton de quelques semaines en bas de notre immeuble et ils ont décidé de l'adopter sans me demander mon avis. Sur cette photo, on voit mon petit garçon tout sourire, qui tient le chat noir dans ses bras. Si Cédric ne comprend pas en voyant cette photo, c'est qu'il est aveugle !

– Ma priorité c'était lui, lui dis-je tout en lui tendant mon téléphone.

Il s'en empare et observe l'écran sans broncher. J'attends qu'il prononce quelque chose, mais rien ne vient. Son silence est interminable, comme si les secondes devenaient des heures. J'aimerais qu'il dise quelque chose, même si c'est une connerie, ça m'éviterait de stresser comme une folle.

– Il a quel âge ? me questionne-t-il tout d'un coup, curieux.

– Cinq ans.

– Il te ressemble…

Ma parole, il est aveugle ou complètement débile. Ou peut-être les deux. C'est son portrait craché. Il se paie ma tête !

– Pourtant, c'est tout le portrait de son père, tenté-je pour voir si son cerveau continue de fonctionner ou s'il est en état de mort cérébrale.

– Je le connais ? Enfin, je veux dire. Vu l'âge de ton fils, tu as dû le rencontrer quelques semaines, tout au plus, après que je suis parti.

C'est définitif, il est complètement con !

– Euh… Oui, tu le connais plus que bien même…

– Me dis pas que tu t'es tapé un de mes potes, quand même ?! s'énerve-t-il tout en me fusillant du regard.

Non, mais c'est qu'en plus il est sérieux quand il dit ça ! Prendre de l'âge ne lui a pas rendu service ! Heureusement qu'il reste toujours aussi sexy, parce que je suis à deux doigts de faire ma valise, de rentrer chez moi et d'avouer à mon fils que son père est une andouille.

– Tu t'énerves, car tu penses que je me suis tapé un de tes potes ?! On nage en plein délire ! Tu as des soucis visuels ou il faut que je te fasse un dessin avec la notice en bas de page ?

– Qu'est-ce que tu racontes ?!

– Mais enfin, Cédric, regarde la photo et regarde-toi dans un miroir, bon sang ! C'est ton portrait craché !

Pour la délicatesse, je repasserai. Cependant, il fallait que je lui ouvre les yeux, sinon il m'aurait fait une scène pour quelque chose qui ne s'est jamais produit.

– Que… quoi… je… balbutie-t-il.

– C'est ton fils !

16

Naya

Depuis que j'ai annoncé à Cédric qu'il a un fils, ce dernier ne bouge plus et reste figé. Aurais-je été trop directe ? En même temps, il a voulu me faire une scène pour quelque chose qui n'est tout simplement pas arrivé. Je me devais de lui dire la vérité. Néanmoins, ne se souvient-il pas de ce qu'il s'est produit avant son départ ?!

À l'époque, je n'avais pas pris la peine de faire un test de grossesse, car quelques jours après la disparition de Cédric, je me suis réveillée un matin avec des douleurs abdominales et des saignements, semblables à ceux des règles. Si j'avais su, j'aurais couru à la pharmacie. Et j'aurais pu vivre une grossesse normale sans faire de déni ! C'est vraiment ce que je regrette le plus aujourd'hui.

– Dis quelque chose…

Il relève la tête vers moi, et je remarque à ses yeux qu'il semble perdu. Je peux très bien le comprendre. Au moment où j'ai appris que j'étais enceinte, j'allais également accoucher, et j'ai certainement dû avoir la même réaction… voire pire.

– Je… tu… comment… balbutie-t-il.

– Écoute, je sais que ça doit te faire un choc, je peux très bien le comprendre et surtout je ne te demande absolument rien. Je souhaitais seulement que tu sois au courant, car c'est normal, et si tu veux le rencontrer on avisera ensemble.

– Alors cette nuit-là, on l'a vraiment fait et tu es tombée enceinte ? Mais pourquoi tu l'as gardé ? Enfin, je veux dire… Tu savais que j'étais décédé et que tu aurais été seule à l'élever, pourquoi ?

– Pour être franche avec toi, j'ai fait un déni de grossesse. Je n'avais pas conscience qu'il grandissait en moi, je l'ai su au moment d'accoucher quand mes parents m'ont conduite d'urgence à l'hôpital, car j'avais de violentes douleurs. On n'aurait jamais su que j'étais enceinte avant ça. J'étais comme d'habitude, je n'avais pas pris de poids, mon ventre ne s'était pas arrondi. Rien.

– Naya, j'aurais dû être avec toi, avec vous. Je m'en veux tellement si tu savais !

– Ce n'est pas la peine de t'en vouloir ou de te morfondre, le plus important c'est ce que tu feras maintenant pour lui. Ce qui compte, c'est qu'il veut son père et rien de plus, lui réponds-je en espérant qu'il prenne son rôle à cœur.

– J'aurais dû envoyer toutes ces conneries valser le jour où j'ai retrouvé la mémoire et j'aurais surtout dû couper les ponts avec mes parents depuis bien longtemps, s'énerve-t-il en serrant les poings.

Retrouvé la mémoire ?! Finalement, ce qui lui est arrivé est bien plus complexe que ce que je m'imaginais ! Maintenant, il faut qu'il parle, sinon je ne pourrai rien faire pour l'aider.

– Tu as eu des pertes de mémoire ? tenté-je pour l'entendre me parler enfin.

– Oui, après mon accident je ne me souvenais plus de rien ni de qui j'étais. Ça a duré plusieurs années, et comme tu peux l'imaginer, mes parents ont su en profiter et mettre à profit le fait que j'étais perdu. Puis il y a trois ans, tout m'est revenu.

Je savais qu'Ashley et James avaient une part de responsabilité dans tout ça, mais d'en avoir la confirmation de Cédric me brise le cœur. Ils ne pensent qu'à eux et à leurs petits conforts. Ils n'en ont rien à faire des autres.

– Honnêtement, ça ne m'étonnerait pas qu'ils soient au courant pour Tiago...

– Tiago ? me questionne-t-il, intrigué.

– Notre fils, lui réponds-je, tout sourire.

Il tourne la tête vers moi et me fixe, à la fois choqué et énervé. Il ne me semble pas avoir dit une bêtise, alors que lui arrive-t-il ?!

– Attends, tu es en train d'insinuer que mes parents seraient sans doute au courant que j'avais un enfant ?

– Tu les connais aussi bien que moi... Et je ne t'apprends rien en te disant qu'ils auraient pu se servir de ce prétexte dans n'importe quelle circonstance...

– Tu n'as pas tort... Tu sais quoi ?! Si tu veux poser des questions, fais-le et je te répondrai !

Alléluia !

17

Cédric

Décembre 2015

Lorsque j'ouvre les yeux, les rayons du soleil m'éblouissent et je dois m'y reprendre à plusieurs reprises pour voir où je me trouve. Ma tête me fait un mal de chien, et j'ai comme la sensation d'avoir été percuté par un trente-six tonnes. J'observe autour de moi : la pièce n'est pas grande, mais tout est blanc et impersonnel. Une grande fenêtre se trouve sur ma droite et un fauteuil de couleur marron a été placé juste à côté. Très vite, je suis agacé par l'une des machines à ma gauche qui ne cesse de faire des « bips », et me vrille les tympans.

Où suis-je ?!

Mon regard se pose sur mon corps. Je suis allongé dans un lit blanc et habillé d'une chemise d'hôpital. *Mais comment ai-je atterri ici ?!* Aucune idée, et j'ai beau me creuser les méninges, c'est comme si mon cerveau était vide. Mon cœur s'affole ainsi que cette maudite machine.

Que quelqu'un la débranche, par pitié !

Tandis que j'essaie de comprendre ce qui m'a amené ici, une jeune femme rentre dans la pièce, tout sourire. Elle est grande, avec de longs cheveux blonds, des jambes de rêve et une poitrine généreuse. Elle est habillée d'une robe de couleur rouge qui lui arrive à mi-cuisse, et son décolleté ne dissimule rien de ce qui se cache en dessous. Quant à son maquillage, il est un peu trop extravagant pour moi. Un rouge à lèvres rouge pétant, du fond de teint qui ne convient pas à la pigmentation de sa peau et ses yeux… N'en parlons même pas.

J'essaie par tous les moyens de me souvenir d'elle, mais impossible. Encore une fois, c'est le trou noir et je commence sérieusement à m'inquiéter, sans toutefois céder à la panique. La jeune femme s'avance vers moi en s'exclamant :

– Oh, mon amour, tu es enfin réveillé ! J'étais tellement inquiète ! Je t'interdis de me refaire une frayeur pareille.

Houston, on a un problème !

D'après ce qu'elle vient de dire, cette personne semble être ma copine, sauf que je n'ai aucun souvenir d'elle. Qu'est-ce qui m'arrive, bon sang ?! Je ne voulais pas céder à la panique ; or actuellement, tout part en vrille dans ma tête et je ne comprends pas. Pourquoi rien ne me revient ?! Pourquoi je ne reconnais personne ? Et surtout pourquoi je suis ici ?

– Bébé, ça ne va pas ? me questionne la jeune femme qui me fait face et qui a l'air tout à coup apeurée par mon mutisme.

– Je… Qui êtes-vous ?

– Arrête de me faire marcher, tu veux ?! Ce n'est pas drôle du tout, Cédric !

Même si je suis encore perdu, je sais enfin comment je m'appelle grâce à elle. Toutefois, je dois prendre la situation en main et je dois rester calme. Il y a certainement une explication à tout ça. J'ai dû recevoir un coup à la tête et tout va rentrer dans l'ordre dans quelques jours.

– J'aimerais bien vous dire que c'est une blague, mais non je suis très sérieux. Je ne sais pas qui vous êtes.

– Oh mon Dieu ! C'est moi, Adriana, ta fiancée, me révèle-t-elle, de plus en plus soucieuse.

Je vais me détendre, ou peut-être me rendormir pendant quelques minutes et tout reviendra dans l'ordre. Je ne peux pas avoir oublié ma vie complète quand même.

– Je vous assure, ça ne me dit rien, lui réponds-je tout aussi perdu que lorsque je me suis réveillé.

– Je vais chercher tes parents !

Elle fait demi-tour et je reste seul quelques minutes. Je m'efforce de me souvenir. Mais toujours le même trou noir. C'est comme si mon existence tout entière avait été effacée, comme si j'étais venu au monde et qu'ensuite on avait activé un genre de bouton pour que je me réveille maintenant sans savoir qui je suis. Bien vite, Adriana entre dans la pièce, suivie d'un homme aux cheveux poivre et sel, grand, vêtu d'un costume hors de prix. À ses côtés se tient une femme blonde, habillée d'un tailleur couleur bleue turquoise assez strict.

La femme qui à première vue est plus âgée d'une cinquantaine d'années s'approche de moi, affolée. Tandis que l'homme, peut-être son mari, se place derrière elle tout en posant une main rassurante sur son épaule.

– Cédric ! Adriana nous a dit que tu étais réveillé, mais qu'il y avait un souci. Raconte-nous tout, mon chéri, me lance-t-elle d'une voix rassurante.

– Euh… Qui êtes-vous ? la questionné-je, angoissé par ce qui arrive.

– Mon Dieu… lance-t-elle avant de fondre en sanglots contre le torse de son époux.

– Ce sont tes parents, Cédric, me révèle Adriana en s'approchant de mon lit pour s'installer tout contre moi. Mais ne t'en fais pas, on va régler ce problème ensemble, mon amour.

Bien vite, ses lèvres se posent contre les miennes sauf que je n'arrive pas à lui rendre son baiser. Tout ceci me semble faux, je ne connais pas ces personnes et pourtant ils font partie de ma famille.

Je suis dans la merde…

18

Cédric

DÉCEMBRE 2021

Six ans, c'est le temps qui nous a séparés l'un de l'autre. Dire qu'elle ne m'a pas manqué serait mentir. Naya a été dans mes pensées jour et nuit depuis que j'ai retrouvé la mémoire. Pas une seconde ne s'est écoulée sans que je pense à elle. Je me suis repassé en boucle la dernière fois qu'on s'est quittés, car après toutes ces années, j'ai eu l'occasion de réfléchir à ce qu'elle représentait à mes yeux.

Elle était mon âme sœur, tout simplement !

Ce soir-là, j'aurais dû la retenir au moment où elle s'est enfuie, j'aurais dû faire demi-tour. Ma vie n'aurait certainement pas pris ce tournant tout à fait insensé. Si j'avais fait des choix différents, je me demande où j'en serais à l'heure actuelle. Je m'imagine avec Naya. On serait peut-être ensemble, on aurait eu Tiago et sans doute un autre enfant. Puis j'aurais coupé les ponts avec mes parents.

À cause d'eux, mon existence est complètement foutue !

C'est à cause d'eux si Naya et sa famille ont cru que j'étais décédé… Comment ont-ils osé faire une chose pareille ?!

Saint-Savin est un petit village, au début personne n'avait eu vent de cette histoire. Mais après qu'elle est passée à la librairie, j'ai ouvert les yeux. Tout le monde était au courant de son arrivée, sauf moi… En même temps vu les problèmes que j'ai de mon côté, j'avais la tête à autre chose. Ils ne se gênent pas de parler sur elle, sans même la connaître. J'ai même vu certains m'éviter délibérément… Toutes les commères du village s'étaient même rassemblées sans que je m'en aperçoive avant et elles parlaient toutes de Naya. Heureusement qu'elle n'en a pas eu vent…

Pour ce qui est de mes parents… Ils sont sûrement au courant depuis le début qu'elle est ici ! Pendant plus de trois ans, ils m'ont inventé une vie fictive et m'ont menti en me regardant droit dans les yeux sans avoir une seule fois des remords. Au final, tout ce que je pensais être ma réalité n'était que du vent. Puis quand tout m'a éclaté à la gueule, ils ont montré leur vrai visage.

Honnêtement, je savais qu'ils pouvaient être mauvais, mesquins, voire pires. Cependant, je ne m'attendais pas à ce qu'ils atteignent ce niveau-là. À leurs yeux, je ne représente rien. Je suis juste l'héritier de la famille Green qui doit suivre la voie qui lui a été tracée, reprendre la société familiale et fermer sa bouche. Sauf que je n'ai rien d'un petit chien prêt à les suivre bien sagement. Malheureusement, j'en ai payé les frais à plusieurs reprises.

J'ai déjà voulu mettre fin à cette mascarade, mais malheureusement je n'étais plus seul dans l'équation. Mes géniteurs ont complètement changé, et je n'ai plus aucun contrôle sur eux. Il fallait que je reste loin de Naya tant que je n'avais pas trouvé de solution pour gérer ce qui pesait sur mes épaules. Je ne voulais pas la perdre, toutefois si j'envoyais tout valser pour aller la rejoindre maintenant, elle aurait été en danger… Voire pire.

J'étais totalement perdu…

Mais tout vient de changer pour prendre une tournure que je n'imaginais même pas. Naya est venue pour moi et elle a su comprendre que toute cette histoire ne tenait pas debout. Quand mes yeux ont croisé les siens, mon cœur a fait un bond dans ma poitrine comme s'il était en train de renaître après un très long sommeil. Celle qui le faisait battre était de retour et grâce à elle, j'étais enfin vivant. Cependant, je ne pouvais pas me laisser aller. Je devais la faire fuir quoiqu'il m'en coûte.

Puis tout a basculé lorsqu'elle m'a appris qu'on avait un fils de 5 ans. Et ses doutes quant au fait que mes parents pourraient être au courant pour Tiago me semblent plausibles. Après tout ce qu'ils m'ont fait subir, toutes les menaces, les retournements de cerveau et j'en passe, je m'attends au pire. Désormais, la seule chose que j'aimerais faire, c'est tout plaquer, embarquer Naya et aller retrouver Tiago. Or je dois régler encore certaines choses, et surtout j'ai découvert une Naya adulte et beaucoup plus forte que celle que j'ai quittée il y a six ans, et cette version me plaît… énormément.

Je l'ai toujours trouvée magnifique, mais Naya est devenue une femme vraiment incroyable. Sa taille s'est affinée et pourtant elle a su garder des atouts qui restent à mes yeux terriblement sexy ! Ses longs cheveux blonds m'avaient terriblement manqué et ses iris… Un océan de plaisir. Si je n'écoutais que mon désir, j'aurais tenté ma chance alors qu'on se trouve dans cette minuscule chambre, à l'abri des regards. Je dois à tout prix me contenir… *Du moins pour l'instant.*

– Je veux que tu me racontes tout depuis le début, me demande-t-elle.

– Pour l'instant, on n'a pas le temps, mais tu sauras tout, je t'en fais la promesse. Je ne disparaîtrai pas une seconde fois, Naya.

– Cédric…

– Je te demande juste de m'accorder ta confiance une toute dernière fois et de me suivre les yeux fermés. J'ai conscience que c'est long… Mais nous deux, on n'est plus à ça près. Ensuite, je te promets de tout te dire !

– D'accord, souffle-t-elle avant de fermer les yeux.

Je m'approche d'elle, confiant, et m'empare de ses mains.

– Nous n'avons jamais pu avoir cette conversation toi et moi. Et je reste persuadé que nous deux c'est bien plus qu'une histoire d'amitié. Même si aujourd'hui tu n'étais pas revenue, un jour ou l'autre je t'aurais rejoint parce que tu es mon âme sœur. Je suis certain des sentiments que je ressens pour toi, et personne ne m'enlèvera ça.

– Cédric… Je… Moi aussi je suis certaine de ce que j'éprouve pour toi et ça n'a pas changé depuis tout ce temps, mais…

Et puis merde !

Je me suis retenu depuis trop longtemps alors qu'être dans la même pièce qu'elle n'est pas bon pour mon bien-être mental. Je n'arrive pas à refréner mon désir, et il y a une éternité que je rêve de faire ça. Sans crier gare, je ne la laisse pas terminer sa phrase et je fonds sur sa bouche. Je suis conscient qu'elle peut me repousser, voire me gifler pour avoir osé faire une chose pareille. Toutefois, je m'en fiche ; il fallait que je passe à l'action.

J'étais loin de m'imaginer qu'un simple baiser pourrait déraper de cette manière. Mon cœur bat la chamade, et je n'arrive plus à me contrôler. J'ai un besoin constant de la toucher et de m'imprégner de son odeur. Mes doigts se baladent le long de son corps jusqu'à se poser dans le bas de son dos. Naya passe un bras autour de mon cou tandis que sa deuxième main m'empoigne les cheveux.

Je grogne de plaisir tandis qu'elle lâche un couinement

tout à fait adorable. Nos langues dansent sur un rythme endiablé qui me transporte à mille lieues d'ici. J'ai la sensation de me trouver au paradis et je ne veux plus en revenir. Naya se colle contre moi, ses courbes sont parfaites et j'aimerais tellement les découvrir comme on inspecte le plus précieux des diamants. Car pour moi, c'est une créature divine au pouvoir de séduction indéfinissable qui me fait perdre la tête et la notion du temps. Elle frotte son corps contre le mien et me rend dingue. Si elle ne se calme pas, tout va déraper, alors je n'avais pas prévu ça... Je grogne à mesure que mon sexe enfle dans mon boxer.

Bordel !

Elle m'excite, comme aucune autre femme ne l'a jamais fait. Tant pis pour les conséquences, nous sommes des adultes consentants et advienne que pourra. Je remonte mes mains et fais passer l'une d'elles sous son pyjama, mais lorsque j'atteins l'un de ses seins nus, elle me repousse de toutes ses forces comme si je venais de la brûler.

– Non, Cédric ! C'est impossible...

Elle a l'air affolée, mais je ne peux pas m'empêcher de la trouver terriblement sexy. Ses cheveux partent dans tous les sens, ses joues sont rouge tomate et elle a le souffle court, comme si elle venait de courir un marathon.

Et quel marathon...

– Détends-toi, je ne t'obligerai jamais à faire quelque chose dont tu n'as pas envie, lui réponds-je pour la calmer.

– Ce n'est pas ça, j'en ai envie...

– Alors, arrête de réfléchir et lance-toi !

Dans l'immédiat, je ne m'attendais pas à ce qu'il se passe quelque chose entre nous. Mais ce baiser, c'était le meilleur de toute ma vie. Et je garde à l'esprit qu'avec Naya j'aimerais que ça soit différent de toutes les relations que j'ai connues. Je l'aime et je souhaite faire les choses bien. Je me rapproche d'elle puis lorsqu'elle daigne enfin me regarder, je l'embrasse furtivement.

– Je ne ferai rien que tu ne veuilles pas, l'informais-je.

Pendant une fraction de seconde, elle hésite et finit par se jeter sur mes lèvres pour un baiser enflammé.

Naya

– J'en ai envie, Cédric… Mais tu ne penses pas que c'est trop tôt ?

– En six ans si j'ai bien appris quelque chose c'est de toujours faire ce dont on a envie, car nous ne savons pas ce qui peut nous arriver demain.

Il a amplement raison, et je pense que nous avons suffisamment souffert pour nous priver maintenant de ce que nous voulons faire. La vie est beaucoup trop courte ! Tendrement, je lui adresse un sourire avant de m'approcher et de capturer ses lèvres. Depuis qu'il m'a quittée ce jour-là, j'ai attendu de le retrouver pour qu'on puisse enfin parler de nous et vivre une histoire comme on l'a toujours espéré.

– Tu peux m'arrêter à n'importe quel moment. Surtout, ne l'oublie pas.

– Je te fais confiance Cédric, lui soufflé-je.

Pour lui montrer que je suis prête à franchir une étape supplémentaire entre nous, j'attrape son haut et le lui retire. Il est torse nu devant moi. J'en profite pour l'observer et il me laisse faire. Nous y allons progressivement, sans brusquer l'autre, et j'apprécie l'attention. Je n'ai jamais été à l'aise avec mon corps, car je n'aime pas le regard des gens… Et surtout, je ne me sens pas à l'aise !

Hésitante, je passe une main sur sa poitrine et descends petit à petit. Je le vois frissonner sous mes caresses ce qui m'encourage à aller plus loin. Il finit par attraper ma main quand cette dernière arrive au niveau de sa ceinture. Il approche et agrippe à son tour mon pyjama qu'il fait passer doucement par-dessus ma tête. Je me retrouve presque nue devant lui.

Je suis toujours certaine de vouloir faire l'amour avec lui. Mais lorsque mon vêtement touche le sol, comme dans un geste automatique, mes bras se referment sur ma poitrine. J'ai peur qu'il ne me trouve pas assez belle ou aussi sexy que toutes les bombes avec lesquelles il avait l'habitude de sortir…

– Naya…

D'une légère pression de doigt sous le menton, il me fait relever la tête et capture mon regard. Je sais qu'il ne me jugera pas sur mon physique, mais depuis la dernière fois, j'ai accouché de Tiago et j'ai horriblement maigri… En bref, mon corps a changé malgré moi.

– N'aie pas honte de toi Naya ! Tu es une femme sublime, je te l'assure. J'aimerais tellement que tu comprennes que tu n'as absolument rien à envier aux autres. Toi au moins tu es celles que tu veux, elles… Elles ne sont que superficielles. Je ne le répéterais jamais assez : tu es la plus belle femme du monde à mes yeux.

Ses mots me touchent, bien plus qu'il ne peut l'imaginer. J'ai perdu confiance en moi lorsqu'il est parti, désormais j'ai retrouvé mon roc. Ensemble, nous sommes plus forts que séparés.

Je fonds sur sa bouche et mêle nos langues dans une danse autant sensuelle que passionnée. Je le veux lui, et personne d'autre, j'ai attendu bien trop longtemps pour laisser passer cette occasion d'enfin pourvoir vivre ce qu'on a éternellement évité.

Très vite nous finissons par rejoindre le lit, autant nu l'un que l'autre. Ses caresses me rendent dingue, et je n'ai plus qu'une envie : qu'il me fasse l'amour à m'en faire grimper aux rideaux.

– Cédric…

Je rejette la tête en arrière pendant que tout mon corps se cambre. Le visage entre mes cuisses, Cédric me prodigue le plus beau des voyages. Sa langue titille mon clitoris pendant qu'il joue avec ses doigts pour faire de lents va-et-vient en moi. Je suis sûrement en train de perdre pied, mais c'est la meilleure sensation que j'aie jamais vécue de ma vie. Aucun homme ne m'a donné autant de plaisir que lui…

Mes gémissements deviennent de plus en plus forts, des papillons ont même élu domicile dans le bas de mon ventre. Au moment de la libération, il s'arrête net.

Est-ce que je suis frustrée ?! Si peu…

Je relève la tête et l'assassine du regard :

– Tu es sérieux ?!

– Hors de question de te voir jouir, alors que je ne suis pas en toi ! C'est notre première fois techniquement, vu qu'on ne se souvient pas de ce qu'on a vécu il y a six ans. Alors je compte faire ça bien, et ce, jusqu'au bout !

Mon cœur vient de fondre… Il est vraiment trop chou !

– Tu vas attendre encore combien de temps avant de me faire l'amour, alors ?!

– C'est qu'on est impatiente, mademoiselle Wen ! lâche-t-il, moqueur.

J'ai presque envie de lui tirer la langue, sauf qu'il fond sur mes lèvres pour un énième baiser des plus passionnés. Sa langue joue avec la mienne pendant que ses mains cheminent jusqu'à ma poitrine. Même si ses attentions me comblent, j'aimerais tellement qu'il passe la seconde vitesse. Je sais qu'il veut faire les choses bien, néanmoins je ne suis pas en sucre.

– Je crois qu'on a oublié le plus important, lâchais-je, ennuyée

– Quoi donc ?

– Tu as un… un préservatif ?

– Merde ! Attends, laisse-moi une seconde.

Il se relève et court jusqu'à son sac à dos qui jonche le sol et fouille dedans. Pendant ce temps, je prends le temps de l'observer minutieusement. Il a des fesses bien rebondies et musclées, chose que la plupart des femmes aimeraient que leurs conjoints aient. Il se retourne d'un seul coup, et finalement son fessier laisse place à son sexe dressé et gonflé de désir. Morte de honte, je détourne le regard.

– Je rêve ou tu étais en train de me mater ?

– Absolument pas, tu me connais, ce n'est pas mon genre !

– Bah voyons ! réplique-t-il en me rejoignant avec dans les mains la protection qu'on avait presque oubliée.

À l'aide de ses dents, il déchire l'emballage et l'enfile rapidement. J'aurais sans doute pu l'aider, mais je ne m'en sens pas encore capable. Face à lui, j'ai la sensation d'être redevenue la jeune fille sans expérience de 17 ans que j'étais. Pourtant c'est loin d'être ma première fois et j'ai l'habitude de coucher avec des hommes. Enfin, je ne suis pas le genre à enchaîner les relations sans lendemain, mais j'ai tout de même un minimum de connaissance en la matière.

Il revient ensuite vers moi, mon cœur bat à tout rompre. Je suis stressée, comme je ne l'ai jamais été auparavant. Et pourtant je suis sûre de moi ! Mes sentiments sont toujours aussi forts que j'en ai mal à la poitrine. Cédric s'installe au-dessus de moi, tout en me fixant droit dans les yeux. Son regard est brûlant de désir, il m'encourage malgré lui à dépasser mes craintes.

– Je crois ne pas te l'avoir assez dit, mais tu es magnifique !

Il m'embrasse passionnément, et à travers ce baiser j'ai la sensation qu'il me partage tout son amour.

Il s'installe entre mes cuisses, et sans crier gare, me pénètre d'un coup de reins. Je n'arrive pas à croire ce qu'il est en train de se passer… Il parsème mon cou de tendres baisers pendant qu'il entame de lents va-et-vient. Mes mains ne peuvent s'empêcher de se perdre dans ses cheveux et de les empoigner sans que je ne puisse contrôler mes gestes.

– Cédric… gémis-je, alors qu'il vient cajoler ma poitrine.

Mon désir ne cesse de grimper, et je m'accroche à ses épaules comme s'il était ma bouée de sauvetage. Ses coups de reins s'accélèrent, changent de rythme à mesure que mes gémissements se font plus bruyants. Au même instant, mon corps se contracte et des millions de papillons élisent domicile dans le bas de mon ventre. Cette sensation est tellement grisante que j'aimerais ne pas la quitter une seule seconde.

– Ne t'arrête pas…

Sans que je m'y attende, tout mon être se cambre et l'orgasme qui se formait petit à petit éclate en mille morceaux. Je hurle mon plaisir contre l'épaule de Cédric tandis qu'il continue quelques mouvements en moi avant de venir à son tour.

J'ai du mal à réaliser que tout ceci n'est pas un rêve, et qu'il est bien celui qui m'a permis de prendre mon pied.

Nous affichons tous les deux un sourire niais pendant que nous essayons de reprendre notre respiration. Je n'ai jamais connu de telles sensations avec un autre homme. Cédric m'a amenée directement au septième ciel et je ne suis pas certaine de pouvoir un jour redescendre.

Il m'embrasse furtivement et se lève pour se débarrasser du préservatif avant de revenir me rejoindre dans le lit. J'aimerais tellement qu'il reste auprès de moi et que notre bulle de bonheur n'éclate pas.

Je dois être réaliste !

Je pose ma tête contre son torse et inspire son odeur pour m'en imprégner au maximum.

– Si seulement on pouvait rester dans cette position éternellement, lance-t-il tout en caressant mon dos nu.

– Profite encore quelques instants…

Je ne suis pas bête, il finira par partir, car notre vie est bien trop compliquée pour l'instant. Mais au fond de moi, j'espère que tout pourra changer dans un futur proche. Maintenant que je l'ai retrouvé, je sais qu'il me manquera dès qu'il aura passé la porte.

Nous profitons encore plusieurs minutes, puis il finit par se relever pour s'habiller et enfiler rapidement ses vêtements.

– Maintenant, je ne te demanderai qu'une chose : fais tes valises et rentre chez toi. On restera en contact quoi qu'il advienne, je ne te lâcherai pas, et puis j'ai un fils qui m'attend. Rentre et attends-moi ! m'informe-t-il sérieusement.

– Comment je ferai pour pouvoir avoir de tes nouvelles ? questionné-je, apeurée.

– J'ai laissé un truc à l'accueil pour toi, tu n'auras qu'à aller le chercher une fois que je serai parti, me répond-il avec un grand sourire.

Sans comprendre pourquoi, j'ai peur tout à coup. Mon corps se tend et j'évite de le regarder dans les yeux.

– Naya, je ne vous abandonnerai pas une seconde fois. Je t'en fais la promesse !

Il colle son front contre le mien et ferme les paupières. J'espère qu'il pense chaque mot qu'il vient de prononcer…

– Dis à notre fils que son papa sera bientôt là, et que je suis désolé pour tout.

Il m'embrasse une dernière fois, prend ses affaires et part en m'adressant un clin d'œil avant de refermer la porte. Le plus dur reste devant lui, et j'aimerais de tout cœur qu'il comprenne que sa vie ici doit prendre fin, car une nouvelle l'attend désormais à Paris.

19

Naya

DÉCEMBRE 2021

Mon séjour à Saint-Savin a été différent de ce que je m'attendais à vivre. Rien que de découvrir que Cédric est bel et bien en vie, m'a plus que déstabilisée. Et désormais, je dois me préparer mentalement à dire à mon fils que son papa n'est pas mort.

Comment j'annonce une telle chose à un enfant de 5 ans ?!

Tiago sera fou de joie, néanmoins, j'ai peur qu'il pense que je lui ai menti alors que j'ai été moi-même gardée dans l'ignorance durant six ans. Je ne veux pas qu'il pense qu'il est possible de revenir d'entre les morts. Je devrais choisir les mots adéquats pour un garçon de son âge.

Quant à Cédric, je suis toujours autant paumée… Mes sentiments n'ont pas changé, lui me confie qu'il ressent la même chose, et pourtant, tout ça me semble… trop soudain. Il ne peut pas disparaître pendant six ans, réapparaître, et vouloir commencer quelque chose. Même si je l'aime, je dois penser à mon fils et moi. Car rien ne me dit qu'il ne disparaîtra pas une seconde fois et ça, je ne peux pas me le permettre.

J'interdis qui que ce soit de jouer avec le cœur de mon enfant, même son père !

– MAMAN !

Dès que je passe la porte de chez Maria, Tiago hurle tout en courant vers moi. Il me saute dans les bras et je réceptionne mon bébé. J'ai l'impression que ça fait très longtemps que je ne l'ai pas vu.

– Tu m'as manqué, maman, me lance-t-il avant de me serrer très fort contre lui.

– Toi aussi, mon bébé !

Je dépose ma tête dans son cou, et je respire son odeur. Mon cœur se gonfle d'amour. C'est dingue d'aimer un être aussi fort ! Si on m'avait dit ça il y a quelques années, j'aurais rigolé…

– Eh ! Je suis un grand maintenant, arrête de m'appeler comme ça, ronchonne-t-il.

Je le repose au sol puis lui ébouriffe les cheveux. Il grandit beaucoup trop vite, je veux retrouver ce poupon qui était rentré avec moi de la maternité. Rendez-le-moi !

– Et si tu allais jouer avec Big Mac ? lui demande Maria. Car avec ta maman, on a plein de choses à se dire.

Ils ont donné un nom de sandwich à une pauvre petite bête sans défense… Les monstres !

– Oh oui ! De toute façon, vous allez encore dire des choses de filles, et c'est nul ! Pourquoi je suis le seul garçon, ce n'est pas juste !

– Big Mac est un garçon, lui répond ma meilleure amie avec un sourire en coin.

– Oui, mais…

– Exécution, jeune homme, ou je raconte toutes les bêtises que tu as faites à ta mère !

– Oups ! lui lance-t-il tout en faisant les gros yeux avant de partir en courant.

Je viens d'arriver et ils m'ont déjà vidé de toute mon énergie. Par pitié, je veux juste me glisser dans mon lit jusqu'à demain matin, je n'ai plus aucune force. Mais je sais que mon amie ne va pas me lâcher avant que je lui raconte ce qu'il s'est passé.

La journée risque d'être encore longue…

– Je vais nous préparer un bon thé et ensuite tu me racontes tout, car à voir ta tête, ton séjour a dû être mouvementé.

Sérieusement, comment elle arrive à savoir ça ?! On est amies depuis longtemps, mais j'ai la sensation d'être un livre ouvert pour elle. Comme si elle pouvait en lire les pages quand ça lui chante.

Je pose mon manteau sur le bras du canapé, et je m'assois en attendant qu'elle revienne. Si je m'écoutais, je pourrais faire une sieste à l'instant même. Sauf qu'avec deux hyperactifs dans les parages, c'est totalement impossible.

– Avant que tu me dises quoi que ce soit, faut que je te raconte ! Tu te souviens de l'ancien responsable à la librairie ? me demande-t-elle tout en revenant avec deux tasses fumantes aux bonnes senteurs de menthe.

– Mohamed ? lui réponds-je, pas du tout sûre de moi.

Je me souviens que Maria avait eu un léger flirt avec l'un des responsables de la librairie avant mon arrivée. Ils avaient même failli se mettre ensemble, jusqu'à ce qu'il lui reproche d'être immature, car elle aimait trop faire des blagues à tout va. Bref, la joie de vivre de mon amie ne lui plaisait pas, il voulait qu'elle soit beaucoup plus sérieuse. Et ce n'est pas du tout son genre…

– Oui, lui. Figure-toi que pendant ton absence, ce petit con m'a envoyé un message. J'ai l'impression d'être le vieux balai que tu sors du placard quand le neuf est complètement mort.

Maria et ses comparaisons, je ne m'y ferai jamais…

– Il a osé me dire qu'il voulait qu'on se redonne une chance, et qu'on essaie pour de vrai cette fois. Genre, la première fois c'était juste un test, tu sais ? Il m'énerve !

– Et tu lui as répondu quoi ? la questionné-je, intriguée.

– Que s'il avait besoin d'une chatte en chaleur, il pouvait faire demi-tour, car je ne miaulerai pas pour son serpent à sonnette !

Mon Dieu, elle n'a pas osé dire ça ?!

Je la regarde, choquée, puis constate qu'elle est très sérieuse. Cette fille est totalement tarée ! Je l'adore, et sans elle, mes journées seraient moins drôles.

– Tu sais que tu es dérangée comme nana ?!

– Bah quoi ?! Ce n'est pas ma faute s'il se prend pour un flamant rose !

– Et c'est quoi le rapport entre les deux ? lui demandé-je en ne comprenant pas vraiment.

– Bah, c'est bientôt la parade nuptiale. Faut vraiment tout t'expliquer toi !

– Excuse-moi de ne pas m'intéresser à la vie sexuelle des animaux ! La mienne est déjà assez compliquée comme ça.

– Parce que tu as une vie sexuelle, toi ?

Je la regarde de travers, puis nous éclatons de rire. Après Cédric, j'ai voulu l'oublier et j'ai essayé d'avoir des *sex friends*, mais ça n'a pas vraiment fonctionné. Je ne suis pas ce genre de fille, qui couche sans sentiments. Et depuis ma nuit avec lui, j'attends sagement.

– Bon, assez rigolé, raconte-moi tout !

– Tu as la nuit devant toi ? Car on en a pour un moment.

– J'ai même la vie devant moi pour t'écouter !

20

Naya

DÉCEMBRE 2021

Je bois une gorgée de thé, avant de me lancer dans mon récit pour ma meilleure amie. Le vivre était déjà compliqué émotionnellement, alors le raconter… c'est encore une autre histoire. J'essaie au maximum de surveiller que Tiago ne rentre pas dans la pièce, ni ne nous écoute, car je ne veux pas qu'il l'apprenne de cette manière.

– Cédric est vivant… lâché-je comme une bombe.

Je baisse la tête en direction de mon mug, qui me semble tout d'un coup vachement intéressant. Je suis persuadée qu'elle va me prendre pour une dingue. Si je ne termine pas dans un asile cette nuit, j'aurais de la chance.

– Pardon ?! Naya, qu'est-ce que tu racontes ? Tu sais que ce que tu viens de dire, c'est juste… improbable ?

– Je le pensais aussi, figure-toi. Il y avait tellement de choses qui ne collaient pas… mais honnêtement, j'ai prié de m'être trompée. Sauf que je suis tombée sur lui… Je te laisse imaginer l'état dans lequel j'étais.

– Oh putain de bordel de... Laisse tomber le thé, je crois que j'ai besoin de quelque chose de plus fort !

Puis je décide de tout lui raconter. Le 4x4, l'absence de sépulture dans le caveau familial, le comportement du personnel de la mairie qui refuse de me dire où se trouve sa tombe, le nom de plume de Cédric présent sur une affiche avec des horaires de dédicaces, quand je l'ai vu dans cette librairie, et enfin notre discussion.

– Putain !

– Maria ! Surveille ton langage, on n'est pas seules, lui rappelé-je tout en fronçant les sourcils de peur que Tiago l'entende.

La dernière fois que mon amie a juré en présence de mon fils, j'ai eu des problèmes avec sa maîtresse. Alors je préfère éviter d'être de nouveau convoquée et que cette dernière insinue que je ne suis pas à la hauteur pour élever mon gamin.

– Oups, l'habitude. Mais avoue que ton histoire est dingue ?! Tu devrais écrire un livre sur ta vie, il ferait fureur, j'en suis certaine.

– Plus sérieusement, je ne sais pas quoi faire ni comment réagir. La preuve, quand j'ai découvert la vérité, j'ai discuté avec lui comme si de rien n'était alors que je suis toujours en colère contre lui. J'ai un problème, on est d'accord ?

– Dans un premier temps, tu ne dois surtout pas t'en vouloir, tu n'as rien fait de mal. Secundo, c'est normal de réagir comme ça ! Tu le crois mort depuis des années, et là, il est devant toi. Moi la première, je pense que j'aurais été incapable de réagir en conséquence.

Si je pouvais penser de cette façon, moi aussi...

Mon amie a raison, depuis que j'ai découvert la vérité, j'ai la sensation d'être à des kilomètres d'ici. C'est comme si je n'avais plus de contrôle sur mon corps et qu'il faisait ce qu'il lui chante. Actuellement, Cédric essaie de maintenir un lien entre nous grâce à quelques échanges de SMS, et pourtant… je n'arrive pas à faire semblant. Il m'a quand même menti, merde ! Et je ne sais toujours rien de ce qu'il lui est arrivé.

– Tu lui as dit pour Tiago ? me questionne Maria, tout d'un coup inquiète.

– Bien sûr, il est en droit de savoir qu'il a un fils.

– Loin de moi l'idée de te faire peur, sauf que tu as pensé à l'éventualité qu'il demande la garde ?

– Je le connais… Jamais il ne ferait une chose pareille, répliqué-je, pas totalement certaine de ce que j'avance.

– Il y a six ans, tu n'aurais pas cru qu'il t'abandonne de cette manière. Et pourtant, il l'a fait, me rappelle-t-elle.

Elle marque un point.

– Ce que je cherche à te dire, c'est que des années se sont écoulées. Tu ne le connais plus aussi bien qu'auparavant. Je ne vais pas te conseiller comment agir avec lui, mais fais attention…

Et si elle avait raison ? Après tout, j'ai toujours placé Cédric sur un piédestal. Même lorsque ses anciennes copines venaient me prévenir qu'il n'était pas du tout comme je l'imaginais, je passais sous silence leurs avertissements. Tout simplement, car je savais qui il était véritablement. Mais avec le recul, je me pose la question : est-ce que je le connais réellement ?

Depuis que j'ai tout découvert, j'ai eu de sérieuses hésitations sur lui, et pourtant, tout au fond de moi, je doute qu'il soit une mauvaise personne. C'est impossible, pas lui ! Non, je dois m'enlever ça de la tête, il n'est pas ce genre d'hommes. Cédric a toujours été présent pour moi, il n'a jamais manqué à l'appel.

Cependant, il t'a fait croire qu'il était décédé pendant des années, me souffle ma conscience.

Sur ce point, je ne peux pas le défendre. Je n'ai aucune réponse et je suis persuadée que ses parents y sont pour quelque chose.

– Non, je te certifie que je n'ai pas à avoir peur de Cédric. Pour être franche, je devrais me méfier de ses parents…

– Pourquoi eux ? me répond Maria tout en me fixant, curieuse.

– Je ne les connais que trop bien… Ils sont capables de tout ! Puis d'après ce que m'a appris Cédric, ils sont devenus encore plus cinglés qu'auparavant… T'imagines qu'ils lui ont inventé une vie de A à Z ?!

– Ce sont vraiment des pourritures… C'est incroyable que des gens pareils aient pu être amis avec tes parents ! s'énerve mon amie en se levant du canapé, excédée.

– Si ça peut te rassurer, mes parents ne sont pas loin de leur ressembler… Certes, ils ne sont pas aussi vicieux, mais moins je les vois et mieux je me porte.

J'y suis sans doute allée un peu fort. Cependant, depuis la naissance de Tiago, j'ai quasiment coupé les ponts avec eux. Je ne leur parle que pour le bien de mon fils et pour voir de temps en temps mon frère. Sinon je passe par le biais de Mamou. Il est hors de question qu'après ce qu'ils m'ont fait, je leur pardonne, même s'ils pensaient que c'était pour mon bien. Essayer de me forcer à abandonner Tiago à la naissance a été une déchirure, et à partir de là, tout était fini entre eux et moi. Mon enfant est ce que j'ai de plus précieux dans la vie, je pourrais faire n'importe quoi pour lui. Alors, l'abandonner ? Hors de question !

– Et avec Cédric, vous vous êtes dit quoi ?

J'ai évité la question jusqu'à maintenant, car je suis perdue comme pour tout ce qui concerne Cédric. Nous avons perdu six ans de notre vie, voire plus, et désormais nous en avons tout autant pour nous rattraper. En amour, je ne suis pas la plus douée. Les seules relations que j'ai eues n'étaient pas vraiment sérieuses à mes yeux. Tandis que là c'est une autre histoire.

– Tout un tas de choses, mais on a vaguement évoqué un… nous, lui avoué-je, les joues cramoisies.

– Et tu ne pouvais pas commencer par-là, franchement ? Tu me caches les détails les plus croustillants !

– Pour te la faire courte, nos sentiments sont réciproques et il se peut que les choses aient dérapé…

Elle s'installe à quelques centimètres de moi et me regarde avec des étoiles dans les yeux. Je connais trop ce regard, elle veut des détails !

– J'espère qu'il baise bien, le cochon !

– Maria !

– Quoi ?! Je vis ton histoire par procuration, y a rien d'intéressant dans la mienne ! Tandis que toi, bon sang, c'est encore mieux qu'un film Netflix.

– N'importe quoi, dis-je, exaspérée, tout en levant les yeux au ciel.

– Pour la suite, je dois prévoir du pop-corn ? Histoire d'être dans l'ambiance, tout ça.

Je le répète sans doute trop, mais tout le monde devrait avoir une Maria dans sa vie. La mienne m'est trop précieuse et je ne l'échangerais jamais !

– Pas la peine, la fin n'est pas très exaltante…

– Putain, tu déconnes ?! Il t'a littéralement mis popol dans la cheminée ! Me fais pas ça…

– Après il est parti en me demandant de faire gentiment mes valises, car je ne pouvais pas rester…

– NON ! Tu rigoles, tu ne l'as quand même pas écouté ?!

Je baisse la tête et tente d'éviter son regard. Au vu de sa réaction, j'ai l'impression d'avoir commis une énorme connerie. Mais partir était la seule solution que nous avions trouvée… D'après lui j'étais en danger en restant là-bas et c'était vrai ! Je ne vois plus ce fameux 4x4 qui me suivait un peu partout lorsque j'étais à Saint-Savin.

– Bah si. Tu aurais fait quoi à ma place ? J'ai un enfant, je ne peux pas foncer tête baissée comme si j'avais 18 ans, Maria.

– Stop, arrête de te trouver des excuses bidon ! Vous vous connaissez depuis petits, vous avez toujours été ensemble en tant qu'amis, certes, mais passons ce détail. Ensuite, vous vous êtes kiffés en secret puis vous avez baisé comme des bêtes… et surprise ! Tu as accouché d'un mini-monstre aussi chiant que toi, et pour finir, six ans après tu apprends que le père de ton fils, dont tu es toujours amoureuse, est en vie. Il t'avoue qu'il est amoureux de toi depuis tout ce temps, et toi tu oses lui dire : « Désolée, mais prenons notre temps. » Ensuite vous remettez le couvert, tu fais tes valises et rentre tranquille à la maison ?! T'es folle ou tu veux que je te donne un bon coup de pied au cul ?!

– Techniquement, je n'ai aucun souvenir de quand on a couché ensemble la première fois…

– Ferme-la ! Pourquoi t'as fait ça ?!

– Je n'en sais rien ! Même si on a un enfant, je ne veux pas qu'on brûle les étapes. Et puis, ce n'est pas toi qui me disais de faire attention y a tout juste cinq minutes ? Faut savoir, hein !

– Parce qu'avant de sortir avec quelqu'un, tu préfères coucher avec lui, puis faire un gamin et ensuite tu lui demandes un rendez-vous galant ?! Les étapes, elles ont déjà été cramées, ma belle, ouvre les yeux. Puis je t'ai demandé de faire attention avant de savoir tout ça, tu vas bien toi ! Tu me caches la moitié de l'histoire, pas étonnant que je sois sur la réserve.

Avoir couché avec Cédric n'enlève rien au fait que j'ai peur et que je souhaite prendre le temps de nous redécouvrir et surtout apprendre à être autre chose que des amis. Encore une fois, elle a peut-être raison. Je me mets des barrières. Puis Tiago et moi, nous nous sommes construit une routine et tout volerait en éclats avec l'arrivée de son père. Il faudrait réapprendre à vivre tout en l'incluant.

Et si je lâchais prise pour une fois ?

– Je vais sans doute écouter ce que tu me dis et voir ce que ça peut donner.

– Enfin une réaction sensée !

Si Cédric ne disparaît pas une seconde fois, j'aviserai. Nous ne sommes plus seuls, et je ne veux pas que mon bébé souffre si entre nous ça ne fonctionne pas. Au fond de moi, j'espère tellement qu'on y arrivera, car je crains d'être déçue et de finir avec le cœur brisé.

Sauf que dans la vie, il faut vivre dangereusement. Et je suis prête à faire une entorse à mon mode de vie pour lui.

21

Naya

25 DÉCEMBRE 2021

En ce jour rempli de magie, la neige a décidé d'être au rendez-vous. Le sourire qu'affiche Tiago depuis que nous nous sommes levés est étincelant. Il n'attend qu'une chose, c'est de découvrir et déballer les cadeaux qu'il aura au pied du sapin. Quand les fêtes de fin d'année arrivent, mon fils devient une vraie pile électrique, il adore décorer et s'habiller avec des pulls moches de cette période. Si je ne l'arrêtais pas, notre appartement ne ressemblerait plus à rien.

Depuis que je suis rentrée, je communique par SMS avec Cédric. Je lui envoie même plusieurs photos de notre fils, et il me répète qu'il a vraiment hâte de le rencontrer. Sauf qu'au fond de moi, j'ai encore peur qu'il disparaisse dans la nature ; qu'il me fasse ça à moi peut certainement passer, mais qu'il puisse recommencer avec notre enfant n'est pas acceptable. Certes, j'ai décidé de vivre dangereusement et d'accélérer les choses avec lui, car nous avons perdu assez de temps comme ça, toutefois, je tiens à préserver Tiago. Ce n'est qu'un enfant et il n'a pas à être la victime collatérale des histoires d'adultes.

– Maman, je peux ouvrir mes cadeaux s'il te plaît ? me questionne mon fils avec le regard du chat Potté mélangé au sourire de l'âne dans *Shrek*[8].

Nous sommes arrivés chez ma grand-mère à Gerberoy en début de matinée, et depuis il me tanne pour avoir ses cadeaux. Sauf que mes parents ne sont pas encore là et même si c'est compliqué entre nous, je ne voudrais pas qu'ils ratent la joie dans les yeux de leur petit-fils.

– Qu'est-ce que je t'ai dit ?

– Que l'on devait attendre mamie, papi et tonton, me répond-il tout en faisant sa moue d'enfant malheureux.

– Donc ?

– Je vais aller finir mon dessin animé, réplique-t-il, penaud, en faisant demi-tour.

Il sait pertinemment que je suis faible quand il fait ça. Cependant, aujourd'hui je ne céderai pas, sauf si mes parents mettent des heures à arriver. À un moment, je ne peux pas demander à un enfant de 5 ans d'attendre plus de trois heures que sa famille daigne se montrer.

– Laisse cet enfant ouvrir ses cadeaux voyons ! Je te rappelle que tu étais pareille à son âge, m'apprend ma grand-mère en revenant avec une assiette de sablés dans les mains.

– Tu ne vas pas lui donner des gâteaux alors qu'on va manger dans moins d'une heure ?!

– Tu es trop stricte, ma petite !

– Pas du tout ! Il ne va rien manger et tu vas râler parce que mon fils a un appétit de moineau, lâché-je avant de souffler d'exaspération.

---

8 - *Shrek* : est une saga cinématographique d'animation américaine réalisée par Andrew Adamson pour les deux premiers films, par Christopher Miller pour le troisième et par Mike Mitchell pour le quatrième. Cette saga est actuellement composée de quatre opus et d'un spin-off.

Elle nous gâtait de toutes les façons possibles, Cédric et moi. Mais avec Tiago, c'est encore pire... Je ne sais pas si c'est parce qu'elle prend de l'âge et qu'elle sait qu'elle n'est pas éternelle... Cependant, si je ne la retiens pas un minimum, mon fils finira en surpoids alors qu'il mange déjà beaucoup trop pour son âge.

Heureusement, il est grand !

Alors que Mamou allait me répondre, la porte d'entrée s'ouvre en grand sur le reste de ma famille. *Timing parfait* !

– Bonjour tout le monde ! hurle ma mère de sa voix criarde.

Respire un bon coup, Naya, tu vas devoir la supporter une journée complète. Tu peux le faire.

Depuis mon accouchement, nos relations restent politiquement correctes uniquement pour mon fils, mais j'ai toujours cette rage qui bouillonne tout au fond de moi. Pendant des semaines, ils m'ont suppliée d'abandonner Tiago, parce que j'étais incapable de m'en occuper face au chagrin qui me submergeait.

J'ai refusé !

Depuis, je suis incapable de leur pardonner... D'ailleurs, je ne comprends pas qu'ils aient pu me demander une chose pareille ! Après cet épisode, ils venaient me rendre visite en critiquant tous mes faits et gestes envers mon bébé... Rien n'allait à leurs yeux !

Ils me dégoûtent...

Aujourd'hui, je suis présente uniquement pour lui, ma grand-mère et mon frère. Le reste m'importe peu... Je fais des efforts autant que je le peux !

Tiago saute sur mon père pour terminer dans ses bras, il adore son grand-père et ce dernier le lui rend bien.

– Comment va mon petit-fils préféré ?! le questionne mon père.

Tiago rit aux éclats avant de lui répondre :

– Mais je suis ton seul petit-fils, papi !

– C'est bien pour ça que tu restes mon favori.

Son grand-père le fait voler dans les airs et je prie intérieurement qu'il ne lui arrive rien. Je suis une maman poule, je ne me changerai pas !

– Évite de le secouer dans tous les sens, il vient de grignoter il y a quelques minutes à peine, le préviens-je.

– Oh ! Je crois que ta maman va me gronder !

– Maman, elle se fâche tout rouge quand on fait des bêtises, lui répond mon fils avant de pouffer de rire.

Ce gosse me fatigue ! Bien vite, il demande à redescendre des bras de son papi et me lance :

– Maintenant qu'ils sont là, je peux ouvrir mes cadeaux s'il te plaîîît !

– On va les ouvrir, mais tu attends que tout le monde soit autour du sapin avant de te jeter dessus, d'accord ?

– OUIII ! Mamie ! Papi ! Tonton ! Mamou ! C'est l'heure des cadeauuux !

Il part en courant vers le sapin et je vois mon fils se transformer en une véritable pile électrique. Je ne sais pas où il trouve toute cette énergie de bon matin, mais il m'épuise. Face à l'impatience de ce dernier, toute la famille s'approche du salon là où se trouvent les présents apportés par le père Noël. Chacun s'installe dans le canapé et Tiago décide de donner les cadeaux à chacun avant de s'asseoir à même le sol et de commencer à déchiqueter les emballages telle une furie.

Alors que je suis en train de filmer Tiago pour envoyer des vidéos à Cédric, la sonnette retentit. Je fronce les sourcils, nous sommes pourtant au complet. Qui pourrait bien oser nous déranger un 25 décembre ?

– Tu attends quelqu'un d'autre ? demandé-je à Mamou.

– Qui veux-tu que j'invite ? Non, je n'attends personne, me répond-elle tout en se relevant difficilement du canapé.

– Réinstalle-toi, je m'en occupe !

Je me lève à mon tour et me dirige vers l'entrée. J'ai un mauvais pressentiment… Depuis que j'ai découvert la vérité sur Cédric, je me dis qu'il va forcément m'arriver quelque chose un de ces jours.

Lorsque j'ouvre la porte, je suis stupéfaite, mais à la fois totalement furax. Je n'y crois pas !

– Qu'est-ce que tu fiches ici ?!

22

Cédric

Décembre 2021

Depuis que Naya m'a retrouvé, j'ai envie de foutre toute cette vie en l'air pour aller la rejoindre et l'embarquer elle et notre fils aussi loin que possible d'eux. Sauf que j'ai peur de les mettre en danger, mais en même temps, j'aimerais arrêter de vivre cloîtré. J'ai passé trop de temps loin de ma famille, je ne connais même pas mon fils, quant à Naya, elle et moi avons des choses à nous dire et à rattraper. Et nous avons autant envie l'un que l'autre que notre histoire prenne un nouveau tournant. Elle et moi avons perdu beaucoup trop d'années pour tout gâcher maintenant.

Tout au fond de moi, quand je l'ai vue ce jour-là à la librairie, j'ai pris peur. Je me suis imaginé tout un tas de scénarios dans ma tête. Et ensuite, mes sentiments pour elle ont refait surface. J'ai été lâche et je me suis laissé faire pendant toutes ces années, sauf que je ne peux plus tourner le dos à ceux qui m'aiment. Terminé de vivre dans la crainte perpétuelle qu'il arrive quelque chose à celle que j'ai toujours aimée.

J'ai enfin décidé de prendre le taureau par les cornes et je ne me laisserai pas faire. Je vais me battre quoi qu'il m'en coûte.

J'ai passé six années loin d'elle et je ne connais même pas mon enfant. S'il s'avère qu'ils sont bel et bien au courant, comment mes parents ont-ils pu me cacher son existence ?! J'aurais aimé être près de lui pour sa naissance et toutes ses premières fois, malheureusement j'ai déjà raté une bonne partie de sa vie même s'il n'a que 5 ans. Je ne veux plus être loin de lui. J'ai envie d'être un père à part entière et de rattraper le temps qu'on a perdu, je veux savoir ce qu'il aime et ce qu'il déteste. Qui est ce petit garçon qui est la chair de mon sang ?!

Pour ce qui est de Naya, notre histoire est déjà très compliquée. Mais ce qui est certain, c'est qu'il me semble que nous sommes sur la même longueur d'onde, et rien qu'à l'idée d'être un couple dans un avenir proche, mon cœur se serre d'appréhension. Je suis à la fois heureux et effrayé. Six ans éloignés d'un de l'autre, c'est long… Elle a sans doute beaucoup changé et moi aussi. Nous ne sommes plus les jeunes adultes que nous étions lorsqu'on s'est quittés.

Et si nous étions trop différents pour être ensemble désormais ?!

Seul l'avenir nous le dira et on pourra dire qu'on aura essayé. Tant pis si ça ne fonctionne pas. Même si pour être honnête, ça me ferait bien chier ! Naya est tout ce qui compte à mes yeux et depuis toujours.

Alors cette fois, je décide d'écouter mon cœur. Je partirais sans laisser aucune trace. *Je disparaîtrai* ! J'ai conscience que rejoindre Naya et Tiago les mettra en danger, mais je ne fais pas ça sur un coup de tête. Je pense depuis quelques mois déjà à tout plaquer pour aller retrouver celle que j'aime. Et désormais, l'opportunité qui s'offre à moi est si belle que je ne peux que la saisir.

Mes parents ne me dicteront plus ma façon de faire ni de penser. J'en ai assez ! Je veux vivre ma propre vie et ça commence aujourd'hui.

Quoi qu'il se passe, je me battrai pour eux !

23

Naya

DÉCEMBRE 2021

– Qu'est-ce que tu fiches ici ?!

Alors que tout le monde s'extasie devant les cadeaux de Noël, Cédric se tient là devant moi tout sourire… Et beaucoup trop sexy pour ma santé mentale.

Reste concentrée, Naya !

Je ne suis rentrée que depuis deux jours et je n'ai surtout pas eu le temps ni l'occasion d'annoncer à ma famille qu'il est bel et bien vivant. Et plus important encore ; je n'ai pas encore trouvé les mots pour apprendre la nouvelle à notre fils. Je suis apeurée par ce qu'il pourrait se produire. Je veux faire les choses bien et Tiago connaît le visage de son père, je ne le lui ai jamais caché. Souvent nous avons regardé des photos ensemble et moi je lui racontais des souvenirs de son papa.

– Maman ? C'est qui ? hurle Tiago depuis le salon.

– Personne ! Reste avec tes grands-parents, je reviens vite.

Je m'empare de mon manteau en quatrième vitesse, pousse

Cédric dehors et ferme la porte derrière moi. Il aurait pu me prévenir qu'il voulait venir, j'aurais au moins pu préparer le terrain. En débarquant à l'improviste, il me met devant le fait accompli et je ne sais pas du tout comment réagir.

– Je suis vraiment désolé, Naya, je n'avais pas du tout prévu de venir jusqu'ici…

– Qu'est-ce qui te prend de débarquer comme ça ?! Je suis rentrée depuis à peine quelques jours, et on s'était mis d'accord pour communiquer. Je ne t'empêcherai jamais de voir ton fils, sauf qu'il n'est même pas encore au courant, ni ma famille d'ailleurs. Et toi, tu t'invites comme si c'était normal ?!

– Je t'arrête tout de suite, je n'avais pas prévu de venir. Au contraire, je voulais nous laisser le temps à tous les trois de réapprendre à vivre ensemble. Sauf que j'ai eu une violente prise de tête avec mes parents et je suis parti comme un fou. Je n'aurais certainement pas dû, c'est vrai, néanmoins je me suis rendu compte que tu me manquais et que je n'avais plus du tout envie de vivre loin de toi, m'apprend-il, nerveusement.

Je l'attrape par le bras et je nous guide quelques mètres plus loin dans le jardin, à l'abri des regards. Je ne souhaite pas que quelqu'un nous surprenne. J'aurais très bien pu me rendre dans le salon et annoncer que Cédric allait très bien, mais je dois penser à Tiago. Il m'est impossible de lui annoncer que son papa est en vie de cette façon. C'est un petit garçon, il a besoin que je fasse attention à la formulation pour le préserver. Je sais qu'il souffre de l'absence de Cédric depuis toutes ces années, alors je vais prendre des pincettes, car après tout je ne sais pas ce que nous réserve l'avenir. Je ne suis pas à l'abri qu'il disparaisse une seconde fois et si c'est le cas, mon fils se retrouverait avec le cœur brisé.

– Tu ne peux pas faire ce genre de choses, lui apprends-je, passablement irritée.

– Je le sais parfaitement crois-moi, je ne voulais pas. Mais je me suis retrouvé devant la porte et je ne me voyais pas faire demi-tour, m'informe-t-il tout en passant une main dans sa chevelure indisciplinée, l'air peiné.

Je comprends parfaitement ce qu'il essaie de me dire, cependant il faut qu'il prenne conscience qu'il ne peut pas faire comme il le souhaite. Nous avons un enfant ensemble, certes, sauf qu'il doit prendre en compte que lui est un adulte et que Tiago n'a que 5 ans.

– Tu n'aurais pas dû venir, Cédric… Ne le prends pas mal, mais c'est beaucoup trop tôt et puis c'est Noël. Non vraiment, j'apprécie que tu me laisses décider et je t'en remercie pour ça. Mais là, c'est pas du tout le bon moment pour faire ce genre d'annonce.

– Naya, je ne veux pas que tu te sentes devant le fait accompli par ce que je vais te demander. Tu sais, j'ai passé toutes ces dernières années oppressé par mes parents et par… quelqu'un d'autre. Je n'en peux plus ! J'aimerais que tu te mettes à ma place cinq secondes.

– Tu es adorable, Cédric, mais tu oublies un truc ; c'est que je ne sais pas ce qu'il t'est arrivé. Je n'ai aucun détail, rien ! lui rappelé-je.

– Pour te la faire courte, j'ai perdu la mémoire. Et des personnes mal intentionnées en ont profité pour me faire croire que j'avais une vie tout à fait différente de ce qu'elle était en vérité. On m'a marié à une femme dont je ne me souvenais pas et on m'a certifié que j'étais fiancé avec elle.

Pardon ?!

Je mettrais ma main à couper que ses parents sont dans le coup. De toute façon, partout où ils peuvent faire du mal, ils répondent présents. J'aimerais vraiment qu'on puisse se poser quelques heures et qu'il me livre définitivement ce qu'il a vécu du moment où il est parti et jusqu'à aujourd'hui.

– C'est trop facile de me dire ça. Je suis désolée, mais ça

commence à me courir tes énigmes à deux balles ! Soit tu me parles, soit tu dégages de nos vies ! Je fais des efforts pour comprendre et pour être conciliante, sauf qu'en vérité je veux que tu m'expliques. C'est trop simple de faire la victime... Qui me dit que c'est vrai ce que tu me racontes ?! lui dis-je en haussant la voix et en croisant les bras contre ma poitrine.

Je sais que j'y vais un peu fort, néanmoins j'ai besoin de le secouer, car il n'est pas prêt à s'ouvrir à moi et honnêtement ça me blesse. Je veux bien qu'il ait disparu et qu'il soit devenu amnésique, toutefois je veux qu'il me donne un minimum de réponses. Il ne peut pas faire comme si rien ne s'était passé.

– Je te promets qu'on en parlera, mais pas tout de suite... Je ne peux pas.

– On va se mettre d'accord, Cédric. Tant que tu ne me parleras pas, tu ne verras pas Tiago ! le menacé-je.

Je veux bien qu'il lui faille un minimum de temps, sauf que ma patience a ses limites. Il met tout sur le dos de ses parents, mais qui me dit que ce n'est pas lui qui a monté toute cette mascarade ?! Alors qu'il me parle !

– Tu ne vas pas me faire ça ?!

– Je suis vraiment désolée, mais tu ne me laisses pas le choix. Je veux que l'ancien Cédric revienne, je sais que c'est impossible, on a changé tous les deux. Sauf que je n'en peux plus des mensonges à répétition, ma vie n'a tourné qu'autour de toi depuis trop d'années. Je veux que ça s'arrête, l'imploré-je alors que des larmes roulent le long de mes joues.

– Naya, je...

– Non, attends. Je suis prête à me battre pour qu'on essaie toi et moi, je ne tire pas un trait sur tout ça. En revanche, tu me dois la vérité une bonne fois pour toutes. Si on veut commencer une relation sur de bonnes bases : aucun secret entre nous.

– Tu pourras me poser toutes les questions que tu voudras, j'y répondrai. Mais avant, il y a une chose que je crève de faire depuis que tu as ouvert cette porte, m'informe-t-il avec un petit sourire en coin.

Ce sourire me fait plus d'effet qu'un morceau de chocolat !

– Quoi donc ? le questionné-je en arquant les sourcils, intriguée.

– Ceci !

Il fonce sur moi, ses mains prennent mon visage en coupe tandis que ses lèvres fondent sur les miennes. D'abord surprise, je ne réagis pas, mais son corps collé contre le mien m'envoie une tonne de décharges électriques qui se répercutent entre mes jambes. Je suis déboussolée, je n'ai plus l'habitude d'être embrassée de la sorte... Tout ceci me rappelle notre baiser d'il y a quelques jours.

Bien vite, ses mains descendent jusqu'à s'arrêter sur mes fesses. Les sensations qu'il me procure sont merveilleuses, je n'arrive plus à comprendre ce qui m'arrive. À part lui, aucun homme n'a réussi à provoquer chez moi ce genre de sensations. Les papillons qui volent actuellement dans mon ventre en sont la preuve. Après Cédric, j'ai connu quelques amants, mais rien n'est comparable. Avec eux, tout était plat... Même ce qu'ils avaient entre les cuisses.

Alors que je ne m'y attendais pas, Cédric me plaque contre un arbre qui se trouve juste derrière moi. J'ai la sensation d'être à nouveau une adolescente qui embrasse un garçon pour la première fois. Bien vite, sa langue rencontre la mienne et je ne peux retenir un gémissement, ce qui le fait sourire. En ouvrant cette porte, j'étais très loin de m'imaginer que tout allait déraper de cette façon.

Mon cœur rate un battement lorsque Cédric me soulève et fait passer mes jambes autour de son corps. Notre baiser qui se voulait innocent au départ devient de plus en plus passionné.

Je suis certainement rouillée depuis le temps, mais depuis que nous nous sommes revus, il flotte autour de nous une sorte de tension que je n'arrive pas à m'expliquer. Sauf qu'aujourd'hui, nous avons décidé de nous laisser porter par nos instincts. Tout au fond de moi, je n'ai pas envie que ce moment s'arrête. J'aimerais le prolonger encore et encore.

Si seulement c'était possible !

– Maman ?! fait une petite voix que je reconnais aussitôt.

Affolée, et le cœur battant à tout rompre, j'interromps ce qui fut le meilleur baiser de mon existence. Cédric me lâche d'un seul coup lorsqu'il aperçoit mon expression horrifiée. Il comprend très vite que nous sommes dans la merde ! Je sais qu'il est inutile que j'essaie de cacher Cédric désormais, car mon fils se trouve dans mon dos et fait face à son père.

– Rentre, il fait froid, lui demandé-je en espérant au fond de moi qu'il m'écoute sans faire d'histoire.

Il fixe Cédric, sans le lâcher du regard. Et je sais très bien ce qu'il est en train de penser. Il a même tout compris.

– Maman ?

– Oui, mon chéri ? lui réponds-je en me retournant vers lui, tandis que Cédric se retourne pour que notre fils ne puisse pas l'observer davantage.

– Pourquoi tu m'as menti ? me lance-t-il durement.

Je savais que la situation était en train de déraper, sauf que je n'imaginais pas encore jusqu'à quel point. Les larmes dévalent les joues de mon fils et je suis impuissante face à son chagrin.

– Tiago, je ne t'ai pas menti ! Ne pleure pas, je vais tout t'expliquer…

Mon palpitant bat la chamade, je suis paniquée et je ne sais pas du tout comment je dois réagir. Je tente de m'approcher de Tiago, mais alors que j'avance vers lui, il fait un pas en arrière. Mon cœur de maman se brise à la seconde où je vois cette lueur dans son regard. Il est blessé. Au final, je ne suis pas mieux que ma propre mère, je suis même pire.

Je suis une mauvaise maman !

– C'est mon papa ! hurle-t-il en montrant Cédric du doigt.

– Tiago, je…

– Je te déteste !

Jamais je n'ai entendu mon enfant crier de cette manière. Sa voix se répercute contre les murs, et au même moment les oiseaux aux alentours prennent peur et s'envolent dans un seul mouvement. Quant à moi, je suis littéralement figée. Je n'y suis absolument pour rien dans toute cette histoire et pourtant je me sens coupable.

Sans me laisser une chance de m'expliquer, Tiago fait demi-tour et s'enfuit. Il traverse le jardin et se dirige vers l'entrée de la maison en direction de la rue. Il court à une vitesse impressionnante pour un enfant de son âge !

– Tiago, attends !

24

Naya

DÉCEMBRE 2021

Avoir un enfant est un moment exceptionnel dans l'existence d'une femme. Pendant neuf mois, la vie grandit et se forme chaque jour qui passe. Puis au moment de la naissance quand enfin son premier cri se fait entendre, notre cœur se gonfle d'amour pour cette petite chose.

Quand Tiago est né, la perte de mon meilleur ami me semblait à des années-lumière. J'étais devenue maman en l'espace de quelques heures. J'aurais pu être totalement paniquée, mais lorsque l'infirmière a déposé mon fils contre moi, j'ai réalisé que ce tout petit bébé était désormais le mien et que je devais prendre mes responsabilités. Je ne pouvais plus m'apitoyer sur mon sort ; il fallait que j'avance pour lui.

Alors le voir découvrir aussi violemment que son père est toujours vivant m'a brisé le cœur en mille morceaux. Je n'ose pas imaginer ce qu'il se passe dans sa tête. Il faut qu'il sache que jamais je ne lui ai menti, et que si j'avais su pour son père, je lui aurais tout raconté. Dans la mesure du possible bien sûr, car je n'oublie pas qu'il n'a que 5 ans.

Morte de peur, je me réveille enfin et cours en direction du portail pour où Tiago a filé en quatrième vitesse. Je cherche mon fils du regard, sauf que je ne le vois nulle part. Mon cœur bat à cent à l'heure. S'il lui arrive quoi que ce soit, je ne me le pardonnerais jamais !

– TIAGO ! hurlé-je en espérant que ce dernier me réponde.

Mais contrairement à ce que j'espérais, le silence me revient en pleine figure. Mes larmes refont surface. Je suis folle d'inquiétude, et je ne sais même pas dans quelle direction il est parti. De plus, il peut se produire n'importe quoi maintenant qu'il est livré à lui-même dans une ville qu'il ne connaît même pas.

– Tu as vu dans quelle direction il est allé ? me questionne Cédric qui court jusqu'à moi et réalise la gravité de la situation.

Alors lui, il ne perd rien pour attendre !

Je me retourne vers lui. Je suis tellement effrayée par ce qu'il est en train de nous arriver que je ne peux plus réfléchir posément.

– Tout ça, c'est entièrement ta faute ! S'il lui arrive quoi que ce soit, je ne te le pardonnerai jamais ! hurlé-je tout en martelant sa poitrine de coups.

Cédric m'attrape par les poignets et me force à le regarder dans les yeux. Je m'en veux d'avoir cédé à ses avances tout à l'heure, si j'étais restée loin de lui, Tiago serait à la maison au chaud et non en train de parcourir les rues.

– Je te promets que je te le ramènerai sain et sauf ! On va le retrouver, d'accord ? Il n'a pas dû aller bien loin de toute façon.

– Il ne connaît même pas les rues, nous sommes toujours venus en voiture, jamais il n'est sorti plus loin que le jardin. J'ai peur, Cédric, et s'il rencontrait quelqu'un de mal intentionné et s'il se faisait kidnapper ou pire… ?

– Écoute, je vais essayer de ce côté, déclare-t-il en me montrant une direction du doigt. Il y a toujours le parc pour enfants d'après ce que j'ai vu en arrivant. Si ça se trouve, il est allé se réfugier là-bas.

– Tu n'aurais jamais dû venir, et je n'aurais pas dû aller à Saint-Savin... Notre vie était simple avant que je sache la vérité, claqué-je d'une voix sombre.

L'inquiétude que je ressens me fait certainement dire n'importe quoi. Sauf qu'au fond, je sais qu'une partie de moi pense que retrouver Cédric était une énorme connerie. Tout est en train de déraper !

Que va-t-il se produire à l'avenir ?!

Pour couronner le tout, mon fils me déteste, et ça, je ne peux pas l'encaisser. C'est comme si on m'avait planté une dizaine de couteaux dans le cœur et qu'on recommençait inlassablement sans jamais s'arrêter.

– Ce n'est pas le moment de parler de ça, Naya, on doit le retrouver !

– Si Tiago ne revient pas sain et sauf, tu peux faire une croix sur nous deux !

Alors que Cédric allait me répondre, la voix de mon père se fait entendre derrière moi. Je me tourne et aperçois mes parents ainsi que ma grand-mère.

– On a entendu crier, qu'est-ce qu'il se passe ?

Très vite les visages des membres de ma famille se figent lorsqu'ils aperçoivent Cédric. Ils ont l'air à la fois émus et choqués de l'avoir en face d'eux.

En même temps, il y a de quoi...

– Cédric ? lance ma grand-mère.

– Je pars voir près du parc, je t'appelle si je vois quelque chose, me répond Cédric.

Il s'avance vers moi, m'embrasse rapidement sur le front et me glisse un dernier « on va le retrouver », avant de se diriger vers l'endroit indiqué. Mon père réagit plus vite que moi, et décide d'aller voir du côté du centre-ville. Ma mère s'approche doucement de moi pour me prendre dans ses bras et tente de me rassurer comme elle le peut.

– Tu devrais rentrer et laisser Cédric et ton père s'en occuper. Tu connais Tiago, il ne prendra pas de risques inconsidérés en sachant qu'il se fera gronder derrière. Viens, tu vas nous expliquer ce qu'il se passe.

Si elle croit que je vais rester sagement assise sur une chaise pendant que mon enfant est Dieu sait où, elle se fourre le doigt dans l'œil. Il est hors de question que j'attende sagement qu'il revienne, au risque qu'il lui arrive quelque chose.

– Désolée, mais je ne peux pas ! Rentrez si vous le voulez, mais moi, je vais chercher mon fils !

Je me détache de ses bras, et pars en direction d'une rue adjacente à la maison de ma grand-mère. Je vais sans doute faire chou blanc, néanmoins j'aurai essayé. À mesure que les minutes défilent, mon angoisse remonte en flèche. J'ai beau faire le tour des endroits qu'il aurait bien pu retenir lorsque nous sommes passés en voiture, je ne le vois nulle part…

Tout à coup, mon téléphone portable se met à sonner et le nom de Cédric apparaît sur l'écran. Je sens mon cœur battre à folle allure. J'ai peur.

– Dis-moi que tu l'as retrouvé, lui demandé-je tout en priant intérieurement.

– Non, il n'y a rien du côté du parc. Tu es sûre qu'il ne connaît pas du tout l'endroit ? Il n'est jamais allé quelque part avec tes parents ou même avec ta grand-mère ?

– Non, je te dis ! Et pourquoi tu m'appelles si tu n'as rien ! C'est pas comme ça qu'on va avancer, Cédric, claqué-je avant de reprendre les recherches en tournant la tête de droite à gauche pour observer les alentours.

– Je sais que tu m'en veux et j'en suis vraiment désolé, Naya.

– Honnêtement, pour le moment je n'en ai rien à foutre de tes excuses ! Je veux que mon fils revienne à la maison, sain et sauf, le reste je m'en contrefiche.

Je l'entends souffler au bout du fil. J'ai conscience de réagir comme une parfaite connasse, sauf que mon enfant qui n'a que 5 ans est dans la rue complètement seul et qu'il fait un froid de canard !

– Je n'arrêterai pas de le chercher tant qu'il ne sera pas rentré. Quitte à y passer la nuit dehors, Naya.

– Ramène-le-moi, imploré-je entre deux sanglots.

– Je te le promets !

25

Cédric

DÉCEMBRE 2021

Je raccroche après avoir tenté de rassurer Naya. Je comprends sa douleur, et je ne suis papa que depuis quelques jours, mais cette annonce a changé beaucoup de choses pour moi. J'ai enfin compris qu'il fallait que je prenne mes responsabilités et surtout que j'arrête de vivre dans la peur.

Je suis papa d'un petit garçon de 5 ans maintenant, je ne peux pas agir comme si j'avais 18 ans et faire n'importe quoi. Et pourtant, aujourd'hui j'ai démontré le contraire à sa maman. Et je suis convaincu qu'elle n'aura plus jamais confiance en moi suite à ça. Elle m'en veut, alors j'imagine déjà le pire… J'ai peur qu'elle m'interdise de voir Tiago. Je veux connaître mon fils et je la ferai changer d'avis quoi qu'il m'en coûte si elle prend cette décision.

J'observe les alentours à la recherche d'une petite tête aux cheveux cuivrés, mais rien. L'endroit est désert et le vent glacial continue de siffler. Nous sommes partis de Gerberoy, petit village de l'Oise aux alentours de Paris, lorsqu'on est devenu de jeunes adultes. Mais Mamou et les parents de Naya y vivent toujours… De ce que j'ai compris, Naya et mon fils, quant à eux, habitent tous les deux dans l'appartement qu'à l'époque nous louions en colocation, et qui se situe à Paris même…

Nous avons vécu tellement de bons souvenirs ici… Au début, mes parents n'habitaient pas très loin de la famille de Naya. Puis plus tard ils ont finalement, fait de leur maison secondaire à Saint-Savin, leur principale.

Le parc est le même que lorsque nous étions petits, avec quelques aménagements modernes. Un grand toboggan trône au centre de l'espace de jeu. Un peu plus loin sur la droite, il y a six cabanes en bois où les enfants peuvent jouer à six maximum. Elles sont toutes en forme de champignons, comme les maisons dans le dessin animé *Les Schtroumpfs*. Puis plus loin, il y a plusieurs autres jeux comme une balançoire et une marelle.

Quand je suis arrivé, j'ai inspecté tous les jeux et je n'ai vu Tiago nulle part. Et pourtant, il faut que je le ramène à sa mère d'ici ce soir, ou je risque d'en prendre pour mon grade ! C'était une mauvaise idée de venir. Je n'ai pas pensé aux conséquences de mes actes. Je n'ai pas imaginé une seule seconde que mon gamin puisse nous surprendre et mal digérer la nouvelle.

En même temps, à quoi je m'attendais ?!

J'aurais dû me mettre à sa place. Je ne sais pas ce qu'il doit penser à l'heure actuelle, mais au vu de la réaction de Naya, ça doit être un bazar sans précédent. Je fais le tour de l'aire de jeu une dernière fois, car à part ici je ne vois vraiment pas où il a pu aller.

– TIAGO ! hurlé-je dans l'espoir qu'il m'entende et me réponde.

Encore une fois, le silence est pesant. Il n'y a personne d'autre ici. Finalement, l'angoisse de Naya commence à prendre possession de tout mon corps. Je n'avais pas vu le mal jusqu'ici, sauf qu'une fois encore celle avec qui j'ai grandi a raison. Si Tiago fait une mauvaise rencontre, je n'ose même pas imaginer ce qui pourrait lui arriver. Et je m'en voudrais toute ma vie, car je serais le seul fautif. J'aurais dû en parler à sa mère avant de venir, elle aurait sans doute eu l'occasion de lui dire la vérité. En seulement quelques secondes, j'ai bousculé la vie d'un petit garçon qui n'avait rien demandé.

À l'instant où je me dirige en direction de la sortie, je perçois un son très distinct qui attire mon attention. J'opère un demi-tour pour vérifier si entre-temps mon gamin ne s'est pas faufilé entre les jeux. Sauf que je ne vois absolument rien. Cette histoire commence sérieusement à m'inquiéter. Je secoue la tête en pensant avoir imaginé ce bruit et fais plusieurs pas pour retourner chez la grand-mère de Naya. Mais je distingue encore une fois ce bruit, et reviens en arrière pour chercher d'où il provient. Tiago est sûrement là et pourtant, j'ai eu beau fouiller dans tous les recoins, je n'ai vu personne, alors pourquoi j'entends quelqu'un sangloter ?

– Tiago ? Réponds-moi, s'il te plaît ! Ta maman est morte d'inquiétude, il faut rentrer à la maison. Je te promets qu'on t'expliquera tout, ta mère ne t'a jamais menti, je te le jure !

– Les adultes, vous êtes tous des menteurs !

Gagné !

Le problème avec les enfants, c'est qu'ils sont tellement petits qu'ils se faufilent partout ! Les cabanes en forme de champignons sont surélevées sur une plateforme et je n'ai pas pensé à regarder en dessous de celle-ci… Je m'en approche le plus silencieusement possible. Je suis certain qu'il doit penser que je ne sais toujours pas où il se trouve alors que je n'ai qu'à me baisser pour l'apercevoir de loin.

Je suis vraiment un crétin !

Quand j'atteins enfin les cabanes, je me baisse, et lui fais un grand sourire. Sauf que je déchante très vite ; il est frigorifié ! Il est assis à même le sol, les jambes repliées contre lui et il se balance d'avant en arrière en claquant des dents.

Il va choper la mort !

J'enlève mon manteau, tant pis si je tombe malade. Le plus important, c'est que lui aille bien. Je tente de l'entourer avec mon vêtement, sauf qu'il recule en me fusillant du regard. J'essaie une approche un peu plus douce, du moins je l'espère :

– Écoute, si tu rentres malade, tu sais aussi bien que moi que ta mère risque de nous tuer tous les deux. Alors si tu ne veux pas retourner chez Mamou, accepte au moins ça, s'il te plaît. Je tente une seconde fois et il se laisse faire sans rechigner. Après tout c'est à moitié vrai ; si Naya le voit comme ça, je risque de me faire couper la tête et Tiago va se faire engueuler.

– Tu veux qu'on discute ? lui demandé-je tout en m'installant à côté de lui.

Il tourne la tête de gauche à droite sans me regarder. Il a l'air d'avoir le même caractère que Naya. Ça va être simple… Cependant, il faut que j'entame une conversation avec lui pour lui expliquer que sa mère n'y est pour rien dans tout ça.

– Je vais parler tout seul alors, ça ne te dérange pas ?

– Fais ce que tu veux, je m'en fiche…

– Alors, enchanté, je m'appelle Cédric et je crois que je suis ton papa, lui lancé-je en lui tendant la main.

Autant démarrer en douceur…

– Je sais qui tu es, me répond-il d'une toute petite voix.

– Je crois que ta maman n'aimerait pas que tu répondes comme ça, et surtout pas à moi…

– Je m'appelle Tiago et j'ai 5 ans, m'informe-t-il en me montrant de sa main ses cinq doigts.

Mon cœur se gonfle d'amour pour ce bonhomme haut comme trois pommes. J'ai encore du mal à me dire qu'il est mon fils et pourtant j'ai déjà très envie de passer du temps avec lui et d'apprendre à le connaître.

– Tu sais, je suis désolé de ne pas avoir été présent depuis ta naissance. Ce n'est ni la faute de ta maman ni la mienne, mais j'ai eu un accident et j'ai été très très malade pendant plusieurs années.

– C'était grave ? Parce que maman quand je suis malade, elle me donne de super médicaments et après pfiou, je suis guéri !

– Malheureusement, je ne pouvais pas me soigner avec des médicaments. J'aurais aimé pouvoir le faire, mais c'était plus compliqué que ça, lui avoué-je.

Je sais que ce n'est qu'un enfant et qu'il ne comprendra pas tout ce que je lui raconterai, toutefois j'ai envie de discuter avec lui et si je le fais à cœur ouvert, j'aimerais lui démontrer qu'à l'avenir je serai toujours présent pour lui.

– J'ai perdu la mémoire pendant plus de trois ans, je ne savais pas que j'avais un fils à cette époque, sinon je serais revenu directement.

– Si tu es ici, c'est que tu as retrouvé la mémoire ? me questionne-t-il, intrigué. Dans ce cas, pourquoi tu n'es jamais venu me voir ?

– J'ai appris ton existence il y a quelques jours grâce à ta maman. Tu sais, il y a de méchantes personnes qui lui ont fait croire que j'étais mort et que j'étais parti dans le ciel. Elle n'imaginait pas me revoir. Sauf que c'était faux, alors n'en veux pas à ta maman, elle voulait te le dire et t'expliquer que j'étais vivant.

– Pourquoi ils ont fait croire ça à maman ? Et puis toi, tu pouvais revenir la voir, pourquoi tu ne l'as pas fait ? Tu sais, elle a été très triste, et elle pensait tout le temps à toi.

Il resserre mon manteau autour de lui, et je vois bien qu'il a de plus en plus froid, mais il ne semble pas vouloir bouger.

– Tu ne veux pas qu'on rentre pour finir de discuter au chaud.

– Non ! Je n'ai pas encore décidé si j'accepte ou non que t'approches ma maman… Car elle est amoureuse de toi sauf que tu l'as rendue triste et je veux plus. Je veux la voir sourire, ce n'est pas drôle de l'entendre pleurer la nuit…

– Je sais tout ça, et crois-moi je suis très triste de ce qui a pu arriver.

– Alors, rends ma maman heureuse, sinon tu auras affaire à moi ! Et j'ai suivi des entraînements de karaté alors fais attention, je suis super méga trop fort ! me lance-t-il en me fixant durement du regard.

J'ai compris, Tiago est très protecteur avec Naya. J'ai intérêt à faire attention et à ne pas jouer au con, sinon je suis mort !

– Si je rends ta maman heureuse, tu es d'accord pour que je fasse partie de vos vies ? le questionné-je, intéressé.

Mon but est de fonder une véritable famille. Sauf que si notre fils s'y oppose, je ne veux pas créer de tensions. Son bien-être passe avant tout le reste.

– Seulement si tu ne la fais plus pleurer !

– Promis, juré !

Mon téléphone sonne au moment où Tiago allait répliquer. Je sors le cellulaire de ma poche et aperçois le nom de la mère de mon fils. Je me tourne vers lui et lui montre mon écran.

– C'est ta maman, elle doit être morte d'inquiétude. Je décroche, et tu lui dis que tout va bien, puis on rentre se mettre au chaud, d'accord ?

Il acquiesce et je m'exécute :

– Cédric ! On n'arrive pas à le retrouver, dis-moi que tu l'as vu. Et s'il s'était fait enlever ? hurle la voix de Naya à l'autre bout du fil, totalement paniquée.

– Calme-toi, je…

– Comment tu peux me demander une chose pareille dans

un moment comme celui-ci ?! s'énerve-t-elle tout en haussant la voix.

– Je...

– En fait, laisse tomber, t'en as rien à foutre de lui. Tu n'es qu'un enfoiré !

Voyant que je patauge dans la semoule et que je n'arrive pas à calmer sa mère, Tiago décide d'intervenir.

– Maman, je vais bien !

– Mon Dieu, Tiago, c'est toi ? demande-t-elle la voix brisée par l'émotion.

– Oui, je suis avec papa ! Je suis désolé...

– Cédric ! Tu ne pouvais pas me le dire avant qu'il était avec toi ?!

– Pardon, mais on avait besoin de discuter entre père et fils, lui révélé-je tout en lançant un regard à mon fils qui sourit de toutes ses dents. Je raccroche, on rentre d'ici dix minutes tout au plus.

J'ai vite coupé la communication avant que Naya n'enchaîne et me hurle dessus. Je commence à me lever et époussette mes vêtements auxquels se sont accrochés quelques cailloux.

– Tu viens ? On va rejoindre ta mère.

– Papa ?

À chaque fois qu'il prononce ce mot, mon cœur se gonfle d'amour. J'ai envie de le prendre dans mes bras et de ne plus jamais le relâcher. Mais en même temps, ça me fait bizarre, car je n'ai pas eu le temps de me préparer à avoir un enfant, alors j'essaie d'apprendre petit à petit.

– Tu ne vas plus partir et nous laisser seuls ? me questionne-t-il, inquiet.

– Il faudra qu'on en discute, ta maman et moi, car ce n'est pas une décision que je peux prendre tout seul, tu sais. Puis on verra ce qu'elle décidera.

– J'ai une dernière question, je peux dire à l'école que j'ai retrouvé mon papa ?

En me posant cette question, je vois toute l'excitation et l'émerveillement dans ses yeux. Il a dû souffrir de mon absence, c'est indéniable, et ça me ronge de l'intérieur. Je ferai tout mon possible pour qu'il oublie cette horrible période.

– Tu peux le dire à qui tu veux, bonhomme.

Il se lève en hurlant de bonheur et j'éclate de rire. Je préfère le voir comme ça que triste avec toutes ces larmes qui roulent le long de son visage.

– Maintenant, en route ! Ta mère va nous passer un savon si on traîne trop.

– On pourrait s'enfuir ni vu ni connu… Elle me fait peur quand elle crie, et là j'ai fait une grosse bêtise alors elle va être furieuse, me dit-il en baissant la tête, tout à coup très absorbé par ses baskets.

– T'inquiète pas, je saurai te défendre face à la fureur du dragon, lui réponds-je tout en lui adressant un clin d'œil.

– Tu sais que je vais lui répéter ?

– Si tu fais ça, je devrai te couper la langue !

– Hé !

Tout en nous chamaillant, nous nous dirigeons en direction de la maison de Mamou. Je suis anxieux à l'idée de faire face aux membres de la famille Wen, mais je leur dois des explications, à eux aussi.

26

Cédric

DÉCEMBRE 2015

Depuis ma sortie de l'hôpital, je me sens comme perdu dans un monde qui n'est pas le mien. Je n'arrive même pas à mettre un nom sur toutes les personnes qui défilent devant moi. Aucun souvenir ne revient à la surface, et je dois faire avec. Désormais, je vis à quelques pas de mes parents avec Adriana qui se trouve être ma fiancée.

Si elle le dit, c'est que ça doit être vrai…

Pourtant rien ne me semble familier, je n'arrive pas à avoir des bribes de ce qu'on a pu vivre ensemble jusqu'à présent. J'ai la sensation de côtoyer de parfaits étrangers, alors qu'ils me répètent le contraire. Je ne suis plus maître de moi-même, et ça me fout une trouille de malade !

Adriana aimerait que notre relation soit comme avant, sauf que je n'ai pas la moindre idée de ce dont elle parle. Comment étions-nous ensemble ? Quel genre de relation avions-nous ? Est-ce qu'on était un couple fusionnel ou alors étions-nous ce genre de couple qui se voit à peine et qui pense que tout peut se régler au lit ? En ce moment, je suis loin d'être l'homme parfait pour elle, et pourtant elle reste constamment à mes côtés. Je ne la remercierai jamais assez pour tous les efforts dont elle fait preuve. Malgré tout, je sais très bien qu'elle n'est pas heureuse de cette situation et moi non plus, mais il faut qu'on avance ainsi, nous n'avons pas le choix.

Adriana a tenté plusieurs fois d'aller plus loin que de simples baisers. J'ai refusé catégoriquement ! Rien que de l'embrasser me donne une sensation étrange de tromper quelqu'un. Mais qui ? Je n'arrive pas à me souvenir. Alors, coucher avec elle ? J'en suis incapable ! C'est vrai qu'Adriana est une très belle femme, et elle en est parfaitement consciente, néanmoins elle ne me fait aucun effet. J'aurais pu profiter de la situation, sauf qu'à chaque fois que je la touche, j'ai une sensation de dégoût qui me prend les tripes et je n'arrive pas à comprendre pourquoi.

Déjà que je ne sais pas ce qu'il s'est passé il y a deux mois, alors faut pas non plus trop espérer !

Malgré tout, je suis déterminé à retrouver la mémoire. Il le faut, car je ne supporterai pas d'avoir mes parents sur le dos de cette façon encore longtemps. Ma mère m'appelle au minimum trois à cinq fois par jour et elle passe chez moi lorsque Adriana n'est pas présente. Quant à mon père, il est pire qu'elle. Je n'ai même pas le droit de me reposer qu'il m'appelle dès 7 heures du matin jusqu'à plus de minuit le soir. Je sais qu'ils s'inquiètent, cependant j'aimerais qu'ils me laissent souffler.

Je vais finir par étouffer !

– Mon amour, tu préfères les fleurs de couleur rouge ou rose ? me demande Adriana en feuilletant ses magazines.

– Euh, rouge ? réponds-je en hésitant.

Le lendemain de mon retour, tout s'est emballé, j'ai presque failli m'enfuir en prenant mes jambes à mon cou. Les préparatifs du mariage se sont enchaînés, et je n'ai pas eu mon mot à dire. Adriana était folle de joie à l'idée de pouvoir enfin consacrer son temps à cet événement, et mes parents avaient un sourire constamment collé au milieu du visage. Quant à moi… Je n'ai aucune envie d'épouser une femme dont je ne me souviens pas.

Être amnésique est un fait depuis mon accident, sauf que j'aimerais qu'on me laisse me remettre tout doucement avant d'envisager quoi que ce soit. J'ai la désagréable sensation que tout le monde veut qu'on s'unisse en vitesse. Qu'est-ce qu'ils essaient tous de me cacher ?!

Installé sur le canapé de chez mes parents, je retourne au livre que je suis en train de lire. Je veux échapper à toutes ces conneries de mariage et je n'ai trouvé que ça pour éviter d'y participer. Adriana est en compagnie de ma mère, installée à la table du salon. Elles ont éparpillé une tonne de prospectus en tout genre : robes, fleurs, repas gastronomiques, décorations…

Tout ça me donne envie de gerber !

Quant à mon père, il est en train de travailler, planté devant son ordinateur portable. Comme à son habitude, depuis que je suis rentré. Il nous parle tellement de son entreprise que ça en devient chiant. Mais je ne veux pas le vexer alors je me tais et fais comme si tout allait bien.

– D'ailleurs après le mariage, il faudra penser à mettre en route un héritier. On n'est pas tout jeunes, et on aimerait que notre fortune n'aille pas à n'importe qui, nous lance mon paternel tout en me fixant durement.

Il est sérieux ?!

– Personne ne s'inquiète de mon état de santé ? Vous continuez tous à vivre comme si rien ne s'était passé ! Vous parlez mariage et bébé sans me demander ce que moi je veux !

– Cédric ! Un peu de respect pour ta future femme tout de même, m'engueule ma mère tout en fronçant les sourcils.

– Je vais épouser une étrangère et vous… Je ne sais même pas qui vous êtes ! Qui me dit que vous me dites la vérité ? Vous ne pensez qu'à vous, mon état ne vous préoccupe même pas !

– Mon amour, ne dis pas une chose pareille, rétorque Adriana, blessée. On avait discuté de tout ceci avant ton accident, on avait prévu de commencer les essais bébés pendant notre lune de miel. Tu en avais même discuté avec tes parents.

– Désolé d'être amnésique ! répliqué-je, furieux.

Je suis seulement là depuis une semaine et je deviens dingue ! Combien de temps vais-je devoir subir tout ça ? Je ne tiendrai pas longtemps.

– J'ai besoin d'espace, vous m'étouffez ! leur dis-je tout en me relevant. Je ne veux pas de ce foutu mariage et encore moins d'un gamin ! Alors, allez vous faire voir.

– Cédric ! Tu vas arrêter ton caprice, tu as demandé à cette femme de t'épouser et tu la supplies depuis des années d'avoir un enfant. Alors tu ne vas pas faire machine arrière maintenant ! Tu vas honorer tes promesses. Vous êtes amoureux l'un de l'autre depuis votre plus tendre enfance, arrête de faire l'andouille, tu m'entends ? s'énerve mon père tout en se levant pour venir vers moi.

– Je n'en ai rien à faire ! De toute façon, vous ne pouvez me forcer à rien du tout, j'ai encore le droit de faire ce que je veux.

– Ce que tu oublies, c'est que nos deux familles sont fortunées et que vous avez signé un contrat au moment de vos fiançailles. Tu ne peux pas faire machine arrière, me rappelle ma mère tout en lançant un regard à Adriana.

Ce n'est pas vrai ?! Je suis dans une merde pas possible !

– Je n'épouserai personne, mettez-vous ça dans le crâne, leur annoncé-je avant de quitter la pièce.

Mes parents ont une entreprise qui rachète des terrains pour y construire des complexes hôteliers ou des centres commerciaux... Ils n'hésitent pas à racheter des lotissements complets et expulser des familles entières sans aucun remords. L'argent est leur unique motivation.

Quant aux géniteurs d'Adriana, ils ont une entreprise qui marchande ces terrains au prix le plus bas pour de très grandes entreprises ou des personnes influentes. C'est pourquoi nos deux familles sont associées, nos deux spécialités nous rendent complémentaires.

Les parents d'Adriana nous permettent d'avoir un terrain à moindre coût, et en contrepartie ils savent qu'on ne passera que par eux, car ils ont les prix les plus attractifs de la région et que mon père a une réputation internationale. Ce qui permet à la famille d'Adriana d'avoir un carnet d'adresses plus que rempli grâce à nous. Jusqu'ici mon paternel a pu construire des centaines de structures dans toute la région.

Sauf que tout n'est pas rose ! Plusieurs affaires ont éclaté dernièrement, mais elles ont vite été étouffées, comme par magie.

Certains terrains sont pollués, et pas qu'un peu... Ils ont retrouvé des animaux morts sans que ça soit naturel et les rivières ont été infestées de poissons morts à leur tour...

Nos deux familles ont magouillé pour falsifier les résultats lors des contrôles antipollution. Ils ont su contacter les bonnes personnes au bon moment... Un petit pot-de-vin, et tout passe crème !

Résultats, des ouvriers ont de sérieux problèmes de santés et d'autres en sont décédés.

Et ça ne pose de problèmes à personne !

27

Cédric

JUIN 2016

Plusieurs mois sont passés depuis ma sortie de l'hôpital. Le comportement de mes parents et d'Adriana est insupportable. J'ai de plus en plus de mal à les supporter. Si bien que j'ai dû réaménager l'espace pour faire de mon bureau un refuge pour pouvoir leur échapper. Je m'enferme souvent avec mon ordinateur pour poser des mots sur ce que j'éprouve ou alors pour m'évader avec un bon livre. Mais depuis peu, je ressens le besoin d'écrire. Ça me prend à n'importe quelle heure du jour comme de la nuit. Il faut que j'ouvre un document et que je me penche dessus pour entrer dans une forme de transe qui me permet de taper des centaines de mots sans m'arrêter.

Je ne pensais pas avoir ce talent, sauf que plus les jours passent et moins j'arrive à m'arrêter. C'est comme un besoin vital ; si je m'arrête, je pourrais en mourir. Et honnêtement, j'ai la sensation que c'est devenu une échappatoire. Je ne veux plus être étouffé par mes proches, c'est devenu insoutenable.

Cependant, l'écriture n'est pas devenue le seul changement. Toutes les nuits, je suis embarqué dans un rêve qui n'a ni queue ni tête, et je n'arrive pas à déterminer ce qu'il s'y passe. Et pourtant, il revient inlassablement sans que je puisse l'arrêter. Dans ce songe, j'aperçois une jeune femme blonde enceinte qui s'approche de moi pour s'emparer d'une de mes mains et la poser sur son ventre rebondi avant de me souffler :

– Souviens-toi de nous…

C'est déstabilisant et incompréhensible, car la seule femme blonde que je connais est Adriana, sauf que celle de mon rêve ne lui ressemble pas du tout, et pourtant au fond de moi j'ai la sensation de la connaître. Il faut que je comprenne ce qu'il se passe et surtout qui elle est ! Pourquoi m'apparaît-elle chaque soir pour me répéter cette phrase en continu avant de disparaître ?

De frustration, je passe mes mains dans mes cheveux. Si seulement je n'étais pas amnésique, je pourrais comprendre un peu plus de choses. Sauf que rien n'y fait : mes souvenirs ne reviennent pas et il faut que je vive comme ça. Les médecins me disent que ça peut prendre des mois, voire des années ; or j'aimerais voir une évolution même minime. Ça fait quand même un peu plus de six mois que j'ai quitté l'hôpital, j'aurais dû avoir quelques flashs. Et jusqu'ici, rien. En voyant la maison de mes parents, je me rappelle qu'ils aiment avoir des clichés de notre famille. Je me dis que si celles-ci peuvent m'aider à me rappeler quelques petites choses, autant tenter le coup. Et si rien ne me revient, tant pis, j'aurai au moins essayé.

Il faut que je tente le coup !

Tandis que mes parents ne sont pas chez eux, j'en profite pour aller fouiller, à la recherche d'albums photo qu'ils auraient pu planquer quelque part. J'essaie de laisser le moins de traces de mon passage, car je ne voudrais pas qu'ils me piquent une nouvelle crise. Après plusieurs minutes, je fais chou blanc. Il n'y a rien ici. J'ai beau chercher dans les meubles ou les placards, c'est totalement vide.

Ce n'est pas possible, il doit bien y en avoir quelque part !

La maison contient un nombre incalculable de cadres avec des photos. Alors s'il n'y a pas d'albums, ça paraît plutôt bizarre de leur part.

Et s'ils me cachaient quelque chose ?

Après tout, j'ai cette désagréable sensation depuis mon retour. Je suis convaincu qu'on me manipule, sauf que je n'arrive pas à savoir de quelle façon… À moins que la paranoïa soit un effet de mon amnésie.

Je décide d'abandonner, car je ne trouve absolument rien. Puis un détail attire mon attention : la porte du grenier ! Jamais personne n'y va, c'est peut-être rangé là-bas vu qu'on ne les regarde pas forcément tous les jours. Quand je pousse la porte, j'actionne le bouton pour allumer la lumière et observe l'endroit. Tout est poussiéreux, et il y a un bazar monstrueux ! Des cartons ainsi que des caisses en bois sont empilés de part et d'autre de la pièce. Si je me débrouille bien, je devrais pouvoir trouver quelque chose dans tout ce foutoir.

Plusieurs minutes après avoir fouillé dans une énième boîte, je trouve enfin le Saint-Graal ! Si je n'étais pas autant déterminé, j'aurais abandonné. Les photos étaient planquées au fond de la pièce, derrière une dizaine de piles d'objets qu'on n'utilisera sans doute plus jamais. Autant dire qu'elles étaient très bien cachées.

Un peu trop même…

Un peu plus loin, j'aperçois un vieux fauteuil tout poussiéreux. Je m'empresse d'aller m'y installer avec mes trouvailles. Je souffle un bon coup. J'ai tellement d'espoir que j'ai peur d'être déçu. Et si tout ceci ne m'aidait pas ? J'aurais fait tout ça pour rien. Mais je ne peux pas me défiler maintenant, si je peux avoir quelques flashs je prends avec plaisir !

Je m'empare du premier album : il y a des photos de moi lorsque je n'avais que quelques mois, et je suis accompagné d'un autre bébé qui a l'air d'être une petite fille. Toutes les photos sont différentes et pourtant je ne suis jamais seul. Cette gamine est constamment avec moi. Dans un premier temps, je me dis que ça pourrait être Adriana, sauf que plusieurs détails me sautent aux yeux. Premièrement, elle ne lui ressemble pas et sur plusieurs images, elle porte un pull, orné de la lettre « N ».

Je repose l'objet sur le sol et prends un second album. Cette fois-ci je suis surpris et choqué en même temps. Je suis toujours en compagnie de cette personne, mais un dernier point me saute aux yeux : c'est la femme que j'aperçois dans mes rêves ! J'en suis certain à 100 %.

Mais qui est-elle ?!

28

Naya

Décembre 2021

Lorsque Tiago et Cédric passent la porte de la maison, je fonds en larmes, et mon fils me saute dans les bras. Je le serre de toutes mes forces contre moi. Les heures que je viens de passer ont été atroces. J'avais l'impression qu'on m'arrachait à vif une partie de moi.

– Je t'interdis de refaire ça, tu m'entends ! l'engueulé-je entre deux sanglots.

– Je suis désolé, maman… me répond-il en pleurant à son tour. Je ne recommencerai pas, promis.

Il m'entoure de ses petits bras et je respire son odeur à pleins poumons. J'ai eu une trouille bleue de ne plus le revoir. Mon cœur de maman s'est brisé en mille morceaux. Avant de mettre au monde ce bonhomme, je ne comprenais pas la peur que pouvait ressentir ma mère à chaque fois que je quittais la maison pour rejoindre Cédric. Désormais, je sais que ça n'a pas dû être facile pour elle, au contraire. Il y a des choses que je ne pourrai sans doute pas lui pardonner, mais je devrais pouvoir y mettre du mien et arrêter d'être totalement fermée face aux efforts qu'ils tentent de faire.

– Tu m'étouffes ! lâche Tiago en essayant de me repousser de toutes ses forces.

– Si tu recommences, je t'attache à ton lit jusqu'à ta majorité !

– Tu n'as pas le droit de faire ça ! me répond-il, outré.

– Je vais me gêner, tiens !

– Je connais le numéro de la police par cœur, c'est toi qui me l'as appris, réplique-t-il en souriant de toutes ses dents.

Sale gosse !

– Pfff ! Fiche le camp, lui dis-je avant de le lâcher.

Il s'empresse de courir vers son grand-père et je me relève pour rejoindre Cédric. Il est gêné et ne sait pas où se mettre, ce qui est tout à fait compréhensible au vu de la situation. Après tout, à part moi, personne ne savait qu'il était en vie. Lorsque je ne suis plus qu'à quelques pas de lui, je ne peux m'empêcher de me jeter dans ses bras. Certes il a fait une grosse connerie en venant ici sans m'avoir concertée, mais au final tout est rentré dans l'ordre. Si on avait fait ça dans les règles de l'art, je pense que je me serais défilée plus d'une fois, et on aurait dû attendre plusieurs mois avant de révéler la vérité à notre fils.

Je pose ma tête dans le creux de son cou, puis finis par passer mes bras autour de lui pour m'agripper à son pull. Mes larmes recommencent à couler, sauf que pour ma défense je n'ai jamais eu aussi peur de toute ma vie ! Quand votre enfant disparaît sans laisser de trace et que vous ne savez pas où il a bien pu passer, c'est un véritable cauchemar !

– Merci de l'avoir ramené sain et sauf…

– Je t'en prie, je te devais bien ça. Surtout après tout ce que j'ai fait…

– Je m'en veux de ce que j'ai pu te dire, Cédric. Oublie,

j'étais paniquée et je n'ai pas réfléchi. Excuse-moi, lui révélé-je, peinée que mes mots aient à ce point dépassé mes pensées.

Je me détache de lui, et il finit par me regarder dans les yeux. Avant de me rendre compte de mes sentiments envers lui, ses iris m'ont toujours fait ressentir des choses que je n'arrivais pas à m'expliquer. Sauf qu'aujourd'hui, je prends conscience que cette sensation n'était rien d'autre que de l'envie. Quand nos regards se rencontrent, une connexion inévitable se crée, et j'aimerais qu'elle ne disparaisse jamais.

– Tu n'as pas à être désolée, je t'assure. J'ai merdé, tout est ma faute. En plus, on s'était mis d'accord, mais j'ai voulu en faire qu'à ma tête et voilà le résultat…

– Je t'assure, tu n'es coupable de rien. J'aurais dû prendre mes responsabilités et avouer à Tiago que son papa était vivant. J'ai trop attendu, et au final il s'est senti trahi et je peux le comprendre.

– Je te jure qu'à l'avenir, je cesserai d'agir sur un coup de tête quand il s'agit de notre fils. C'est un enfant et il a besoin de stabilité, je ne peux pas arriver et chambouler toute sa vie comme si rien n'avait existé.

Entendre ces mots me fait mal. Cédric s'en veut d'avoir été absent, il me l'a dit plusieurs fois. Sauf qu'il n'est pas fautif : il était amnésique, et c'est une réalité qu'on ne peut pas oublier. Ensuite, je ne sais pas ce qui l'a poussé à rester auprès de ses parents, ni pourquoi il ne m'a pas recontactée, mais sur le moment je suis heureuse qu'il ne l'ait pas fait. J'aurais sûrement cru à un canular…

Je sais que c'est tout à fait illogique que je puisse ressentir ce genre de choses, mais à chaque fois qu'il est près de moi, mon palpitant se met à battre à mille à l'heure. Et je n'ai plus envie qu'il s'éloigne et qu'il nous laisse seuls. J'aimerais qu'il reste auprès de nous, mais surtout auprès de moi. Son absence a renforcé l'amour que je lui portais, et maintenant, je ne veux plus perdre de temps à nous tourner autour comme si nous étions encore des adolescents. Pour le bien de Tiago, je devrais faire attention et prendre des pincettes au cas où il nous abandonnerait encore, cependant, je pense que rester six ans éloignés l'un de l'autre est une torture bien trop grande. S'il devait nous laisser seuls tous les deux, je ne lui pardonnerais pas. Néanmoins, je sais que Tiago et moi sommes assez forts pour encaisser une ultime trahison. C'est pourquoi je dois saisir cette chance, autrement je pourrais passer à côté d'une magnifique histoire et, par la même occasion, je priverais mon fils de son père.

Sans réfléchir, je m'approche une nouvelle fois de lui et dépose mes lèvres contre les siennes. Notre dernier baiser ne remonte qu'à quelques heures, et pourtant le besoin de sentir sa chaleur contre moi devient aussi vital que de respirer. Très vite, l'une de ses mains vient s'emmêler dans mes longs cheveux blonds pendant que l'autre s'arrête dans le bas de mon dos. Le brasier que j'ai ressenti plus tôt dans la journée se rallume une seconde fois, et bien vite j'en veux plus sauf que je me dois d'être raisonnable. Je ne peux pas lui sauter dessus en plein milieu de l'entrée, et surtout pas chez ma grand-mère alors que ma famille n'est pas loin. À contrecœur, je m'éloigne de Cédric et au même moment Tiago nous fonce dessus, tout heureux.

– On va former une vraie famille, maintenant que papa est de retour ? me questionne-t-il avec des étoiles dans les yeux.

– Ce n'est pas aussi simple que ça, mais on va essayer, mon cœur. Car ton père a aussi une vie loin d'ici…

L'homme pour qui mon cœur bat depuis plusieurs années s'empare de ma main et entrelace nos doigts. Il nous observe à tour de rôle avec un grand sourire :

– Vous êtes ma seule famille, donc je ne compte pas m'enfuir. Alors si ta maman est d'accord, je veux bien rester avec vous sans limites de temps.

Qu'est-ce que je suis censée répondre, là tout de suite ? Je n'en ai aucune idée. Qu'il évoque l'idée ne plus jamais partir me rend folle de joie, sauf que j'ignore s'il est réellement sincère. Mais j'ai décidé de vivre dangereusement, car on a qu'une seule vie !

– Ton père peut rester, je ne lui interdirai pas d'être avec nous. Mais on va devoir discuter de certaines règles à la maison, jeune homme, lancé-je en direction de mon fils.

Tiago lève les yeux au ciel, et se tourne en direction de son père :

– Finalement, tu es sûr de vouloir rester ? Car il est encore temps pour toi de t'enfuir. Maman est un tyran ! Elle ressemble à…

– Tiago, méfie-toi de ce que tu vas dire, le menacé-je en pointant mon index dans sa direction.

– Elle ressemble à Ombrage dans *Harry Potter* quand elle est énervée. Tu connais, quand même ?!

– Si je connais *Harry Potter* ?! Heureusement ! Avec ta maman on en était fans quand on était petits, lui répond son père avec un grand sourire espiègle. D'ailleurs, j'aurais pensé qu'elle te donne un prénom dans la lignée de la saga.

– Elle te cache des choses ! C'est pas bon pour des amoureux de se mentir, hein. Je m'appelle Tiago et maman m'a donné Severus en deuxième prénom. Je comprends pas, il est trop nul Rogue !

J'éclate de rire. Tiago déteste le professeur Rogue dans cette saga. Il n'arrive pas à comprendre pourquoi je suis fan de ce personnage et pourtant c'est très simple : Severus est quelqu'un qui a souffert toute sa vie de ne pas avoir pu vivre son amour au grand jour avec la femme qu'il aimait. Et malgré les années qui ont défilé, ce dernier a toujours été présent pour

Lilly Potter ainsi que pour les personnes de son entourage. Il a même risqué sa vie pour jouer les espions aux côtés de Voldemort. Certains n'ont pas la même conviction que moi face à Severus sauf que je reste convaincue que tout ce qu'il a fait n'était pas dans le but de nuire à Harry. Certes au début il s'en prenait à lui, car l'adolescent lui rappelait trop James, qui l'a lui-même harcelé durant sa scolarité, mais par la suite il a su prendre sur lui pour le bien de Harry…

Bref, je m'emballe !

– Tu comprendras quand tu seras plus grand !

– Tu as vu les films, Tiago ? lui demande son père.

– Bah naaan ! C'est pour les grands, et Maman elle veut pas… Mais moi je suis un grand ! Elle m'a juste raconté l'histoire et c'est méga trop bien ! Maman a dit que quand j'aurais 8 ans, j'aurais le droit, du coup je veux grandir ultra méga vite !

– Maintenant, file t'amuser ou je reprends les cadeaux que t'a apportés le père Noël ! le menacé-je dans l'espoir d'être encore un peu seule avec Cédric.

– Hannn ! Tu n'oserais pas quand même ?!

– Tu veux que je te montre ? lui lancé-je avec un sourire machiavélique.

– Papiii ! Maman est pire que le capitaine Crochet, au secours ! hurle-t-il en courant en direction de son grand-père.

Ce gosse me fatigue !

– Par moments, je me demande de qui il tient, et je me souviens que tu étais aussi chiant que lui à son âge, ajouté-je en direction de Cédric.

Après avoir réussi à me décrocher de l'homme qui fait battre mon cœur, ma famille a voulu des explications sur toute cette histoire. Nous en avons profité lorsque Tiago s'est endormi sur le canapé. Mon père est allé le coucher dans une des chambres, et il est revenu assez furieux contre Cédric et moi. Je ne lui en veux pas d'être en colère, car tous les éléments semblent être contre nous alors que la réalité est tout autre.

Mamou nous a préparé son fameux chocolat chaud, et nous nous sommes tous installés dans le salon. Mes parents se sont installés côte à côte dans un canapé, tandis que Cédric et moi avons pris place dans un autre fauteuil, collés l'un à l'autre. Pour finir, ma grand-mère s'est assise à sa place habituelle près de la cheminée. Je ne sais pas par où commencer ni si je dois ouvrir la bouche. J'ai la désagréable sensation d'être retournée en enfance et d'avoir fait une grosse bêtise.

– Avant de commencer, je dois vous dire que c'est pas du tout ce que vous croyez, les avertis-je, totalement stressée par la situation.

– Cédric est à côté de toi, et tu n'avais pas l'air choquée de le voir tout à l'heure. Alors, excuse-nous, mais c'est tout à fait ce qu'on croit ! me répond mon père, énervé.

D'accord, la conversation s'annonce corsée…

– Écoutez, monsieur Wen, je… commence Cédric avant d'être coupé dans son élan.

– Depuis quand tu m'appelles comme ça ? s'étonne mon paternel.

– Je te connais, si t'es dans cet état et que je t'appelle par ton prénom… tu finiras par me bouffer, alors autant prévenir que guérir.

Sérieusement, on ne peut pas passer au sujet principal ? Car là, on dirait un combat de coqs !

– Chris, laisse-le parler et arrête de le couper sans arrêt, l'engueule ma grand-mère.

Cédric me regarde pendant une fraction de seconde, sûrement pour se donner du courage. Je ne peux pas faire grand-chose pour lui montrer que je suis là et que je ne le laisse pas tomber. Si bien que pour le calmer, je dépose une main sur sa cuisse. Mes parents se regardent avec des yeux ronds, tandis que je deviens aussitôt rouge comme une tomate. Je ne me suis pas rendu compte que mon geste pouvait porter à confusion.

S'ils savaient ce qu'il s'était passé quelques heures plus tôt !

J'essaie de retirer ma main, mais Cédric me retient en entrelaçant nos doigts. Aux dernières nouvelles, je ne voulais pas leur annoncer qu'entre nous c'était plus que de l'amitié. Je me suis arrêtée à la révélation de son non-décès.

En même temps, si on a un enfant ensemble, ils se doutent bien qu'on a pas enfilé des perles !

– Naya n'était au courant de rien, vous avez ma parole. Elle l'a découvert il y a quelques jours seulement quand elle est venue à Saint-Savin, leur révèle-t-il.

Autant ne pas tout leur dévoiler d'un seul coup, on ignore comment ils peuvent réagir. Après tout, je suis bien placée pour le savoir ; quand ils ont appris que j'étais en train d'accoucher, ils ont failli faire un arrêt cardiaque.

– J'ai eu un accident de voiture, sur ça, mes géniteurs ne vous ont pas menti. Sauf que je n'en suis pas mort, j'ai été amnésique pendant un peu plus de trois ans. Et malheureusement, ils en ont profité…

– J'étais persuadé qu'ils avaient changé suite aux décès de tes grands-parents. L'argent leur a retourné le cerveau, sauf que jamais je ne me serais douté qu'ils soient capables d'une horreur pareille ! répond mon père.

Ce dernier sait très bien que les Green ne me portaient pas spécialement dans leur cœur. Il a assisté impuissant à mon malheur d'être repoussée par la famille de mon meilleur ami sans aucune explication. Et pour être honnête, ça m'attriste énormément. Depuis mon enfance, j'adorais ses parents, et du jour au lendemain je suis devenue une pestiférée…

– Pendant ma convalescence, ils m'ont fait croire des choses. Avec le recul, je me dis que j'aurais dû refuser tout ce qu'ils me demandaient tant que je n'avais pas recouvré la mémoire. Franchement, ça m'aurait évité tout un tas de problèmes…

– Une chose que je ne comprends pas, c'est qu'à un moment tu as guéri ? Alors pourquoi tu es resté avec eux ? le questionne Mamou, intriguée.

Cédric ferme les yeux sûrement pour se donner le courage nécessaire d'avouer ce qu'il s'est passé et surtout ce qu'il a enduré. Tout n'était pas rose pour lui.

– Il faut que vous sachiez qu'ils vouent une haine sans nom à Naya. Honnêtement, je n'arrive pas à comprendre la raison précise de tout ça… Sauf qu'ils en deviennent dangereux avec le temps et si je ne suis pas rentré, c'était uniquement dans son intérêt. Je voulais la protéger d'eux, nous avoue-t-il mal à l'aise.

Je comprends que ses révélations ne l'enchantent pas des masses. Cependant, nous avons tous besoin de réponses, moi plus que les autres. Et je me mets à sa place : il doit avoir honte du comportement de ses géniteurs…

– Comment se fait-il que du jour au lendemain ma fille soit devenue une personne à abattre pour eux ? réplique ma mère, à la fois intriguée et inquiète.

– C'est pourtant tout simple : pour eux nous ne sommes pas du même monde… Ils l'ont toujours suspectée de n'en avoir qu'après leur argent, et pourtant… Je suis loin d'être comme eux ; depuis plusieurs années ma seule famille c'est vous tous. Eux ne sont que des étrangers, rien de plus. Et il faut que je vous avoue que ma famille a une entreprise assez influente, ça, vous le savez. Ils ont fait une sorte de partenariat avec une autre famille depuis des années et ensemble ils ont arrangé un mariage entre moi et leur fille. Sauf qu'entre temps il y a eu Naya et vous connaissez la suite !

– Je ne comprends toujours pas pourquoi ils en veulent à ma petite-fille ! Elle ne leur a rien fait…

– Elle est tout ce qu'ils détestent… Naya n'est pas riche et ils pensent qu'elle profitera de moi et surtout de mon argent. Je suis voué à hériter de leur fortune, et ils ne veulent pas qu'une personne qui leur est inférieure touche à ce qui leur a appartenu. Et surtout je mets leurs plans à l'eau si je n'épouse pas Adriana, la fille de leurs partenaires. Je vous avoue que je ne comprends pas leurs délires. Je préfère de loin travailler et toucher un salaire que j'aurai amplement mérité plutôt que d'avoir de l'argent sale.

– Je pense qu'on devrait laisser tomber tout espoir d'avoir une explication sur le fait qu'ils me détestent. Ils sont tout simplement dingues ! Parler d'eux ne fait que leur donner de l'importance. Aujourd'hui c'est Noël, je veux simplement passer un bon moment en famille…

La vérité, c'est que je suis égoïste et que je souhaite que Cédric se confie à moi en premier avant qu'il se dévoile à quelqu'un d'autre. Il y a des choses que je n'aimerais pas qu'il dise à ma famille. Entre mes parents et moi, ce n'est pas le grand amour, alors si je peux éviter les prises de tête inutiles, ça m'arrangerait. Et je leur en tiendrai toujours rigueur pour ce qu'ils ont osé faire…

Cédric confirme qu'il faut tout simplement les laisser dans leurs délires, et tant que les Green ne font rien pour nous chercher des noises, il faut laisser couler et vivre notre vie normalement. Et il a amplement raison ; j'ai déjà eu assez de mésaventures pour quelques années… au moins.

– Tu es de retour, c'est bien pour Tiago, il a besoin de son père. D'ailleurs, que tu sois le père de mon petit-fils me surprend toujours autant, je ne pensais pas que vous aviez ce genre de relation, poursuit mon paternel, intrigué.

On va vraiment parler de ça ?!

– Je te rassure, on avait pas du tout ce genre de relation, confirmé-je mal à l'aise.

– Écoute, Naya, Tiago n'est pas arrivé par le Saint-Esprit…

– On était bourrés, mais c'est arrivé qu'une fois et on ne se rappelle absolument rien, lui révèle Cédric.

Je me tourne vers ce dernier, et le fusille des yeux. Notre vie sexuelle ne regarde pas mes parents ! Si j'ai envie de m'envoyer en l'air avec tout Paris, je le ferai, mais pas besoin de les mettre au courant…

– Putain, Cédric ! Tu ne peux pas te taire de temps en temps, m'énervé-je. Tout ce qui nous concerne ne regarde personne d'autre que nous, alors par pitié : ferme-la !

Mon père explose de rire, se lève puis met une main sur l'épaule de Cédric avant de lui dire :

– Bon courage ! Tu viens de sauter les deux pieds joints dans les emmerdes.

29

Cédric

DÉCEMBRE 2018

Depuis mon accident, j'ai pu prendre du recul et réfléchir à ce que je veux vraiment dans la vie : m'éloigner des gens nocifs fait partie de ma liste… Adriana et mes parents sont des gens que je ne veux plus dans mon existence.

Pourquoi ?

Car depuis quelques jours maintenant, tout est devenu limpide. Après une énième dispute avec Adriana, je me suis demandé pourquoi j'avais capitulé et surtout pourquoi j'avais fini par l'épouser ?! Elle n'a rien qui m'attire… Alors que je mérite quelqu'un qui m'aime pour ce que je suis réellement et non pour mon nom de famille et mon compte en banque.

Et c'est là que c'est arrivé : j'ai eu des flashs à n'en plus finir. J'ai bien cru que j'allais m'évanouir. Ma tête me faisait atrocement souffrir, mais j'ai tenu bon. Toutes les réponses que j'espérais avoir un jour m'ont assailli les unes après les autres. Les flashs de mes souvenirs avec Naya me sont revenus également, et mon cœur s'est comme brisé en mille morceaux. Je n'ose même pas imaginer dans quel état elle doit être... Mais pire que tout : on s'est quitté sur des non-dits. J'aurais dû rester avec elle et lui avouer ce que je ressentais au lieu de fuir à des kilomètres d'elle...

Quand tout s'est arrêté, j'ai regardé Adriana durant plusieurs minutes sans pouvoir décrocher et je me suis posé une seule question : pourquoi a-t-elle fait une chose pareille ? Je suis curieux de savoir ce que lui ont promis mes parents pour qu'une parfaite étrangère joue ce rôle pendant toutes ces années.

N'a-t-elle donc aucune famille ?

L'appât de l'argent peut faire changer n'importe qui, et je le découvre de jour en jour.

Si seulement tout était différent...

Installé sur le canapé, je regarde un match de hockey, une bière à la main. J'aimerais m'enfuir aussi loin que possible, sauf que pour le moment c'est impossible. Je dois me taire et faire comme si rien n'avait changé. Je veux comprendre pourquoi ils m'ont mené en bateau, et quel était leur but à tous.

Alors que mes pensées sont en train de s'affoler, je ne remarque pas Adriana qui arrive vers moi. Lorsqu'elle se jette sur moi, il est trop tard pour la repousser.

Elle va me faire le même coup combien de fois ?!

Sa bouche s'agrippe à mes lèvres telle une sangsue et ne me lâche plus. Elle finit par grimper à mes côtés et s'installe sur moi à califourchon. Je ne bouge plus et ne réponds surtout pas à son baiser en espérant qu'elle finira bien par se lasser. Sauf que c'est bien mal la connaître : elle se frotte contre moi sans aucune honte tout en gémissant de désir pour moi. Il est clair que je suis un homme et que je n'ai pas eu le loisir de goûter une femme depuis tellement longtemps... En revanche, je ne céderai pas aux avances d'Adriana. La seule qui a de l'importance à mes yeux est à des kilomètres de moi et je ne peux pas aller la rejoindre. Finalement, elle finit par abandonner, se relève et me lance, furieuse :

– C'est quoi ton problème, Cédric ?!

– J'en ai aucun et toi ?

– On est mariés depuis deux ans et demi, et tu ne m'as encore jamais touchée ! Je conçois que tu sois en convalescence, mais bordel j'ai envie que tu me fasses l'amour, et tu avais promis qu'on essaierait de faire un bébé. Sauf que ce sont des paroles en l'air encore une fois…

– Vraiment désolé, mais j'ai un petit problème mécanique depuis mon amnésie. La machine reste au repos sans possibilité de se relever, les médecins ont dit que c'était normal et qu'il fallait être patient… Tout reviendra dans l'ordre quand j'aurai retrouvé la mémoire, ne t'inquiète pas, chérie.

– Je peux t'aider à refaire fonctionner tout ça, j'en suis certaine, allez laisse-moi faire, tente-t-elle tout en posant une main contre mon entrejambe.

– Je te ferai un bébé quand tout sera fonctionnel ! Je te jure qu'on ne quittera pas la chambre avant un certain temps.

Bon sang, j'ai envie de vomir rien que d'imaginer une chose pareille !

– J'ai envie de toi, maintenant ! Pas dans cinq ans…

– Utilise ton vibro, je suis certain qu'il fera l'affaire. En revanche, tu devrais aller te changer, mes parents risquent de passer d'un moment à l'autre.

Adriana croise ses bras contre sa poitrine et je l'observe une dernière fois. Elle a pris du temps pour se maquiller… comme un pot de peinture, mais je relève qu'elle a essayé de me séduire, cependant je reste encore une fois insensible. Quant à sa tenue légère, j'aurais pu trouver ça sexy, sauf que sur elle tout me paraît vulgaire. Elle porte un ensemble de lingerie noir transparent avec un petit string en dentelle.

Ça ne me fait ni chaud ni froid !

Folle de rage, elle fait demi-tour, et au même moment la sonnette de la porte d'entrée retentit. Heureusement que je ne cède à aucune avance d'Adriana, sinon on serait interrompus toutes les deux minutes…

Charmant pour un couple fraîchement marié !

Ils entrent, le sourire aux lèvres, et j'ai envie de leur balancer ce que je pense d'eux, mais je me ravise. Je dois rester calme et ne pas craquer maintenant !

– On n'interrompt rien ? me questionne mon père en louchant sur un string d'Adriana qu'elle a laissé en évidence en plein milieu du couloir.

La connasse !

Elle l'a fait exprès pour me mettre mal à l'aise, loupé pour elle, ça ne me fait absolument rien. Je plaque mon plus beau sourire en direction de mon paternel et lui lance :

– Tu sais depuis l'accident, j'ai autre chose à penser qu'à ma vie sexuelle. De toute façon, les médecins ont dit que ce n'était pas bon pour moi tant que je n'étais pas rétabli à 100 %.

Dans la seconde, il perd son sourire. Je suis persuadé depuis quelque temps qu'ils m'ont forcé à épouser Adriana pour que je leur donne un héritier digne de ce nom. Cependant, je refuse de toucher Adriana, il en est hors de question !

– Ne t'en fais pas, ces choses-là reviennent vite !

Je les invite à prendre place dans le salon et ma présumée femme, ne tarde pas à nous rejoindre. Elle s'installe à plusieurs mètres de moi, comme si mon odeur corporelle laissait à désirer.

Si elle veut la jouer comme ça, y a aucun problème !

– J'ai eu plusieurs flashs aujourd'hui, le prénom de Naya ne vous dit pas quelque chose ? Il revient tout le temps quand je me souviens de détails insignifiants, mens-je.

D'un coup, leurs visages se décomposent et moi je jubile intérieurement ! Comment les faire paniquer en une seconde !

– Non, ça ne nous dit rien, s'empresse de répondre ma mère.

– Attends, si ! C'était une de tes ex-petites amies, mais ça n'a pas duré entre vous. Elle était totalement folle, et n'en avait qu'après ton argent. En plus, si je me souviens bien, elle aimait aller voir ailleurs. Tu as vite rompu, me lance mon père.

Mentir est un don chez lui, c'est impressionnant. Il n'hésite même pas et va au fond de sa pensée sans jamais douter de lui. Toutefois, il m'est insupportable d'entendre de tels propos à l'encontre de la femme que j'aime…

– Tu es sûr de toi ?

– Oui, tu as été malheureux à cause d'elle. Enfin bon, n'en parlons plus, ça va raviver de mauvais souvenirs.

Connard !

– Si tu savais comment vous êtes pathétiques lorsque vous mentez tous les trois, lâché-je avec un sourire en coin.

– J'te demande pardon ?! me dit ma mère, choquée par mes propos.

– Arrêtez de vous foutre de ma gueule ! Je ne suis plus amnésique, j'en ai marre de jouer la comédie, mais franchement vous méritez un Oscar !

Je les félicite en les applaudissant, et ils ne savent plus du tout comment réagir. Eh, oui ! Je sais tout.

– Si tu as retrouvé la mémoire, pourquoi nous demander qui est Naya ? réplique mon paternel.

– Pour voir jusqu'où vous seriez prêts à aller dans votre mensonge et honnêtement vous êtes impressionnants !

Fou de rage, il se lève et s'approche de moi. Quand je mentionne le nom de ma meilleure amie, je peux être sûr de leur réaction, ça ne loupe jamais !

– Attention Cédric, tout acte à des conséquences !

– Ce sont des menaces ?!

Je serre les poings. Je n'ai qu'une envie c'est de lui envoyer ma main en pleine poire et de le frapper jusqu'à ce qu'il s'arrête de respirer.

Si seulement le meurtre était légal…

30

Cédric

JANVIER 2022

Depuis les fêtes de fin d'année, je suis resté aux côtés de Naya et de notre fils. Bizarrement, je n'ai eu aucune nouvelle de mes parents ou d'Adriana. Je devrais m'inquiéter, sauf que pour le moment je me dis qu'ils ont sans doute laissé tomber.

Dans tes rêves, Cédric !

Ils sont beaucoup trop calmes, et honnêtement ça m'angoisse. Mais pour le moment, je ne veux pas me prendre la tête avec ça. Je souhaite uniquement profiter de ma famille.

Je passe la porte d'entrée de l'appartement de Naya, observe les alentours et ne la vois nulle part. Aujourd'hui, j'ai spécialement emmené Tiago à l'école pendant qu'elle réglait deux ou trois détails pour avoir sa journée. J'adore mon fils et j'ai envie de le découvrir encore plus, mais je dois aussi passer du temps avec sa mère. Il faut qu'on parle de nous et qu'on fasse taire cette putain de tension qui nous tourne autour.

– Naya ?

– Dans la chambre ! me répond-elle en criant.

Je me dirige vers la pièce en question, et quand j'entre, je me fige sur place. Son corps est mis en avant par un magnifique soutien-gorge rouge bordeaux et par un string en dentelle de la même couleur.

C'est un appel au sexe !

En l'observant, je me rends compte que même si les années ont passé, et qu'elle a eu un enfant, elle n'en reste pas moins belle et sexy. Je ne me rappelle pas notre première fois à tous les deux, elle non plus, mais ce dont je suis certain, c'est que j'ai dû passer la meilleure nuit de toute ma vie. La preuve, c'est que le destin a mis Tiago sur notre route.

– Comment tu me trouves ? me demande-t-elle en faisant un tour sur elle-même. Ça me boudine pas trop ?

J'avale difficilement ma salive. J'ai de plus en plus chaud. Elle a monté le chauffage depuis hier soir ? J'ai la sensation qu'elle cherche à me faire craquer alors que depuis Noël, elle évite tout contact avec moi. Elle me fait même dormir sur le canapé ! Pas que j'espérais avoir une place dans le même lit qu'elle, mais un matelas par terre dans sa chambre ne l'aurait pas tuée.

– Euh… Non, bien au contraire !

– Mais, t'es sûr ?

Elle se penche tout à fait innocemment en bombant les fesses en arrière. Très vite, je me sens à l'étroit dans mon pantalon. Depuis toutes ces années, c'est la première fois que j'arrive à bander pour une femme. Même avec Adriana, ça ne m'était pas arrivé.

– Naya, grogné-je en réponse.

– Qu'est-ce qu'il y a ? me lance-t-elle en se retournant vers moi avec un sourire angélique.

Elle me cherche, ma parole…

Naya m'attire c'est un fait, mais elle ne peut pas jouer le

jeu du chaud et du froid avec moi. Sinon je suis bon pour finir à l'asile.

– Rien, t'es magnifique. Tu veux pas t'habiller ?

– Attends, je suis sûre que tu me dis pas la vérité et que je ressemble à un filet de rôti là-dedans.

Elle continue de s'observer dans le miroir en prenant des poses aussi aguicheuses les unes que les autres. Je craque, je ne peux pas m'enfuir alors qu'elle essaie de m'allumer. Sans prendre garde, je lui saute dessus, la plaque contre la glace derrière elle, et m'empare violemment de sa bouche.

Elle me rend dingue !

Pendant que nos langues se goûtent, je plaque mon bas-ventre contre sa cuisse pour lui faire sentir à quel point elle me fait de l'effet. Je ne peux plus lui résister… Si elle continue à jouer à ce petit jeu, on va finir par s'enflammer. Très vite, nous devons nous éloigner l'un de l'autre pour reprendre notre souffle, mais je n'en ai pas fini avec elle ! D'ici la fin de la journée, je promets de la faire mienne.

Elle a voulu jouer, à mon tour maintenant !

J'attrape ses bras pour les mettre au-dessus de sa tête, puis ma bouche va se nicher dans son cou. Je l'entends gémir de plaisir tandis que je me contrôle au maximum pour ne pas céder à mes désirs. Tandis que je mordille cette partie de son corps, une de mes mains part se glisser entre ses jambes. Lorsque j'atteins son sexe, je remarque que son sous-vêtement est complètement trempé.

Bordel…

– Cédric… On ne peut pas faire ça.

– Tu n'as pas l'excuse de Tiago, il est à l'école. Alors, explique-moi pourquoi on ne pourrait pas ?

– Je… Juste que c'est pas possible, me répond-elle avant de me repousser tout en évitant mon regard.

Je vais devenir complètement dingue avec elle ! Elle m'évite, ensuite elle m'allume pour aussitôt m'envoyer balader. Je sais que je suis un homme qui sait se tenir, néanmoins j'ai aussi mes limites.

– Tu sais quoi ? Je te donne cinq minutes pour t'habiller et me rejoindre dans le salon. On va discuter, parce que clairement je ne resterai pas une seconde de plus ici, si tu continues à te comporter comme tu le fais !

Passablement énervé, je quitte la chambre pour me diriger vers la cuisine. Si je pouvais, je prendrais bien une bière, sauf que j'ai bien peur que ça accentue ma colère... La seule chose dont j'ai besoin c'est elle... Ou une douche bien froide. Je ne pourrai pas jouer au jeu du chat et la souris indéfiniment, il faut qu'elle me dise ce qu'elle veut. De mon côté, j'ai des sentiments, mais si elle n'est pas prête, je veux le savoir pour éviter de souffrir. Plusieurs minutes plus tard, elle réapparaît habillée d'une robe en laine et d'un long gilet de couleur grise. De ce que je vois, elle ne fait pas la fière et a plutôt honte.

Il fallait te comporter en adulte !

– Cédric, je...

– Installe-toi sur le canapé, je crois qu'on a des choses à mettre au clair.

Elle part en direction du salon et vu que la cuisine est ouverte sur ce dernier, je la vois s'installer tout en croisant ses bras contre sa poitrine. Je sors de la pièce et vais la rejoindre, mais je m'assois à l'opposé d'elle. Je ne veux pas encore que la situation dérape. Il en est hors de question !

– On va la faire courte, tu attends quoi de moi ?

Elle fronce les sourcils et semble ne pas comprendre. Pourtant ma question n'est pas compliquée, surtout après ce qu'il s'est passé.

– J'ai besoin qu'on parle de nous, sans Tiago. J'aimerais que tu me dises ce que tu veux, car honnêtement j'en peux plus de jouer de cette façon...

– Que tu le veuilles ou non, Tiago fait partie de l'équation.

– Je t'arrête, notre fils fait partie de notre famille. Mais quand on parle de relation amoureuse, il n'a plus rien à faire dans la discussion. Alors, arrête de te cacher derrière lui.

J'ai bien remarqué qu'entre eux deux, la relation est plutôt fusionnelle. En même temps, ils ont vécu seuls pendant longtemps. Moi, j'arrive et je chamboule leur quotidien. Je comprends que c'est compliqué à gérer. Toutefois, j'aimerais que Naya m'ouvre une porte et qu'elle me laisse me faire une place autant dans son cœur que dans notre famille.

Et l'attaquer sur Tiago n'était peut-être pas une bonne idée. Néanmoins, c'est le seul moyen que j'ai trouvé pour la forcer à ouvrir les yeux. Elle a peur pour lui, sauf que je ne suis pas un inconnu. Naya me connaît mieux que personne, elle devrait savoir que jamais je ne leur ferais du mal.

– Je pense à lui avant tout ! Tu ne peux pas comprendre, tu ne sais pas ce c'est que d'est être parent…

Prends ça dans la gueule !

Voyant la grimace que je fais, Naya s'empresse de répliquer :

– Pardon, c'est pas ce que je voulais dire.

– Bien sûr que si ! J'ai été absent très longtemps, je te l'accorde, et j'aimerais changer le passé, crois-moi. Sauf que je ne peux pas, alors laisse-moi une place dans vos vies. Ne me mets pas de côté…

– C'est difficile… Je me suis fait à ton décès, et d'un jour à l'autre, tu réapparais. Si tu savais combien je suis heureuse de t'avoir ici… sauf qu'il me faut du temps pour l'accepter.

Et je ne veux pas prendre mon temps !

– Tu ne penses pas qu'on a assez attendu ? la questionné-je en la fixant sans dévier le regard.

– Peut-être, mais on est en train de faire n'importe quoi ! Tiago a besoin de stabilité, tu comprends ? Je ne peux pas me laisser aller de cette façon, c'est pas possible.

Bon sang, elle fait un blocage sur notre fils !

Je finis par me rapprocher d'elle et pose une de mes mains contre sa cuisse et l'autre contre sa joue. J'ai l'envie d'être tactile avec elle pour lui faire comprendre qu'on a besoin l'un de l'autre.

– Oublie Tiago juste cinq minutes. Tu crois que tous les parents ont arrêté d'avoir une vie sentimentale, car ils ont eu un enfant ? Non. Notre fils n'attend qu'une chose, c'est de te voir heureuse, il me l'a dit. Il veut que tu vives pour toi et non plus que pour lui… Il va avoir 6 ans, Naya, ce n'est plus un bébé.

– Tu as sans doute raison, mais…

– Maintenant, dis-moi vraiment ce que tu souhaites pour nous deux, j'ai besoin de savoir si tu veux qu'on reste amis ou si tu aimerais plus. Car honnêtement, je ne pourrai pas jouer la case du pote avec qui t'as eu un gamin. Je suis fou de toi, Naya, tu es celle qui m'a permis de guérir, celle avec qui j'ai envie de faire ma vie, tu es celle avec qui je veux faire l'amour le soir et me réveiller le lendemain matin avec un sourire con sur le visage. Et en plus de ça, t'es une femme que je trouve aussi bien magnifique que sexy et je ne tiendrai pas longtemps si on continue à se tourner autour. Je suis un homme, Naya, je t'ai toujours désirée, mais là j'ai touché aucune femme depuis que je t'ai quittée il y a six ans.

Surprise, Naya ne sait pas si elle doit me répondre ou attendre que je continue sur ma lancée. J'ai été franc et sincère avec elle, elle a été la dernière avec qui j'ai eu une relation sexuelle. Je n'ai même pas touché Adriana, alors que j'ai eu plusieurs fois des occasions en or de le faire. C'est elle et personne d'autre que je veux !

– Tu n'as eu aucune relation après moi ? me questionne-t-elle, choquée.

– Non ! J'ai beau avoir eu Adriana sous mon nez, je l'ai constamment repoussée. Il n'y a que toi qui es importante à mes yeux. Je sais que je suis dingue de toi et depuis des années. L'avantage c'est qu'on se connaît par cœur. En tout cas, je n'ai pas énormément changé.

– Avec moi, tu veux quoi exactement ?

– Être un couple normal avec un enfant, avoir une relation comme n'importe quels parents. Je veux être l'homme qui sera toujours présent pour toi, je veux être l'amant qui te fera grimper aux rideaux et je souhaite rester ton meilleur ami, car notre relation est basée sur l'amitié avant tout.

Je ne m'attendais pas à ce que Naya fonde en larmes après ces paroles. Si j'avais su, j'aurais fermé ma bouche. C'était pas du tout le but !

– Je ne pensais pas que tu me voyais comme ça… Je croyais vraiment que pendant toutes ces années, tu en aurais profité pour batifoler à droite et à gauche. Puis à l'époque, on était qu'amis alors j'aurais compris si tu avais eu des aventures. Mais tes paroles me redonnent confiance en toi et surtout, elles me rappellent qui tu es véritablement et pourquoi j'ai commencé à avoir des sentiments pour toi.

Mon cœur se réchauffe quand j'entends les mots qu'elle m'adresse. Je me penche vers elle et pose mon front contre le sien.

– Tu vas certainement te foutre de ma gueule, mais j'ose : Naya Wen, acceptes-tu d'être officiellement ma petite amie ? Si tu acceptes, c'est sans possibilité de retour. Je ne te lâcherai pas.

– Je crois bien que je vais accepter ! Tu vas être coincé avec moi encore longtemps, me lance-t-elle avant de glousser comme une adolescente.

Que j'aime cette mélodie !

31

Naya

JANVIER 2022

Mon cœur se gonfle d'amour pour l'homme qui vient de faire voler en morceaux les peurs que j'éprouve face à une possible relation entre nous deux. Cédric n'a pas changé, il vient de me le prouver, et je sais dorénavant que je peux avoir confiance. Après des semaines à se tourner autour, je veux faire céder mes barrières les unes après les autres.

Tiago n'est pas là, autant en profiter !

Je veux que notre première fois en tant que couple, se fasse à notre manière et sans aucune précipitation. J'ai gardé la lingerie que j'avais enfilée quelques minutes plus tôt pour le rendre dingue.

Et j'ai bien fait !

– On s'est assez tournés autour depuis toutes ces semaines. Je veux qu'on se laisse aller une bonne fois pour toutes. Terminée la tension entre nous, on va se découvrir à notre façon et dans les règles de l'art, lui dis-je, gênée.

– Je n'attends que ça…

Telle la douceur d'une plume, ses lèvres viennent effleurer les miennes sans jamais se poser pour un tendre baiser. Il joue avec moi, comme si c'était la première fois qu'il me touchait. J'ai l'impression de découvrir la luxure. Malgré mon expérience, mes gestes sont timides et je n'ose pas m'approcher de son corps.

Faire l'amour avec Cédric est pour moi un acte important. Pour d'autres, avoir une relation sexuelle est quelque chose d'anodin comme si on mangeait un morceau de chocolat. Mais pour moi, c'est bien plus que ça. C'est l'homme qui a été là dans tous les moments cruciaux de ma vie et il a fait de moi une maman. Notre première fois est un mystère, alors je veux que cet instant reste gravé dans ma mémoire.

Bien trop vite à mon goût, il s'éloigne et se relève. Il me tend la main pour m'inviter à me lever, et alors que je me demande où il compte aller, il me lance :

– Il est hors de question qu'on fasse ça ailleurs que dans ton lit ! C'est en quelque sorte notre première fois, il est donc hors de question qu'on ne suive pas les règles !

– Quelles règles ?

– J'ai une réputation de romantique à tenir ! Si je faillis à mes engagements, je ne pourrai plus me regarder en face !

J'éclate d'un rire franc. Il tente juste de me détendre face à ce qui nous attend. Je suis à la fois stressée et excitée de passer ce cap avec lui. Après tout, j'ai imaginé ceci tellement de fois…

Quand nous atteignons la chambre, Cédric m'ouvre la porte et la referme à toute vitesse pour me plaquer contre cette dernière. Ses lèvres se posent enfin sur les miennes et viennent me goûter d'une manière douce et sensuelle à la fois. Sa façon de m'embrasser me rend folle de désir pour lui. Jamais un baiser ne m'a transportée de la sorte. Si je m'écoutais, je lui arracherais ses vêtements et le supplierais de me prendre ici et maintenant.

Le brasier qu'il vient d'allumer dans mon bas-ventre prend de l'ampleur et s'enflamme à mesure que les secondes défilent. Je me consume à petit feu, sans que je puisse rien y faire. Il finit par coller son bas-ventre contre ma cuisse, et je remarque la bosse de son pantalon.

Il est aussi excité que moi !

– Tu me rends fou, souffle-t-il contre mes lèvres.

Il finit par s'éloigner pour me retirer lentement mon gilet ainsi que ma robe qu'il fait glisser le long de mon corps. Lorsqu'il remarque ma lingerie, je l'entends grogner de satisfaction.

J'ai au moins pensé à garder ça !

– Je te promets que ce string est un appel à la luxure ! Il te fait des fesses d'enfer…

– J'en prends note, monsieur Green, lui soufflé-je d'une voix sensuelle.

Il s'arrête, m'observe, puis finit par lâcher :

– Eh puis merde !

Il m'attrape par la taille et il nous emmène vers le lit placé au centre de la pièce. Entre deux baisers, il retire son tee-shirt. Désormais allongée, je peux contempler avec émerveillement le torse de mon futur amant. Dire qu'il a dû passer des heures dans une salle de sport pour se sculpter des muscles pareils est un euphémisme.

Ses tablettes de chocolat sont un crime !

– La vue te plaît ?

– Absolument, lui réponds-je en mordillant ma lèvre inférieure.

– Tu fais tout pour me rendre fou !

– Ce n'est absolument pas mon genre…

– Assez joué, on passe aux choses sérieuses, bébé ! me lance-t-il d'une voix autoritaire.

Qu'il est sexy quand il parle comme ça !

Bien vite, nos derniers vêtements s'envolent à travers la pièce et mon stress remonte en flèche. Mes mains tremblent et je n'arrive plus à me contrôler. Pourtant, c'est loin d'être ma première fois et je ressemble à une vierge inexpérimentée... C'est n'importe quoi.

Reprends-toi, Naya !

Mes mains se posent contre son torse et j'essaie tant bien que mal de faire bonne figure. Sauf que je suis pathétique !

– Arrête de réfléchir, ferme les yeux et profite. Je ne te demande rien d'autre.

Je prends une grande inspiration et décide de suivre son conseil. Très vite, je me détends et ne pense plus à rien. Tout mon corps se décrispe et je peux enfin passer un agréable moment avec l'homme que j'aime.

– Naya, dis-moi que tu as des préservatifs ? s'inquiète-t-il tout à coup.

– Ne t'inquiète pas pour ça, j'ai un stérilet maintenant et je suis clean... Je n'ai jamais fait sans, sauf avec toi.

– Je n'ai eu personne après toi, donc de ce côté-là je suis clean aussi.

Une fois que la question de la contraception réglée, Cédric se jette sur mes seins qu'il se met à cajoler. Il suce et mordille l'un de mes tétons pendant que sa main vient se glisser entre mes plis intimes. Un simple effleurement de sa part me fait perdre la tête, alors que vais-je ressentir lorsqu'il sera en moi ?

Tu vas voir des étoiles !

Sans pouvoir me contrôler, je laisse échapper un long gémissement quand ses doigts viennent glisser contre mon clitoris. Mon Dieu, j'ai envie de plus, là tout de suite ! Je ferme les yeux une fois de plus, rejette la tête en arrière et je me sens partir dans une contrée lointaine. Ce qui est certain, c'est que je n'ai plus un pied dans la réalité.

Au même moment, ses doigts tournoient contre mon clitoris. Des décharges électriques envahissent mon corps tout entier. Il est le seul homme qui arrive à m'exciter autant et qui me fait autant d'effet en seulement quelques caresses. Il accélère ses mouvements, et tout s'embrase en moi. Je m'agrippe à lui comme à une bouée de sauvetage et je n'arrive plus à le lâcher.

– Hum…

Il quitte ma poitrine pour venir embrasser le creux de mon cou. J'ai la sensation de redécouvrir le sexe avec lui, et pourtant nous ne sommes pas passées au plus important.

– Je refuse que tu jouisses, alors que je ne suis pas en toi ! m'informe-t-il en se détachant de moi.

Il est sérieux ?! Mais c'est de la torture !

Alors que j'allais répliquer, il s'installe entre mes jambes et je sens le bout de son pénis se présenter à mon entrée. Je ne sais pas si c'est possible, mais rien que cette sensation m'excite encore plus.

– Si tu veux faire marche arrière, c'est maintenant, me lance-t-il tout en me fixant de son regard empli de désir pour moi.

– Et je te jure que si tu ne me fais pas l'amour, je vais mal le vivre !

Sans plus de cérémonie, Cédric s'enfonce en moi d'un puissant coup de reins.

– Putain… gémis-je.

Sa bouche vient à la rencontre de la mienne, tandis que ses mouvements se font timides dans un premier temps. Si j'avais su à quel point c'était aussi bon, je n'aurais pas hésité une seconde. Tout mon être le réclame comme si nous avions fait ça depuis toujours. Sauf que je ne veux pas qu'il prenne des pincettes avec moi, je veux qu'il me fasse l'amour comme il le désire, et non dicté par la timidité de la première fois.

– Cédric, oublie que c'est comme notre première fois et prends-moi comme tu le souhaites !

Suite à mes paroles, il se laisse totalement aller. Pour mon plus grand plaisir, il me pénètre comme je l'attendais. Finies les pincettes, il se lâche sans aucune retenue, et tout mon être s'enflamme. Mon corps n'est plus qu'un brasier qu'on vient d'allumer et je ne suis pas sûre qu'il sera un jour possible de l'éteindre.

– Oh oui, Cédric ! Ne t'arrête surtout pas…

Tandis qu'il accélère ses mouvements, je sens au fond de moi que je ne tiendrai pas éternellement. Ses coups de boutoir se font plus profonds et plus forts. Je gémis sans pouvoir m'arrêter. On ne m'a jamais fait l'amour de cette façon. Chaque partenaire que j'ai eu était une déception totale. Tandis qu'avec lui, j'ai l'impression d'être sur un nuage et que l'extase va éclater à l'intérieur de moi d'un moment à l'autre sans que je puisse rien y faire.

– Bébé, je ne vais pas tenir longtemps…

– J'y suis presque, mais ne t'arrête pas !

Et c'est la vérité, les papillons qui viennent d'élire domicile dans le bas de mon ventre sont la preuve parfaite que je vais jouir d'une seconde à l'autre. Mon souffle se fait court et ce que je ressens est indescriptible ! Pour une première ce fut certes plutôt rapide, mais je ne regrette rien et je sais qu'on se rattrapera plus tard. Quelques secondes plus tard, je me sens au bord du précipice et Cédric le remarque parfaitement. Je ne peux retenir aucun de mes gémissements, alors je me lâche et je savoure l'instant présent.

Je sens que je vais atteindre le septième ciel quand mon corps se tend de manière incontrôlée, et je ne veux plus en redescendre. Je suis exténuée et pourtant je n'ai qu'une hâte : recommencer, encore et encore. Tandis que je redescends doucement de mon nuage, Cédric jouit à son tour dans un grognement bestial. Il finit par s'écrouler sur moi, sans pour autant m'écraser de tout son poids et me lance :

– Heureusement qu'on est seuls jusqu'à ce soir…

Finalement, je sens que cette journée promet d'être très sportive, et mon corps risque de ne pas tenir le choc face à mon amant qui a l'air plus que déterminé à enchaîner sur un second round !

32

Naya

JANVIER 2022

J'ouvre doucement les yeux, après une nuit plutôt courte. La journée d'hier que nous avons passée au lit était sensationnelle. Je n'ai jamais autant aimé faire l'amour avec quelqu'un. Nous nous sommes laissés transporter par l'euphorie du moment, si bien que nous en avons même oublié Tiago.

La honte !

Nous avons dû prétexter un problème à la maîtresse lorsque nous sommes arrivés à l'école en courant. Nous étions tous les deux décoiffés, les joues rouges… Heureusement que nous avions piqué un sprint dans les rues de Paris jusqu'à l'établissement scolaire, sinon nous nous serions fait griller.

Notre fils nous a boudés une bonne partie de la soirée. Cédric s'est empressé d'aller lui acheter à manger dans son fast-food préféré, et quand il est rentré avec le dîner, Tiago avait un grand sourire.

Nous avons enfin été pardonnés.

Fatigué par sa rentrée, Tiago s'est endormi une heure après avoir englouti le repas que lui avait acheté son père. Et une fois que notre petit garçon est bien au chaud dans son lit et bien endormi, Cédric et moi redevenons les adultes transis que nous avions été plus tôt dans la journée.

Lorsque j'essaie de débarrasser la table après le dîner, ce dernier se colle dans mon dos et pose ses mains contre mes hanches. Pendant ce temps-là, sa bouche part à la découverte de mon épaule dénudée. Ses caresses me font tourner la tête, si bien que je dois fermer les yeux pour ne pas perdre pied.

– Cédric…

– Laisse-toi faire, je te ferai du bien, souffle-t-il.

Depuis que j'ai fait tomber toutes mes barrières, je ne me reconnais plus. Je devrais me reprendre, mais être de nouveau cette jeune femme de 18 ans qui ne pensait à rien d'autre qu'à elle me fait du bien. Je suis une femme, et pas qu'une maman. J'ai besoin de me sentir aimée et surtout désirée. Cédric me donne tout ce qu'il manquait dans ma vie, ces dernières années.

Je reprends pied avec la réalité et me retourne dans le lit qu'on a rejoint entre temps, pour faire face à l'homme qui m'a fait grimper aux rideaux toute une partie de la nuit. Depuis hier, j'ai la sensation de m'être transformée en nymphomane. Je n'ai jamais été vraiment portée sexe, mais depuis notre première fois de couple, je redécouvre des sensations oubliées, et ça fait un bien fou !

Délicatement, je passe ma main sur son visage endormi. J'ai l'impression de vivre un rêve éveillé et lorsque celui-ci va se terminer, je risque de tomber de haut.

– Bonjour, me dit-il d'une voix rauque, les yeux encore fermés.

– Salut toi !

– Je me sentais observé, alors j'me suis dit que ça ne pouvait être que ma formidable petite amie !

Ses bras s'enroulent autour de moi et il me rapproche de lui tout en douceur. Ses lèvres finissent par rencontrer les miennes et notre baiser prend une saveur toute particulière. Je n'ai aucune arrière-pensée et je souhaite simplement qu'il m'embrasse sans s'arrêter. Très vite, nous devons nous séparer, puis Cédric jette un coup d'œil à mon réveil et finit par me dire, d'une voix sensuelle :

– Il est encore tôt. Tu crois qu'on a le temps pour un petit extra sur l'oreiller ?

Son sourire en coin me fait chavirer. Comment suis-je censée vivre avec un homme pareil à mes côtés ?! Mon cœur ne tiendra jamais le rythme !

– Peut-être bien, mais on devra faire attention que Tiago ne se réveille pas…

– C'est surtout à toi de tout faire pour être silencieuse, me conseille-t-il avant de rouler et de s'installer au-dessus de moi.

On vient à peine de se retrouver, et je suis déjà raide dingue de lui. Les années où je l'ai pleuré ont certainement accentué mes sentiments pour lui, toutefois j'assume à 100 % ce que je ressens.

Il m'embrasse rapidement puis se glisse sous la couverture. Ses mains caressent mes jambes, puis finissent par relever ma nuisette sur le haut de mes cuisses. Cédric a, certes, de l'expérience comparé à moi, mais désormais, je comprends toutes les ex qu'il a eues lorsque nous étions jeunes. Il sait parfaitement s'y prendre au lit, et j'aimerais vraiment me souvenir de notre première nuit…

Cédric plonge sa tête en direction de mon sexe et je lâche un couinement lorsque sa langue tente de cajoler mon clitoris. Je ne m'attendais pas du tout à ça ! Je ferme les yeux et penche la tête en arrière pour savourer l'instant. Aussitôt ses mouvements se font plus rapides et je laisse échapper un gémissement lorsqu'il insère l'un de ses doigts entre mes plis intimes.

À chaque fois que j'ai couché avec un homme, ce dernier ne pensait qu'à sa gueule. Pour ce qui était de s'occuper de moi, je pouvais aller me brosser ! Pas une fois on m'a caressée à cet endroit, par contre je devais prendre soin à ce que monsieur soit plus que prêt pour la suite des événements…

Que des égoïstes…

– Oh putain, Cédric… Je vais jouir !

Toutes mes sensations s'accentuent brusquement, et j'atteins même les étoiles, sauf que tout aurait pu être merveilleux si on avait pu aller jusqu'au bout…

– MAMAN ! hurle un petit monstre haut comme trois pommes en entrant dans la chambre en trombe.

– Bordel, Tiago ! Qu'est-ce que tu fais déjà debout ? lui réponds-je tout en donnant des coups à Cédric pour qu'il sorte de là.

Mon fils m'observe comme si un troisième œil m'avait poussé pendant la nuit et me lance tout à fait innocemment :

– Pourquoi papa se cache sous la couette ?

– Euh… Je…

Ton père était en train de me faire le meilleur cunni de ma vie…

– Vous jouez à quel jeu ? Moi aussi je peux jouer ? me questionne-t-il.

Putain, Cédric vient m'aider !

– C'est bon, je l'ai tuée, chérie ! intervient ce dernier en sortant de sous la couette.

Il a sorti l'excuse de l'araignée, j'en étais sûre ! C'était celle qu'on trouvait lorsqu'on était petits, pour tout et n'importe quoi. Il adresse un sourire à notre fils et lui dit :

– Une araignée essayait de manger ta mère, alors je m'en suis occupé.

Une très grosse araignée !

– Beurk ! C'est dégoûtant. J'ai faim ! Papa, tu viens me préparer mon p'tit déjeuner ? S'il te plaîîît.

– Va dans la cuisine, j'arrive !

Tiago sort en courant de la chambre, puis je lance un regard rempli de sous-entendus à mon petit ami.

– Quoi ?! Tu ne voulais quand même pas que je lui dise que j'avais la langue entre tes cuisses ?

– Je déteste ton fils ! répliqué-je en le regardant de travers.

Nous sommes tous les trois à table, en train de prendre le petit-déjeuner ensemble. Tiago s'amuse à faire tourner son père en bourrique et moi je souris face à la complicité naissante de ces deux-là. Je n'ai jamais été aussi heureuse de les voir enfin réunis.

– Mais papa ! Tu peux pas dire que Batman est nul, c'est pas possible.

– Et pourquoi ? Il n'a aucun pouvoir, il sert à rien comme superhéros de toute façon…

– Maman ! Je refuse de croire que c'est mon papa… Il déteste Batman, c'est pas juste !

J'éclate de rire face à leur divergence d'opinions. Je me lève pour débarrasser la table, et en profite au passage pour lui ébouriffer les cheveux qui sont de la même couleur cuivrée que ceux de son paternel.

– Non, je te confirme c'est bien lui !

– Mais… C'est le pire papa du monde ! s'indigne-t-il. Je veux être remboursé !

– Eh ! Sale gosse, un peu de respect pour ton vieux père…

Cédric en profite pour lui jeter un morceau de pain au visage. Surpris et choqué à la fois, Tiago ouvre grand la bouche. Puis ses sourcils se froncent en même temps qu'un sourire en coin se dessine sur son visage.

J'ai hérité d'un second gamin, sauvez-moi !

– Je t'ai dit que j'étais un super champion, t'as pas peur ?!

– Je suis certain que tu as une force de mouche, lui répond Cédric en essayant de le provoquer.

– C'est faux ! Je suis aussi fort que les muscles de Hulk…

Il tend ses bras face à Cédric et lui montre ses muscles. Je lève les yeux au ciel. Ils sont pas croyables ! Qu'importe l'âge qu'ils ont, les hommes sont d'éternels gamins.

– De toute façon, le meilleur c'est Spider-Man, tu comprends rien, lui lâche Cédric.

– Je refuse que tu sois mon papa !

Je vais devoir intervenir pour éviter une Troisième Guerre mondiale.

– Trop tard, mon pote ! Sans moi, tu serais pas là, lui répond-il en lui tirant la langue.

– De toute façon, t'as rien fait à part planter la petite graine ! C'est maman qui m'a sorti de son ventre, pas toi.

Je me retourne vers mon fils, choquée. Qui lui a appris ça ?! Je suis certaine que Maria est dans le coup. Je vais la tuer !

– D'où tu sors ça, toi ? le questionné-je, intriguée.

– C'est tata Maria qui m'a expliqué, me répond-il en haussant les épaules.

Le jour où ma meilleure amie devient maman, je vais lui en faire baver ! Elle se rendra compte de ce que c'est d'avoir une tante dépravée…

– Bon, c'est pas tout, mais file t'habiller, tu vas être en retard pour l'école.

– Je suis obligé ? Je veux rester avec vous, moi…

– Oh que oui ! Allez oust.

Je le chasse en direction de sa chambre et Cédric s'approche de moi. Délicatement il me prend dans ses bras et me souffle :

– Même si on ne s'en souvient pas, on a fait du bon boulot en concevant Tiago. On dirait un mini-moi à son âge.

– C'est bien le problème ! C'est moi qui ai fait un déni de grossesse, qui ai dû souffrir pendant des heures, et à la fin c'est à toi qu'il ressemble… C'est carrément injuste !

– J'ai des spermatozoïdes supersoniques, cherche pas !

Je secoue la tête d'exaspération et au moment où j'allais répliquer, la sonnette retentit. Je fronce les sourcils et demande à Cédric :

– Tu attends quelqu'un ?

– Pas du tout, et toi ?

– Non plus, puis qui viendrait aussi tôt ?

Je me dirige vers la porte d'entrée, ouvre cette dernière, mais je ne reconnais pas celle qui se trouve sur le palier.

– Bonjour, je peux vous aider ?

– Je suis venue chercher Cédric, vu que mon cher mari ne répond plus au téléphone.

Je l'observe quelques secondes et tout dans son attitude me donne envie de la gifler et de lui dire de faire demi-tour. Ses longs cheveux blonds sont parfaitement coiffés, quant à sa tenue, je me demande comment elle arrive à ne pas finir congelée au milieu de la rue. Elle porte une mini-jupe rose bonbon avec des collants opaques noirs et des bottines à talons hauts d'au moins quinze centimètres. Quant à son haut, elle porte un pull fuchsia, qui montre absolument tout de sa poitrine. Pour ce qui est de son maquillage… Je préfère ne pas relever.

– Je vous demande pardon ?!

Sans aucune gêne, elle me pousse à l'intérieur de mon appartement et entre comme si je l'avais invitée. Je n'arrive pas à croire le culot que possède cette femme…

Faut surtout pas qu'elle se gêne !

– J'espère que tu t'es bien amusé chéri, parce que tu rentres à la maison avec moi ! lance la blonde.

Cédric qui ne s'attendait sans doute pas à la voir ici, ne bouge pas d'un poil et la fixe sans savoir quoi dire.

– Quoi ?! Tu pensais vraiment pouvoir disparaître sans laisser de traces ? Laisse-moi rire !

– Adriana, mais... qu'est-ce que tu fiches ici ? s'exclame Cédric étonné.

Adriana ?!

Donc l'ex-femme de Cédric se trouve dans mon salon, et moi je viens de lui ouvrir la porte sans rien dire ? C'est un cauchemar ! Quand va-t-on avoir enfin du temps pour souffler ?

– C'est simple, avec tes conneries, tu es en train de tout faire capoter ! Dans ce mariage, moi aussi j'avais des intérêts, mais à cause de tes enfantillages je vais tout perdre.

Cédric éclate de rire avant de lui répondre :

– Je ne t'ai jamais rien promis de mon côté. Souviens-toi que j'ai toujours refusé de te toucher et je t'avais même prévenu de ne pas t'attacher.

– Mais t'es débile ou quoi ?! Je n'en ai rien à foutre de toi... Tout ce qui m'intéresse c'est les intérêts ! En signant ce contrat de mariage, j'avais le droit à tout un tas de choses, et t'es en train de tout foutre en l'air.

– Mon père te manipule, arrête de l'écouter. Peu importe ce qu'il t'a dit, il ne le fera jamais ! s'énerve Cédric tout en s'approchant d'elle.

Je les observe tout en restant en retrait. Le comportement de cette pimbêche me gonfle ! C'est le genre de femme à épouser un homme uniquement pour l'argent et tout ce qui va avec...

– Mon amour voyons, tu es ridicule ! Ton cher papa est un homme de parole ! Tu ne le connais pas aussi bien que je le connais !

– Oh, je sais que tu dois bien connaître son bureau, vu que tu avais tendance à passer dessous pour quelques extra, claque la voix de Cédric tandis qu'Adriana est en train de perdre des couleurs.

Elle se tape son beau-père ?! Mais c'est ignoble...

– Comment je le sais ? J'étais amnésique, mais pas sourd ma chère !

– Tu refuses de lui donner un héritier... Il fallait bien qu'on monte un plan. Une fois enceinte on t'aurait forcé à boire plus que de raison et ni vu ni connu.

Je vais me la faire !

Je décide d'intervenir, car Tiago met plus de temps que la normale et il va être l'heure de l'emmener à l'école. Je ne veux pas qu'il comprenne ce qu'il se passe ici.

– OK, ça suffit ! Déjà, vous vous croyez où ? Vous pénétrez chez moi sans permission et vous agressez mon homme ?! Je vais gentiment vous demander de sortir d'ici. Car notre fils va revenir d'ici quelques secondes dans cette pièce, et je refuse qu'il assiste à cette scène totalement absurde.

– Toi, la salope, tu ferais mieux de fermer ta gueule...

Pardon ?!

Jusqu'à présent, je pense ne pas lui avoir manqué de respect, elle ferait bien de faire pareil ou elle va terminer la tête dans un mur !

– Vous vous prenez pour qui, pour m'insulter dans ma propre maison ?! m'énervé-je tout en m'approchant d'elle.

– Quand on couche avec un homme marié, on devrait se la fermer, réplique-t-elle, acerbe.

Marié ?!

C'est une blague ? Quand Cédric m'a parlé d'elle, je pensais qu'il avait divorcé depuis le temps. Je ne m'imaginais pas une seconde qu'ils étaient encore ensemble, du moins sur le papier. Et pendant leur conversation je pensais qu'elle lui en voulait d'avoir causé leur séparation. Mon visage se décompose petit à petit, les dernières heures que j'ai passées avec lui ont été extraordinaires, mais tout n'était que mensonges ? Pourquoi ne m'a-t-il rien dit ?

– Tu es encore marié à cette connasse ? lui demandé-je, le cœur brisé.

– Techniquement oui, mais je t'assure que je compte demander le divorce dans les jours qui viennent. Avec tout ce qui s'est passé, je n'ai juste pas eu le temps…

– Tu t'es bien payé ma tête…

Elle affiche un grand sourire. Je vais me la faire, qu'on me retienne !

– Oh… apparemment elle n'était pas au courant ? Oups, lance Adriana tout en se payant ma tête.

Cette femme cherche les emmerdes, et elle arrive à me faire disjoncter en seulement quelques mots. Mais j'ai du mal à croire qu'il n'est pas sincère alors que je sais, au fond de moi, que les Green ont tout manigancé.

– Rentre avec moi à la maison ! Tu m'as assez humiliée en t'enfuyant pendant un mois, et tout ça pour me tromper avec cette… pouilleuse. Non, mais regarde-moi cet appartement, sérieusement !

Cédric, qui est en train de perdre patience, l'attrape par le bras et la fixe dans le blanc des yeux :

– Je t'interdis de venir ici et d'essayer de foutre la merde ! Sache que, cet endroit c'est moi qui l'ai acheté il y a des années. Sauf que je l'ai fait mettre au nom de Naya et personne à part nous deux n'était au courant. Alors maintenant tu vas me faire le plaisir de foutre le camp et de laisser ma famille tranquille !

– Mais ta famille, c'est moi…

– Certainement, pas ! Naya est la femme de ma vie et je compte bien rester avec elle et notre fils. Maintenant dégage ou je te jure que je te mets dehors moi-même…

– Tu me le paieras !

Folle de rage, elle fait volte-face et me rentre dedans en manquant de me faire tomber. Quand elle claque la porte derrière elle, je soupire de soulagement. Il faut vraiment qu'on vote pour installer un interphone en bas de cet l'immeuble…

– N'empêche… Qu'est-ce que tu es sexy quand tu m'appelles ton homme !

Je le laisse me prendre dans ses bras et je m'y blottis. Le savoir encore marié avec elle me rend folle de rage et j'estime qu'il aurait dû m'en parler… Mais je comprends aussi qu'entre tous les événements qui ont récemment bouleversé nos vies, c'était sans doute la dernière de ses priorités.

– Essaie de détourner mon attention, va !

33

Naya

FÉVRIER 2022

Plusieurs jours sont passés depuis le passage en catastrophe d'Adriana. Nous n'avons plus eu de nouvelles d'elle, et c'est tant mieux. J'avoue que lorsque j'ai ouvert cette fichue porte, je n'ai eu qu'une envie : la lui claquer au nez…

Comment pouvait-elle se pointer chez moi, de cette manière ?!

– Youhou, Naya !

Je sursaute quand ma meilleure amie passe une main devant mon visage pour tenter de me ramener sur la terre ferme.

– Désolée, j'étais dans mes pensées.

– J'avais remarqué, tu veux en discuter ?

Elle s'installe sur l'une des chaises qui font face à mon bureau, mais je ne sais pas si je peux lui raconter sans qu'elle me prenne pour une folle. Après tout, cette histoire est complètement dingue, et ça depuis le départ. Pourtant elle est encore là, et ne m'a jamais tourné le dos.

– La femme de Cédric a refait surface il y a quelques jours.

– J'ai loupé un épisode là… Depuis quand il est marié, lui ?

Je fixe le fond de ma tasse de thé et lui explique l'histoire depuis le tout début. Après ça si elle ne s'enfuit pas, je n'y comprends rien !

– LE TRUC DE DINGUE !

– Ouais, je sais ! Et si tu savais combien j'aimerais que toutes ces histoires se tassent… Je veux retourner à ma petite vie tranquille, lui avoué-je, exténuée.

– Avec l'étalon que t'as dans ton lit ? Impossible ! D'ailleurs, vous allez où ce soir ?

– Il m'invite au restaurant, et Tiago dort chez mes parents.

– Tes parents ? Depuis quand tu le leur laisses ?

Depuis Noël, il se peut que je voie certaines choses différemment. Certes, je leur en voudrai toujours d'avoir tenté de me faire renoncer à mon enfant, néanmoins je ne peux faire subir mes décisions à mon fils.

– C'est la première fois en réalité…

– Tout ira bien, tu n'as qu'à profiter de ta soirée et t'envoyer en l'air toute la nuit en hurlant de plaisir, me réplique Maria avec un grand sourire collé sur le visage.

Depuis que Cédric m'a rendu visite à la librairie il y a une semaine, et qu'elle nous a surpris en train de faire l'amour dans mon bureau, elle me charrie constamment sur lui et la fabuleuse paire de fesses qu'il possède.

Elle est fatigante…

– Tu comptes lui faire le coup de la fille en retard pour son premier rencard ? me demande-t-elle en croisant les jambes sur sa chaise.

– Bien sûr que non, pourquoi tu me demandes ça ?

– Tu as vu l'heure ? Il faut encore que tu te prépares… Rentre chez toi ! m'ordonne-t-elle d'un ton sans appel.

Je vérifie l'horloge sur mon téléphone, et effectivement elle a raison. Je ne peux pas rester ici et attendre sans rien faire. Autant que je sois productive ailleurs…

– Tu as raison ! Par contre, promets-moi qu'on se programmera une soirée entre filles, très bientôt ? Nos moments seule à seule me manquent terriblement !

– Oh oui ! En plus, j'ai plein de choses à te raconter, me lance-t-elle avec un petit sourire en coin.

– Comment il s'appelle ?

Surprise, elle me regarde les yeux grands ouverts. Je la connais par cœur et je sais très bien quand elle parle d'un mec. Et là, c'est le cas.

– Je ne vois pas de quoi tu parles, me répond-elle en fuyant mon regard.

– Je saurai le fin mot de l'histoire, je te le promets !

– En attendant, tu vas finir par être en retard. Alors prends tes affaires, je t'accompagne jusqu'à la sortie. Sinon demain on est encore là !

Je prends ma veste et mon sac à main, puis en compagnie de ma meilleure amie, je rejoins l'entrée de la libraire. Dire qu'il y a quelques mois, je passais cette porte avec nostalgie en pensant à Cédric. Aujourd'hui j'ai constamment un sourire collé au visage en pensant à lui, et je suis heureuse de ce changement. Une fois dehors, Maria m'embrasse et je me retourne pour atteindre le passage piéton. Je suis seule, et le bonhomme vient de passer au vert. Après avoir regardé des deux côtés de la route pour m'assurer que je pouvais traverser en toute sécurité, je m'engage sur le passage piéton comme à mon habitude. J'essaie de déterminer comment je vais m'habiller ce soir : Vais-je tenter une robe plutôt sexy ou alors quelque chose de plus sage ?

Je n'en sais absolument rien !

Tandis que j'allais arriver de l'autre côté de la rue, j'entends ma meilleure amie hurler au loin :

– NAYA ATTENTION !

Je me retourne dans la foulée, j'entends des hurlements et des pneus crisser sauf qu'il est trop tard. Je me sens projetée à plusieurs mètres de l'endroit où je me tenais et lorsque je touche le bitume, c'est le trou noir.

34

Cédric

FÉVRIER 2022

– Papa, t'es le plus fort ! Regarde, t'as battu le super record mondial !

Nous sommes vendredi soir, aujourd'hui j'étais chargé de m'occuper de Tiago à la sortie de l'école. Pendant que Naya est au boulot, nous avons décidé de jouer à la console de jeux, et quoi de mieux qu'un jeu Mario pour faire plaisir à mon fils ?

– Je t'avais prévenu que j'étais balèze ! lui lancé-je avec un grand sourire.

– Mais oui ! T'es trop méga génial, en plus je l'ai dit à l'école sauf que tout le monde pense que je mens, car ils croient tous que t'es mort…

Il baisse la tête, peiné, et détourne le regard. Mon cœur se serre en voyant ça ; je refuse que mon fils subisse ce genre de traitement, lui aussi. J'en ai beaucoup trop souffert au même âge, alors hors de question que ça recommence.

– Si tu veux, je peux leur montrer que tu dis la vérité. Tu ne dois pas te laisser faire par des personnes comme ça. Au fond de toi tu sais la vérité, et c'est le plus important.

– Oui, mais...

– Il n'y a pas de mais qui tienne ! Et puis si quelqu'un t'embête, tu viens nous le dire. Avec maman on est là pour toi, d'accord ?

– Merci, papa ! me répond-il en se jetant dans mes bras. Je ne te l'ai encore jamais dit, mais je suis vraiment heureux que tu sois revenu parmi nous. Maman sourit tout le temps, et je t'aime très fort !

Bon sang, je vais chialer !

– Moi aussi je t'aime plus que tout, mon bonhomme, répliqué-je avant de lui embrasser le haut du crâne.

Quand Naya m'a annoncé que j'avais un fils, j'avoue qu'au départ j'étais plutôt paniqué à l'idée de devenir père. Puis j'ai pris du recul, et au final la nouvelle est plutôt bien passée. Ensuite j'ai appris à le connaître et mon cœur s'est gonflé d'amour pour cette petite boule d'énergie. Ce mini-moi puissance mille.

– On se refait une partie de Mario Kart ? demande-t-il pour la énième fois de la journée.

Alors que j'allais répondre positivement, mon téléphone portable se met à sonner. J'espère que Naya ne m'appelle pas pour reporter notre rendez-vous, car j'ai vraiment hâte de passer la soirée avec elle. Quand je m'empare de mon cellulaire, je vois le prénom de Maria s'afficher. Bizarre... Elle ne m'appelle pourtant jamais. Je lui avais donné mon numéro en cas d'urgence pour Tiago, car elle le garde assez régulièrement et ça me rassure qu'elle ait un moyen de me joindre à tout moment au cas où Naya soit injoignable.

– Oui, Maria ? décroché-je.

En attendant qu'elle me parle, j'intime à mon fils de commencer sans moi. Je le rejoindrai en cours de partie. Voyant qu'elle ne me répond pas, j'insiste une seconde fois :

– Maria, t'es là ?

– Cédric... dit-elle avant de lâcher un sanglot.

Merde.

Qu'est-ce qui se passe ?!

Sans réellement savoir pourquoi, j'ai un mauvais pressentiment. Si elle me téléphone alors que Tiago est avec moi, c'est qu'il y a forcément un rapport avec Naya.

– Pourquoi tu pleures ? la questionné-je, inquiet.

– C'est... Naya, elle...

Ma peur prend le dessus. Je m'éloigne de Tiago pour ne pas l'inquiéter et surtout pour qu'il n'entende pas ma conversation avec sa tante.

– Maria, que se passe-t-il à la fin ?!

– Elle a eu un accident... Il faut que tu viennes à l'hôpital !

Mon monde s'écroule. Naya ne peut pas me faire ça, pas maintenant ! Je refuse qu'il lui soit arrivé quelque chose de grave.

Rassure-toi comme tu peux, mon gars !

Pour l'instant, je ne dois pas céder à la panique. Surtout pas devant Tiago. Je suis son père et je dois me comporter comme tel ! Je ne peux pas le déposer chez ses grands-parents, sinon je mettrai trop de temps pour arriver à l'hôpital. Il ne me reste plus qu'une seule solution.

Je retourne dans le salon, et à ma tête décomposée, mon fils comprend qu'il y a un problème. Il pose sa manette, et finit par se tourner vers moi.

– Papa ?

– Écoute, on va devoir attendre avant de faire une nouvelle partie. J'ai quelque chose à te dire, mais ce n'est rien de grave.

Je m'installe sur le canapé à ses côtés, prends une grande inspiration et lui explique la situation :

– Maman a eu un léger accident, mais rien de grave, elle va bien. Elle est à l'hôpital, et les médecins s'occupent bien d'elle.

Mais on va aller enfiler nos manteaux et on va se dépêcher d'aller rejoindre Maria qui nous attend là-bas. On ne va pas les laisser toutes seules.

– Maman va mourir ? me répond-il, les larmes aux yeux.

– Hé ! Mais non enfin, tout va bien. Tu n'as pas à t'inquiéter.

Je passe mes bras autour de son corps et le prends contre moi pour le rassurer. Naya ira bien, j'en suis persuadé. Je ne connais pas l'ampleur de l'accident ni ce qui s'est passé, mais c'est une femme forte. Elle n'aura pas grand-chose.

Très vite, Tiago me repousse et court en direction de sa chambre. Je le vois revenir avec ses chaussures aux pieds et son manteau sous le bras, et il me lance un regard noir :

– Qu'est-ce que tu fabriques ?! Dépêche-toi !

Finalement ce gamin ressemble à sa mère, y a aucun doute !

Angoissé, je prends ma veste accrochée au portemanteau de l'entrée. Et nous filons en quatrième vitesse jusqu'à la voiture. Dire que je suis paniqué à l'idée qu'on m'apprenne une terrible nouvelle est un euphémisme. Mais le plus contraignant à l'heure actuelle, c'est Tiago. Il n'a que cinq ans et demi, et j'aurais aimé qu'il ne vienne pas avec moi, sauf que je n'ai pas le choix.

Naya, accroche-toi, on arrive !

35

Cédric

JUIN 2019

Au début de ma convalescence, je pensais vivre un enfer ; or il n'en était rien à côté de ce qui m'attendait ensuite. Plus d'un an après avoir dit à mes parents que je n'étais plus amnésique, ma vie est devenue infernale. Partout où je me rends, je suis suivi par des gardes du corps de mon père. Chacun de mes faits et gestes est épié…

Je vais devenir dingue !

Depuis un an, j'ai tourné dans tous les sens mon problème et j'en suis venu à la même conclusion : je suis bloqué ici pour le moment. Et depuis, je cherche un moyen de m'éloigner d'eux pour pouvoir retrouver Naya. Elle doit être dévastée, et l'idée que je sois décédé a dû l'anéantir.

Je me dois de rétablir la vérité !

Actuellement, je suis toujours marié à Adriana… Pour mon plus grand malheur. Je n'ai pas encore demandé le divorce, mais ça ne saurait tarder. Pourquoi suis-je toujours uni à elle ?

C'est simple, la pression de mes géniteurs est beaucoup trop forte. Puis je crains qu'ils s'en prennent à ma meilleure amie si je n'obéis pas. À de multiples reprises, on m'a ordonné de me tenir à carreau sous peine qu'il arrive malheur à Naya. Au fond de moi, je ne devrais pas les écouter, sauf que je suis bien placé pour savoir qu'ils mettront leur plan à exécution.

Je refuse de la perdre !

Quant à Adriana, elle est restée elle-même... Je n'ai toujours pas cédé à ses avances et encore moins à ses envies d'enfants. Donc elle s'amuse à me chauffer tant qu'elle peut. Malheureusement pour elle, c'est pour une autre femme que je brûle de désir. Elle aura beau tenter tout ce qu'elle veut, ça ne fonctionnera pas !

– Il faut que je te drogue pour que tu me sautes ?! hurle-t-elle folle de rage après que je l'ai repoussée une énième fois.

– Toujours aussi classe à ce que je vois...

– Je ne t'ai pas épousé pour finir nonne ! Alors, mets-moi un sac sur la tête si ça te chante, mais bordel montre-moi que t'es un homme !

– Sans façon ! J'aurais peur d'attraper des MST, répliqué-je, acerbe.

– Alors je ne vois qu'une réponse à tout ceci : tu es gay !

J'explose de rire, face à la connerie qu'elle vient de sortir. J'aime beaucoup trop les femmes pour préférer les hommes ! Enfin... Toutes, sauf Adriana. Désolé pour elle, mais le problème vient d'elle : je ne la trouve pas désirable du tout. Très peu pour moi. Je préfère le naturel. Et surtout, je sais de source sûre qu'elle se tape des mecs en dehors de la maison. Tant que je le peux, je rassemble les preuves pour démontrer que c'est elle qui est allée voir ailleurs pendant les premières années de notre mariage !

Ça peut toujours me servir !

Quant à mes parents, ils sont toujours restés égaux à eux-mêmes : ce sont des monstres. Ils n'hésitent pas à faire suivre Naya pour avoir tout ce qu'ils veulent de moi…

Ça me dégoûte…

Et l'intimidation qu'ils exercent sur moi fonctionne très bien. Personne d'autre que moi ne les connaît aussi bien. J'ai déjà assisté à ce qu'ils sont capables, et la plupart du temps ce n'est pas beau à voir. Lorsque j'étais petit, j'ai souvent été choqué par leurs faits et gestes, mais je n'avais aucune échappatoire… C'est pour ça que je préférais rester chez Naya, plutôt qu'avec eux, et ils n'ont jamais compris pourquoi.

En même temps, on ne fait pas subir ça à un enfant…

Alors, quand ils menacent Naya, je ne peux pas faire comme si de rien n'était. Je me dois au possible de la protéger d'eux. Ma meilleure amie a conscience qu'ils sont dangereux, mais elle ne sait pas jusqu'où ils sont capables d'aller. Et je refuse qu'il lui arrive quoi que ce soit par ma faute. Je ne me le pardonnerais jamais !

Mon paternel en profite donc pour me mettre la pression du côté professionnel. Il souhaite que je reprenne le flambeau et que je le fasse bien ! Pour avoir la paix, j'ai accepté, du moins en apparence. Car je n'en branle pas une… Je préfère largement rester derrière mon ordinateur pour écrire, plutôt que de taper des mails pour nos partenaires ou organiser des réunions aux quatre coins de la ville.

Être patron d'une grande entreprise, ça craint !

Mon père aurait aimé avoir un second enfant, sauf qu'ils n'ont jamais réussi à en concevoir un autre après moi. Je soupçonne ma mère de l'avoir fait exprès et je suis certain qu'elle devait prendre un contraceptif en cachette. Car je me souviens très bien qu'elle était différente quand j'étais jeune. Elle en était venue à détester mon père et elle avait même envisagé de divorcer. Puis du jour au lendemain, tout a changé. Je n'arrive toujours pas à savoir ce qui a provoqué ce changement de comportement, et je ne le saurai sans doute jamais, mais ce dont je suis certain, c'est que mon père aurait voulu un gamin qui lui ressemble en tout point. Et pour lui, je suis une déception totale. Je n'aime pas le principe de détruire des gens pour arriver à des fins égoïstes. Pour moi, tout le monde a sa place tant que derrière, chacun travaille d'arrache-pied pour avoir ce qu'il souhaite.

J'ai baissé les bras. Je suis fatigué de me battre contre mes parents. J'ai donc terminé dans un grand bureau à mon nom. Je dois suivre une formation en compagnie des meilleurs employés de la boîte. Je ne comprends toujours pas ce que je fous là, car je n'y comprends rien ! Honnêtement ? Mon truc, c'est d'écrire des livres. Je ne suis pas fait pour bosser dans la finance ni pour gérer tout le côté business.

C'est une catastrophe !

Chaque jour qui passe, j'ai l'impression d'être comme Raiponce enfermée dans sa tour, sans possibilité de s'enfuir. Je suis pris au piège et je doute de pouvoir m'échapper un jour. Pourtant, il le faut… Retrouver Naya m'est plus que vital, elle me manque et je ne peux pas rester loin d'elle. Et ça, même si mes parents sont contre le fait que je la fréquente, je m'en contrefiche de leur avis !

J'entends d'ici toutes les choses qu'ils ont pu prononcer sur ma meilleure amie, et ça me met en rogne ! Comment osent-ils ?! Plusieurs fois, ils ont fait des réflexions sur son apparence. Je conçois qu'elle ne ressemble pas à une mannequin, mais honnêtement, moi ça me convient parfaitement, et je l'accepte telle qu'elle est.

Cependant, mes parents n'ont pas compris et n'ont jamais cherché à apprendre à connaître Naya. Tant pis pour eux s'ils passent à côté d'une jeune femme extraordinaire ! La pire des réflexions qu'ils aient pu faire sur elle a été de critiquer sa classe sociale. Oui elle est loin d'être riche, sauf qu'aux dernières nouvelles je me souviens qu'elle travaillait et de façon acharnée. Elle voulait prouver qu'elle avait du potentiel et ne se laissait pas marcher sur les pieds. À mes yeux, peu importe ce qu'elle possède sur son compte en banque, je l'apprécie pour qui elle est au fond d'elle et ce qu'elle transmet aux autres.

L'argent ne fait pas qui nous sommes réellement.

Comment mes parents sont-ils devenus ce qu'ils sont aujourd'hui ?! Je ne comprends pas leurs changements. Lorsque j'étais petit, tout était différent, ils étaient aimants et sympathiques avec les gens, peu importait qu'ils soient riches ou pauvres. J'ai souvent la sensation de ne plus les reconnaître.

Et s'ils avaient été toujours comme ça ?

Tout ce que j'ai à faire désormais, c'est de les écouter et de filer droit. Je ne dois pas bouger une oreille, car Naya doit rester en sécurité autant que possible. Tant que je n'ai pas ce que je cherche, je ne pourrai rien faire de plus.

Le temps joue contre moi…

36

Naya

FÉVRIER 2022

Mes paupières sont lourdes, j'ai la sensation d'être passée sous un trente-six tonnes. Tout mon corps me fait souffrir, et plus aucun de mes membres ne répond.

Pourquoi je n'arrive pas à bouger ?

Un sifflement bourdonne dans mes oreilles, et j'aimerais pouvoir l'arrêter, sauf que je ne comprends pas d'où il vient. Très vite une douleur dans mon crâne remplace toutes les autres. C'est comme si un marteau-piqueur me frappait en continu.

Avec une force surhumaine, je parviens à ouvrir les yeux. Je suis aveuglée par la lumière du jour et je dois retenter l'expérience plusieurs fois avant de pouvoir observer ce qui m'entoure. Déboussolée et perdue, je jette des regards à droite et à gauche. Je suis dans une pièce de couleur blanche. J'essaie de me souvenir de l'endroit où je suis, mais rien ne me vient. Je tourne la tête d'un côté et j'aperçois Tiago, enroulé dans une couverture, qui dort à poings fermés dans un grand fauteuil.

Qu'est-ce qui se trame ?!

Je ne comprends pas ce qu'il se passe et commence à m'inquiéter. Surtout que je ne me rappelle même pas ce qu'il m'est arrivé la veille. Je me rends compte que je suis allongée dans un lit qui, soit dit en passant, est vraiment très inconfortable. J'essaie de bouger, mais une douleur vive me fait grimacer.

Bordel, ça fait mal !

Le début d'une migraine pointe le bout de son nez, mais j'essaie de rester concentrée malgré tout. Je tourne la tête et j'aperçois un homme endormi, le visage près de ma main qu'il serre dans la sienne. Je réfléchis pour savoir qui ça pourrait être, sauf qu'avec la douleur qui frappe contre mon crâne j'ai du mal à rester lucide.

Qui est-ce ?

Je repose ma tête contre l'oreiller quelques instants tout en fermant les yeux. Je me détends au maximum en priant pour que ce marteau-piqueur s'en aille aussi vite qu'il est arrivé. Après quelques instants, j'ouvre de nouveau les yeux et dirige mon regard vers l'homme endormi. À la vue de sa couleur de cheveux, ça ne peut être que lui. Je passe une de mes mains dans cette chevelure indisciplinée que j'affectionne tant. Il ne bouge pas, il dort à poings fermés et ne semble pas être dérangé le moins du monde. Quand je l'observe être si paisible, je me dis que j'ai vraiment de la chance qu'il soit enfin auprès de nous, et honnêtement j'ai vraiment la sensation de vivre un rêve éveillé.

J'ai tellement peur de le perdre à nouveau !

Il grogne, signe qu'il est en train de se réveiller tout doucement. De toute façon, il est toujours du genre à mettre trente ans à immerger. Le matin, quand je dois le lever, c'est toujours un calvaire. Au moins, je sais de qui tient notre fils… Cédric finit par se tourner vers moi. Encore groggy, il a du mal à reprendre pied avec la réalité, et pourtant je le trouve tellement sexy comme ça ! Les cheveux en bataille, les joues et les yeux rouges.

– Bonjour toi, soufflé-je avec un sourire timide.

– B'jour, me répond-il, encore dans le gaz.

Sans prévenir, il comprend tout de suite que c'est moi qui lui ai parlé et il finit par être totalement éveillé. Il me regarde en ouvrant grands les yeux puis me lance :

– Bordel ! Je pensais que tu dormirais plus longtemps que ça.

– Dis-le si j'te fais chier, ça ira plus vite, lui répliqué-je avant d'éclater de rire face à sa tête.

– C'est pas ce que je voulais dire…

J'aime le taquiner, ça m'avait tellement manqué. On se découvre à peine en tant que couple, mais n'oublions pas que nous sommes meilleurs amis avant tout. Nous nous connaissons par cœur, aucun de nous n'a de secrets pour l'autre.

Ou presque…

– Tu peux m'expliquer où nous sommes et pourquoi je suis dans un lit ? En plus les ressorts me rentrent dans les fesses, c'est une horreur !

– T'es vraiment pas sortable… Tu ne te rappelles rien ? me demande-t-il.

J'essaie de fouiller dans ma mémoire, mais la dernière chose qui me revient, c'est que j'étais au boulot, et le reste est totalement flou.

– Non rien…

– On avait rendez-vous tous les deux, tu es sortie plus tôt pour te préparer, mais quand tu as traversé la rue une voiture t'a renversée volontairement.

C'est quoi ces conneries encore ?!

– Qu'est-ce que tu entends par volontairement ?

– Tu es passée au feu vert, tu avais même atteint le trottoir d'en face, et un 4x4 t'a foncé dessus alors que tu étais de l'autre côté de la route. D'après Maria, rien n'indiquait qu'il avait perdu le contrôle de son véhicule, et de toute manière il a pris la fuite.

– Encore un 4x4…

– Comment ça, encore ? me demande-t-il, intrigué par ce que je viens de dire.

– Peu de temps avant de comprendre que tu étais vivant, quand j'ai débarqué à Saint-Savin. J'ai très vite compris que j'étais suivie… À chaque coin de rue, ou dès que je tournais la tête, un 4x4 n'était pas loin. Une fois ou deux, il a même tenté de m'intimider pour que je parte. Du moins, c'est ce que je crois.

– Et tu comptais me le dire quand ? s'énerve-t-il.

Il est obligé de crier ?! Il va finir par réveiller Tiago. Notre fils n'a pas besoin d'assister à une conversation d'adultes.

– Tu peux t'exprimer sans hurler, Tiago dort ! Et je ne pensais pas que c'était important et à vrai dire je l'avais complètement oublié.

– Tu sais quoi ? On en reparlera plus tard quand on sera seuls. Je ne veux pas que Tiago se réveille si on est en train de s'engueuler.

Il a raison. Après ce qu'il m'est arrivé, il a dû être mort d'inquiétude, et je ne veux pas en rajouter. Ce n'est ni le lieu ni le moment.

– Je suis vraiment désolée, en plus j'ai fait rater notre premier rendez-vous, lui dis-je en baissant la voix.

– Eh ! C'est pas grave, on aura l'occasion d'en avoir d'autres. Le principal c'est que toi tu ailles bien et que tu sois parmi nous.

Il me sourit avant de s'emparer de ma main et d'entrelacer nos doigts. J'aime quand il prend soin de moi. C'est différent de la relation que l'on avait auparavant, et je dois encore apprendre à me comporter comme sa petite amie et non comme sa meilleure amie, mais le principal c'est que je l'aime du plus profond de mon cœur, et je souhaite que notre petite famille continue d'être heureuse aussi longtemps que possible.

– Tu m'as fichu une de ces trouilles ! Tu ne peux pas savoir comment j'étais angoissé. Et je devais en même temps rassurer Tiago qui n'arrêtait pas de pleurer. J'aurais dû l'amener chez ta grand-mère, mais je ne voulais pas l'inquiéter, et surtout j'aurais dû faire un détour pour venir jusqu'ici. Et je ne pense pas que Tiago aurait accepté que je le laisse de côté alors que sa maman est à l'hôpital depuis quinze jours. Bref, je suis loin de me comporter comme un adulte responsable…

– Tu n'as pas à t'en vouloir, être parent c'est ça. On apprend tous les jours et on fait des erreurs, très souvent. Mais on essaie au maximum de faire en sorte qu'ils soient heureux. Et si Tiago va bien, c'est l'essentiel.

– Moi par contre, j'ai dû prendre dix ans d'un seul coup ! Je te jure, ne me fais plus jamais une chose pareille. J'ai bien cru que j'allais te perdre…

Il s'approche de moi, pose une main contre ma joue et ses lèvres viennent rencontrer les miennes. Je ne me rappelle plus la dernière fois que nous nous sommes embrassés, mais je peux dire que ça m'avait terriblement manqué ! À chaque fois que je sens sa bouche contre la mienne, je ressens des sensations dont je ne connaissais même pas l'existence. Très vite nous nous séparons, toutefois Cédric pose son front contre le mien et ferme les yeux pour savourer ce moment.

– Si je te perdais… Jamais je ne pourrais m'en relever. Tu es ma raison de vivre, Naya. Celle qui fait battre mon cœur à mille à l'heure. Mon oxygène tout simplement. Ne recommence plus, d'accord ?

Mes yeux s'embuent, même si ce n'est pas une déclaration d'amour à proprement parler. Pour moi, c'est bien plus que ça. Cédric ne dévoile pas facilement ses sentiments, alors quand il le fait c'est un miracle. Et ce qu'il vient de me dire me touche au plus profond de mon être.

– Je… je t'adore !

Je ne veux pas lâcher que je l'aime, c'est beaucoup trop tôt. Même si je conçois qu'on est allés vite pour ce qui est de notre relation. Pour le reste, je souhaite qu'on fasse les choses bien. Quand pour la seconde fois ses lèvres se posent sur les miennes, nous entendons la voix d'un petit garçon que nous connaissons très bien tous les deux.

– Beurk ! C'est dégoûtant les bisous d'adultes !

Nous nous retournons vers lui hilares, puis Cédric lui réplique :

– On en reparlera quand tu seras plus grand !

Je refuse de voir mon fils devenir un homme aussi tôt ! Pour moi, il restera mon bébé jusqu'à ses 50 ans.

– De toute façon, les filles c'est trop ennuyant ! Je veux pas…

– Au lieu de dire des bêtises, si tu venais me faire un câlin, lui demandé-je en ouvrant les bras.

Il court vers moi en sautant sur le lit. Malgré la douleur, je fais semblant que tout va bien, car Tiago est mon fils et que tous les moyens sont bons pour avoir un câlin.

– Tu m'as fait peur, maman…

– Je sais, je suis désolée, mon cœur !

37

Cédric

FÉVRIER 2022

Naya est rentrée de l'hôpital depuis hier, et je vais devenir dingue ! Le médecin lui a demandé de se reposer et de ne pas faire d'efforts inutiles. Son poignet et sa cheville cassés devraient se réparer petit à petit, mais sans repos ça prendra le double du temps.

Sauf qu'elle ne veut rien entendre !

Je sors de la douche, fraîchement rasé et habillé, puis me dirige vers le salon là où je l'avais laissée pour la dernière fois, devant un film Netflix. Quand j'arrive dans la pièce, aucune trace d'elle. Je sens l'agacement monter en moi. Quand va-t-elle arrêter de penser aux autres au détriment de sa santé ?

– Naya ? l'appelé-je d'une voix forte.

Aucune réponse, comme si j'avais pu m'attendre à autre chose. Elle n'a quand même pas osé sortir dans son état ? Ça serait totalement dingue ! J'ouvre la porte de notre chambre, personne.

Mais où a-t-elle bien pu passer ?!

Bien qu'il soit à l'école, je tente la chambre de Tiago. Et là je vois rouge. Elle est en train de se dandiner, casque audio sur les oreilles alors qu'elle passe tant bien que mal le balai dans la pièce, malgré ses douleurs.

Je vais la tuer !

Je m'approche d'elle puis lui touche légèrement l'épaule, et elle sursaute avant de se retourner vers moi en retirant ce qu'elle a sur la tête.

– Tu… tu as déjà fini de prendre ta douche ? me questionne-t-elle, mal à l'aise.

– Il ne me faut pas trois heures pour me laver…

– J'ai l'habitude que Tiago prenne son temps alors, tu vois…

Elle va vraiment faire comme si toute cette situation était normale ?! Elle doit se reposer, mais elle est incapable de tenir assise plus de trente secondes.

– Tu m'expliques ce que tu es en train de faire ? lui demandé-je en sachant très bien qu'elle s'était mise en tête de ranger la chambre de notre fils.

– J'ai vu un insecte donc… j'ai cherché à le tuer.

– Naya… Je t'avais dit quoi ? Sérieux, tu veux bien écouter les médecins, pour une fois ? J'aimerais que tu me laisses m'occuper de tout pendant que toi, tu te rétablis. Alors, passe-moi ça, et va te poser.

Elle baisse la tête honteuse, car elle sait très bien que je m'inquiète. Si elle ne veut pas rester devant la télévision qu'elle prenne les livres qu'elle n'a toujours pas lus depuis des années ; ça permettra à sa pile à lire de descendre, et à elle de se détendre.

– Je t'avais prévenue de ne pas bouger ! Donc tu vas aller poser tes petites fesses bien trop sexy pour mon bien sur le canapé du salon.

– Mais j'en ai marre ! Il faut que je bouge, que je fasse quelque chose. J'ai l'impression de profiter de toi…

– Mon cœur, le médecin a dit que c'était important que tu te reposes, sinon ta guérison prendrait beaucoup trop de temps !

– Les hommes, vous êtes tous chiants ma parole ! s'énerve-t-elle. J'ai besoin de faire quelque chose de mes journées, j'en peux plus de rester assise, tu peux le comprendre ?!

Je pose l'une de mes mains contre sa joue que je caresse tendrement. Elle ferme les yeux, puis mon envie de l'embrasser grandit en moi. Cette fille me rend dingue dans tous les sens du terme. Et pourtant mon cœur lui appartient tout entier.

– Tu es beaucoup trop importante pour moi, et je me dois de prendre soin de toi. Alors, laisse-moi rattraper mon absence. Je veux vraiment faire les choses bien pour une fois.

– D'accord, j'abandonne ! souffle-t-elle en jetant l'éponge.

Un point pour moi !

Elle cale le balai dans un coin et au moment où elle s'apprête à sortir, je l'attrape par le bras afin de la tourner vers moi. Elle est beaucoup trop sexy dans ce leggins noir qui moule à la perfection ses petites fesses.

Je suis totalement foutu !

Je colle mon corps contre le sien tandis que mes lèvres se posent contre les siennes. J'ai la sensation d'être un adolescent en rut. Depuis que nous nous sommes mis ensemble, je suis constamment en train de chercher le moindre contact avec elle. Et heureusement pour moi, elle ne me repousse jamais, c'est même tout le contraire.

Alors que notre baiser s'embrase, mon bas-ventre s'affole et mes mains caressent son corps sans que je puisse rien contrôler. À la base, je ne voulais pas que ça dérape de cette manière. Assez vite, je me retrouve à l'étroit dans mon boxer, et mon érection ne passe pas inaperçue. Reprenant pied, elle me repousse gentiment puis me sourit. Ses joues sont rougies, et ses cheveux partent dans tous les sens.

Il faut vraiment qu'on apprenne à se contrôler !

– On est dans la chambre de Tiago, on ne peut pas faire ça ! Et puis Maria doit nous le ramener vers 17 heures... Il nous reste soixante minutes à tout casser.

– T'as pas à te justifier, tu sais, si t'en as pas envie, je vais pas te faire la gueule. Tu as le droit ! Et puis tu as raison, il faut qu'on soit raisonnables, du moins pour le moment, lui réponds-je en lui adressant un clin d'œil.

– Cédric ? Tu sais très bien que j'en ai autant envie que toi. Sauf que le timing est très mal choisi, s'excuse-t-elle.

– Si j'avais su, je t'aurais demandé de me suivre sous la douche ! En tout cas, je te promets que ce soir j'me rattraperai et que je m'occuperai de toi de A à Z ! Tu auras le droit à la totale, lui lancé-je avec un petit sourire en coin.

– Ah oui ?! Et que me réservez-vous, monsieur Green ? me questionne-t-elle en caressant mon torse.

– Je ne vous dirai rien, mademoiselle Wen ! Maintenant, foncez vous installer sur le canapé, et que ça saute !

Elle s'éloigne de moi et finit par obéir. Elle sait que je ne lâcherai pas l'affaire de toute façon, alors autant qu'elle fasse ce que je lui demande. Sinon je la menotte aux barreaux du lit !

N'empêche que je trouve son accident de plus en plus bizarre. Le conducteur n'a pas perdu le contrôle du véhicule, elle était pratiquement sur le trottoir d'en face, et s'apprêtait à rejoindre le parking souterrain où se trouvait sa voiture., elle n'était pas en tort d'avoir traversé au bon moment. Alors je n'arrive pas à comprendre ce qui a bien pu arriver.

Mais j'ai bien ma petite idée...

L'accident s'est déroulé quelque temps après qu'Adriana nous a rendu visite. Mes parents restent aux abonnés absents comme s'ils étaient des anges et que j'avais le droit de mener ma petite vie bien tranquillement. Sauf que tout le monde les connaît et ça ne prend plus. Je m'attends au pire... Je suis certain qu'ils sont tous les trois dans le coup, et qu'ils n'avaient pas l'intention de tuer Naya, mais juste de nous effrayer. Cependant, je ne céderai pas ! Ma vie est avec elle et Tiago, je ne peux plus vivre dans la peur constante qu'un drame se produise.

Sans réfléchir, je m'empare de mon portable et compose le numéro du téléphone fixe de mes parents. Il faut que je les confronte, c'est terminé le Cédric qui tremble devant leurs menaces. Plusieurs tonalités sonnent avant que mon père décroche.

– Cédric ! C'est pas trop tôt, je pensais que tu étais mort.

– Très drôle ! Je sais parfaitement ce que tu as essayé de faire. Tes plans sordides, tu peux te les garder ! Je vais te dire quelque chose et rentre-toi bien ça dans le crâne : Je ne reviendrai pas, je ne suis plus votre petit toutou. Je vais faire ma vie avec Naya et mon fils, et rester très loin de vous.

– À ce que je vois, ta paranoïa est revenue. Naya est au courant de ta maladie, j'espère ? Parce que la pauvre, elle ne sait pas ce qu'il l'attend !

Je serre les dents. Quand je leur ai révélé que j'avais retrouvé la mémoire, mes parents ont contacté les médecins pour leur dire que je devenais paranoïaque et que j'inventais des choses. Bien entendu, après plusieurs tests psychologiques, rien n'a pu être prouvé. J'allais très bien !

– Tu me fais vraiment pitié ! Sache que je vais reconnaître Tiago et que ton fameux héritage lui ira directement s'il nous arrive quoi que ce soit à Naya ou moi. Tu vas bien le vivre, j'espère ? D'ailleurs, comment vous avez pu me cacher une chose pareille ?! J'ai loupé presque six ans de sa vie, et vous continuez à vous comporter comme de vrais gamins. Vous me donnez envie de gerber.

Je n'aurais certainement pas dû tout lui balancer en pleine face. Sauf qu'il fallait que je me libère. Je ne veux pas vivre caché, je veux profiter à fond de nos moments en famille ou rien qu'à deux. J'ai plusieurs cordes à mon arc et s'ils me cherchent, je n'hésiterai pas à attaquer.

– Tu vas reconnaître un bâtard ?! Tu ne sais même pas si ce môme est le tien ! Ta disparition ne l'a pas atteinte autant qu'elle veut te le faire croire. Elle n'a pas hésité à coucher avec la ville entière dès le lendemain de l'annonce de ta mort. Elle te l'a dit ça au moins ? Alors comment peut-elle être certaine que tu es le père ? Tu me l'expliques ?

– Je ne te dois absolument rien, Tiago est mon fils que tu le veuilles ou non. Mais je vais te dire quelque chose ; papa, ne me cherche pas trop, car moi aussi je peux te rendre la vie impossible. J'ai de quoi te faire tomber… Si tu crois que j'ai passé ces dernières années à me tourner les pouces dans ton building, tu te fourres le doigt dans l'œil. Et je sais des choses que la police sera heureuse de connaître !

– Prends garde, Cédric ! Je ne plaisante pas, et tu sais de quoi je suis capable, me menace-t-il.

Rien qu'à l'entendre parler, j'arrive à discerner qu'il est en train de paniquer. Il n'arrive pas à savoir si je bluffe ou non. Et pourtant, je suis plus que sérieux !

– Tu n'as plus aucun contrôle sur moi. Méfie-toi, si tu touches à ma femme ou à mon fils, je te jure que je te fais la peau ! Il serait temps d'assumer tes erreurs et d'avouer que c'est ta faute s'il y a eu des morts et des malades graves sur tes chantiers !

Je l'entends éclater de rire à l'autre bout du fil. Les Green ont toujours eu une très grosse réputation et mon père a réussi à la maintenir à flot tout en agrandissant son carnet d'adresses. La famille d'Adriana reste mêlée à ses histoires également. Nos deux exploitations sont dans la magouille jusqu'au cou et ils s'en sortent très bien pour camoufler tout ça. S'attaquer à eux de façon classique est donc quasiment impossible, car ils tiennent d'une main de maître une bonne partie des chantiers et des bâtiments du coin d'où nous venons, voire plus encore !

Je dois trouver une solution, et vite !

– Le jour où tu comprendras qui elle est réellement, tu reviendras la queue entre les jambes ! En attendant, j'espère qu'elle est bonne au lit, car je ne vois rien d'autre qui te ferait rester avec elle !

– Va te faire foutre ! hurlé-je avant de raccrocher.

Je ne vais pas me laisser faire, s'il faut que j'attaque, moi aussi je le ferai. Et les preuves que j'ai récoltées pendant toutes ces années le feront tomber pour plusieurs années. Qu'il se prépare, car j'ai du lourd sur lui !

38

Naya

AVRIL 2022

Ça fait deux mois que mon accident s'est produit et aujourd'hui je suis entièrement guérie. Cédric reste sur ses gardes, il est persuadé que ses parents et Adriana sont derrière tout ça. Au fond de moi, je ne crois pas qu'il ait tort. Trop de coïncidences pour que ça en soit vraiment une. Adriana nous rend visite pour tenter de récupérer Cédric, et tout juste après je me fais renverser ? C'est un peu trop gros pour que ça ne soit pas fait exprès.

Depuis, je suis morte de trouille à l'idée qu'il puisse nous arriver quelque chose. D'autant plus que le comportement de mon homme ne me rassure pas. Quand je sors, il me répète inlassablement de faire attention et de rester sur mes gardes. Je deviens parano !

– Tu ne veux pas me dire ce que tu as prévu pour ce soir ? le questionné-je, intriguée.

– Je serai muet comme une tombe ! me répond-il en s'avançant vers moi pour déposer un rapide baiser sur mes lèvres.

Ce soir, c'est notre anniversaire et nous avons décidé de le fêter en amoureux. Quelques jours avant, c'était celui de Tiago, il a été pourri gâté par tout le monde et notamment son père. Et aujourd'hui, c'est le nôtre à Cédric et à moi. Nous avons décidé de le fêter en amoureux. Tiago dormira chez Maria, tandis que Cédric et moi aurons la soirée et la nuit pour nous. Et heureusement que ma meilleure amie garde notre fils, car honnêtement le plus compliqué quand on a un gamin, c'est quand on fait l'amour… On se doit d'être les plus discrets possibles.

Je ne veux plus revivre la scène de la dernière fois… Je ne me suis pas contrôlée, j'ai hurlé. Tiago s'est réveillé, et fou d'inquiétude, il a débarqué dans la chambre comme une furie. Comment j'explique à un enfant que je me suis cogné l'orteil alors que son père est au-dessus de moi, et que je suis totalement nue ?

Ça devient de plus en plus compliqué !

– D'ailleurs, on devrait en profiter pendant que Tiago est encore à l'école, me dit-il d'une voix remplie de sous-entendus avant de déposer sa bouche contre mon épaule.

– Tu penses qu'on a le temps ? Car je ne voudrais pas que Maria nous surprenne en rentrant de l'école avec notre fils.

– Je sais être rapide quand il le faut…

– Hum… Et j'en sais quelque chose !

– Tu baisses les armes, alors ? me questionne-t-il en passant une de ses mains sous ma robe pour venir effleurer mon entrejambe par-dessus mon sous-vêtement.

– J'aurais aimé dire oui, sauf que je dois me préparer pour ce soir. Et il me faut beaucoup de temps pour ressembler à quelque chose…

– Arrête de te dénigrer sans cesse, mon cœur ! Tu es magnifique même si tu décidais de te mettre un sac-poubelle sur la tête. Je t'assure, toutes ces femmes qui font une taille 34 ne t'arrivent pas à la cheville.

– Peut-être, mais j'ai des kilos en trop et ça se voit, lui réponds-je dépitée.

– Bah, moi j'aime tes formes, au moins j'ai de quoi toucher, me sourit-il.

– Andouille !

Je le repousse gentiment pendant que lui boude comme s'il avait 3 ans. Sait-il l'effet qu'il me fait à cet instant même ?!

C'est indécent !

– Si ça sonne, c'est Maria, tu pourras lui ouvrir ? Ensuite, je lui donnerai les affaires de Tiago.

– Tu sais, il ne part que pour une seule nuit, demain on le récupère ! me fait-il remarquer.

– Je suis certaine que ce soir tu feras moins le malin quand il sera parti.

Je lui tire la langue comme une gamine et me dirige vers la salle de bains pour me préparer. J'espère qu'avec tous les efforts que j'aurai faits, Cédric me trouvera belle dans cette tenue.

Après avoir passé plusieurs heures à me préparer, je suis enfin prête ! J'espère vraiment que ça plaira à Cédric, sinon je me retrouverai bien bête…

Je suis habillée d'une robe de couleur bordeaux m'arrivant au-dessus des genoux. Elle est fendue tout le long de la cuisse droite, ce qui donne un air assez sexy. Pour l'occasion, j'ai décidé d'enfiler des talons de couleur noire ainsi qu'un blazer, de la même teinte que mes chaussures, et que j'ai gardé fermé pour faire la surprise de ma tenue à Cédric. Pour ce qui est du maquillage, je n'ai pas choisi quelque chose d'extravagant, car mon expérience dans le domaine est très limitée. Pour faire ressortir mes yeux, j'ai opté pour un fard à paupières noir charbon à paillettes. J'ai continué sur un léger trait de crayon de la même nuance et j'ai terminé par un léger mascara. Pour la bouche, j'ai utilisé un coloris rouge vif.

Je n'ai pas l'habitude de me maquiller, car je préfère le naturel. Sauf qu'aujourd'hui c'est un jour spécial et j'ai envie de plaire à Cédric.

J'espère qu'il aimera !

Je sors enfin de la salle de bains, et me dirige vers le salon. Il m'attend en faisant les cent pas dans la pièce. J'ai envie de rire, mais le pauvre ; c'est notre premier rendez-vous et il a envie de faire les choses bien.

– Tu es stressé comme si tu allais me demander de t'épouser à la fin de la soirée, ris-je en l'observant.

Il sursaute puis se tourne vers moi. Alors qu'il allait me répondre, il se fige surpris et me fixe de la tête aux pieds sans qu'aucun mot sorte de sa bouche.

– Tu as perdu ta langue ? lui lancé-je amusée.

– Tu es… magnifique !

L'intensité avec laquelle il me regarde me donne des frissons. À travers ses yeux, je ressens la force de ses sentiments. J'aurais presque envie de pleurer, car jamais personne ne m'a permis de me sentir importante. Pour la première fois de ma vie, je me sens aimée.

– Je suis vraiment chanceux qu'une femme telle que toi décide d'être avec moi, me dit-il tout en s'avançant vers moi.

Il m'embrasse délicatement sur la joue puis me fait un clin d'œil. Sans pouvoir me contrôler, je glousse. En sa présence, j'ai la fâcheuse tendance de me comporter comme une gamine.

– Tu es prête ? On peut y aller ?

– Tu ne m'as toujours pas dit où on allait exactement…

– Si je te le disais, ce ne serait plus une surprise, me souffle-t-il avec un sourire en coin.

Pfff, je déteste les surprises !

Il pourrait au moins me donner un petit indice... S'il nous emmène dans un petit restaurant du coin, je risque d'être habillée trop sexy.

Tant pis, je n'enlèverai pas mon blazer !

Nous quittons l'appartement, main dans la main tandis que j'essaie tant bien que mal de deviner où se déroulera notre anniversaire. Je n'attends pas quelque chose d'extravagant, car j'aimerais que ça nous ressemble au maximum. Quand nous atteignons la voiture, Cédric me stoppe :

– Avant de monter, j'aimerais te demander quelque chose : accepterais-tu de porter un bandeau sur les yeux, jusqu'à ce qu'on arrive à destination ?

– Je te fais entièrement confiance, même si je déteste les surprises. Mais c'est pour la bonne cause, lui révélé-je.

– De toute manière, je suis certain que tu vas adorer !

– Prétentieux ! soufflé-je.

Je ferme les yeux puis me tourne dos à lui. Je suis impatiente de découvrir ce qu'il a bien pu nous préparer ! Depuis qu'il est revenu, j'ai l'impression qu'un malheur plane constamment au-dessus de nos têtes et menace d'écourter notre bonheur. Mais je vis à cent à l'heure. Je prends tout ce que me donne Cédric sans compter, et advienne que pourra.

Si j'ai raison, j'aurai vécu cette histoire comme je l'entendais !

Nous roulons plusieurs minutes, et je tente de cuisiner Cédric, sauf que ce dernier ne lâche pas un mot sur notre soirée en amoureux. Pourtant je le connais bien, mais j'ai espoir qu'il puisse me dévoiler un maigre indice.

– Tu as fait privatiser un restaurant ? le questionné-je pour la énième fois.

– Non.

– Alors on va au cinéma ?

– Non plus.

– Arf ! Une soirée à la fête foraine ? essayé-je encore une fois.

– Naya, laisse tomber ! Je ne te dirai rien du tout, réplique-t-il en perdant patience.

– Donne-moi un p'tit indice !

– Tu vas devoir attendre, ma chérie, car je serai muet comme une tombe.

Il m'énerve !

Je suis tellement excitée de savoir que j'ai vraiment hâte d'arriver. C'est notre premier tête-à-tête, et j'attends ce moment depuis tellement longtemps ! Et je crois même que c'est mon tout premier rendez-vous, du moins avec quelqu'un que j'aime réellement. Quand le véhicule s'arrête, je me tourne vers Cédric, impatiente :

– On est arrivés ?

– Oui ! Mais je t'interdis de retirer ton bandeau, j'en ai pour cinq minutes et je reviens.

Il m'embrasse furtivement et je joue le jeu au maximum. Je tends l'oreille pour percevoir le moindre son qui pourrait me permettre de déterminer où nous sommes. À part le gazouillement des oiseaux, les klaxons des voitures et les sirènes des pompiers au loin, je n'entends rien. Après plusieurs minutes, Cédric revient enfin :

– Tu es prête ?

– Comme une gamine le jour de Noël !

Il m'aide à sortir et je m'agrippe à sa main, puis il me guide vers l'endroit qui nous accueillera pour la soirée. Honnêtement, je n'arrive pas à deviner ce qu'il a bien pu prévoir. Et mon excitation augmente à mesure que nous avançons. Mon cœur bat la chamade lorsqu'il me demande de m'arrêter.

– Je peux enlever le bandeau, maintenant ?

– Pas encore ! Je te laisse trois chances de deviner ce qui t'attend.

– Hum… Je te jure, j'ai aucune idée.

– Fais un effort !

– On va baiser comme des bêtes jusqu'à demain matin et en pleine nature, lancé-je, désespérée.

Cédric éclate de rire, et je le sens se rapprocher de mon corps puis il me souffle d'une voix suave :

– C'est au programme, mais pas tout de suite. Il faudra que tu sois patiente.

Jésus, Marie, Joseph !

– Bon, tu sais qu'on n'a pas toute la nuit ? Si on veut profiter un minimum, faudrait que tu me retires ce truc que j'ai sur les yeux !

Oui j'en ai ras le bol ! Pour ma défense, je souhaite passer du temps avec lui, pour une fois qu'on est seuls. Et je ne compte pas attendre sagement avec ce truc sur le visage !

– Si tu ne te dépêches pas, je l'enlève moi-même ! le menacé-je.

– C'est bon tu peux l'enlever ! réplique-t-il en riant.

Je défais le nœud derrière ma tête, et quand le tissu glisse il me faut m'adapter à la lumière de cette fin de journée. Une fois que mes yeux sont de nouveau capables d'observer ce qui m'entoure, je reste sans voix. Je m'attendais à quelque chose d'exceptionnel, mais ce qui se trouve devant moi est bien au-dessus.

Nous sommes à quelques pas de la voiture, sur une parcelle de pelouse entourée de fleurs et d'arbres qui donnent un aspect romantique. Quelques bancs en fer forgé noir sont installés un peu plus loin, où l'on peut assister au coucher de soleil.

Je ne connais pas du tout cet endroit !

Bizarrement nous sommes seuls, alors que je m'attendais à ce qu'on fête ça en public. Pas que ça me dérange, bien au contraire. Je tourne la tête, et si je pensais avoir tout vu, je me trompais lourdement !

Sur le sol, une grande serviette est étalée, un panier est déposé en son centre. De part et d'autre de ce dernier se trouvent plusieurs assiettes contenant des plats qui ont l'air plus qu'appétissants. Pour finir, il a installé quelques bougies dans de grands pots.

Avec notre chance, on va faire tout brûler !

Je me retourne vers Cédric, émue aux larmes, et peine à le remercier pour tous les efforts qu'il a faits pour rendre ce moment exceptionnel.

– Cédric, c'est…

– Ce sont des larmes de joies ? me demande-t-il en passant l'une de ses mains dans ses cheveux, mal à l'aise.

– C'est bien plus que ça…

Je m'approche de lui et me jette dans ses bras. Ce que je ressens à l'instant présent est indescriptible. Jamais personne n'a eu ce genre d'attention pour moi. Certes, je suis sortie avec des hommes, sauf qu'aucun n'a fait l'effort de me faire plaisir à ce point.

Ce pique-nique improvisé face au coucher de soleil est un rendez-vous sobre, mais qui nous ressemble. Lui et moi sommes un couple simple et sans chichis. Nous n'avons pas besoin de plus pour passer un bon moment.

– Merci beaucoup !

– Joyeux anniversaire, Naya !

– Joyeux anniversaire, Cédric.

Nos lèvres s'unissent pour la énième fois de la journée, et pourtant ce baiser a une saveur différente de tous les autres fois. À travers ce geste, je lui transmets tout ce que je ressens pour lui.

Je suis irrévocablement amoureuse de lui !

39

Naya

AVRIL 2022

Depuis son retour, Cédric et moi avons énormément discuté de notre avenir ensemble, mais pas que… Nous avons évoqué Tiago à de multiples reprises. Depuis le début, mon homme a évoqué son désir de reconnaître son fils, et je ne m'y suis jamais opposée. Après avoir fait les démarches nécessaires, nous avons enfin la confirmation que nous attendions tous les trois : Cédric est officiellement le père de Tiago !

Dire que je suis folle de joie est un euphémisme ! Toutefois je n'ai pas caché mon sourire lorsque nous avons reçu la nouvelle. Le lendemain, Tiago était fier comme un paon d'annoncer à tout le monde que Cédric était officiellement son papa ! Il souhaite que tout le monde l'appelle Tiago Green.

– Je sais pas si je dois me vexer d'être reniée de cette façon, lancé-je à mon homme lorsque nous quittons l'établissement scolaire main dans la main.

– Il t'aime d'un amour inconditionnel, tu peux courir pour qu'il t'oublie !

– De toute façon, la vie est injuste ! Je l'ai porté neuf mois, sans le savoir, mais c'est qu'un minuscule détail, et il te ressemble comme deux gouttes d'eau alors que c'est moi qui ai souffert pendant des heures pour le mettre au monde. Et quand papa débarque, on met maman au placard !

– Cherche pas, aucune maman ne peut rivaliser face à la force des super-héros !

– Fais pas le malin, il a dit que tu étais nul, le taclé-je avant de pouffer de rire.

Les batailles à la maison n'en finissent plus pour savoir quel super-héros est le meilleur du monde. Souvent j'ai l'impression d'avoir deux gamins pour le prix d'un. Quand le père et le fils sont ensemble, je me pose des questions quant à l'âge de mon homme.

Aujourd'hui, je peux dire que notre vie de famille et de couple suit son bonhomme de chemin. Il y a quelques mois, je ne m'attendais pas à ce que notre histoire prenne un tel tournant. Désormais je me lève le matin plus amoureuse que jamais et je ne souhaite pour rien au monde que ça s'arrête ! La dernière ombre au tableau reste le divorce de Cédric. Nous savons qu'Adriana est capable de tout, et honnêtement j'ai peur qu'elle s'en prenne à Tiago.

Il nous faudra être patients encore un peu pour affronter cette dernière épreuve qui nous attend. Car lorsque Adriana recevra les papiers du divorce à signer, elle risque d'entrer dans une rage folle. Nous nous sommes préparés au pire, maintenant nous devons gentiment rester discrets.

Nous ne lâcherons rien et nous nous battrons jusqu'au bout.

Advienne que pourra !

40

Naya

Mai 2022

J'arrive pile-poil à l'heure devant l'école de Tiago. Ce qui est un exploit en soi, car depuis le retour de Cédric dans nos vies, je suis toujours en retard. Et la maîtresse de mon fils m'a déjà fait la remarque plusieurs fois.

Désolé d'avoir une vie sexuelle !

Avec Cédric, tout baigne et on en profite tant que notre gamin est à l'école. Tiago a le sommeil de plus en plus léger, si bien qu'il est compliqué de faire quoi que ce soit sans le réveiller. Et il est hors de question qu'il débarque une fois de plus dans la chambre pendant que son père a la tête entre mes cuisses. Rien que d'y penser, je vire au rouge tomate.

Tranquillement, je rejoins le portail que passera mon petit bonhomme dans quelques instants. Les autres parents sont dans la même situation que moi, éparpillés dans tous les coins. Le papa d'un copain de Tiago me fait un sourire, puis finit par s'approcher de moi :

– Bonjour, Naya, ça faisait longtemps que je ne vous avais pas vue. Vous avez eu des problèmes ?

L'homme qui me fait face a des cheveux blonds, longs et bouclés, attachés en un vulgaire chignon. Ses yeux bleus sont envoûtants, et il a un physique à faire saliver n'importe quelle femme. Ses muscles merveilleusement sculptés ressortent sous le pull qu'il porte près du corps.

D'après Maria, qui m'a plusieurs fois accompagnée chercher Tiago, il cherche une ouverture pour me proposer un rencard, et de préférence sans enfants. Honnêtement, il n'est pas moche du tout et s'il n'y avait pas eu Cédric, j'aurais pu me laisser tenter, mais c'est trop tard désormais.

– Oh non, rien de grave ! J'avais du travail et des choses à régler, lui réponds-je en lui adressant un sourire poli.

– D'ailleurs, je voulais vous demander... commence-t-il, gêné. Un jour, ça vous dirait de venir boire un verre, en tête-à-tête ?

Aïe !

– C'est vraiment gentil de votre part, mais je vais devoir décliner. Je ne suis pas disponible, j'ai quelqu'un dans ma vie. Je préfère vous le dire, que vous ne vous fassiez pas de faux espoirs.

Depuis le retour de Cédric, il ne l'a jamais rencontré ou du moins pas officiellement. Néanmoins, je doute que les enfants n'en aient pas parlé devant lui. Surtout que Tiago aime mentionner son père à toutes les sauces.

– Oh ! J'ignorais que vous aviez rencontré quelqu'un, je passe vraiment pour un lourdaud. Veuillez m'excuser !

– Non, ne vous excusez pas, vous ne pouviez pas savoir que le papa de Tiago et moi nous étions remis ensemble...

Pourquoi, je me justifie au juste ?!

– Attendez, vous m'aviez dit qu'il était décédé et qu'il n'avait jamais rencontré son fils, me fait-il remarquer, intrigué.

– C'est une très longue histoire… En bref, il n'est pas mort, il a eu un accident de voiture qui l'a rendu amnésique pendant des années avec… certaines complications.

– Oh ! Je vois. En tout cas, si votre petite famille est enfin réunie, je ne vous souhaite que du bonheur ! me lance-t-il avec un immense sourire.

C'est dingue, mais on dirait vraiment qu'il est sincère !

C'est la première fois que j'éconduis un homme. J'ai très souvent connu l'inverse ; je craquais pour des garçons qui ne ressentaient pas la même chose que moi, malheureusement.

– Merci, lui réponds-je timidement.

Au même instant, Tiago et son copain sortent de l'école en courant jusqu'à nous. Je pourrais presque dire : sauvée par le gong !

– Papa, il est pas avec toi ? me demande-t-il, intrigué.

– Non, il nous attend à la maison. Je crois qu'il a dit qu'il allait te préparer ton gâteau au chocolat préféré pour le goûter.

– Oh ouiii ! s'exclame-t-il de joie tout en levant les bras en l'air.

Je me tourne vers le papa de l'ami de mon fils pour le saluer et au même moment, une voiture fait brusquement crisser ses pneus non loin de nous. Mon cœur rate un battement dans ma poitrine et la peur monte d'un cran. Je me retourne vers Tiago quand j'aperçois deux personnes sortir de cette voiture et s'approcher de nous en courant.

Je savais que c'était trop beau pour qu'on nous laisse vivre tranquillement !

Comme un sixième sens, je sais qu'ils sont là pour nous et pour personne d'autre. Je ne sais pas l'expliquer, je le ressens tout au fond de moi et je suis morte de trouille. Je n'ai pas le temps d'ordonner à Tiago de se mettre derrière moi qu'une des deux armoires à glace se jette sur nous. L'un d'eux attrape Tiago par les épaules tandis que le second me ceinture comme s'il essayait de m'empêcher de bouger.

– Maman ! crie mon bébé, apeuré par ce qu'il est en train de se produire.

Je ne comprends pas ce qu'il est se passe, mon cerveau est comme déconnecté. La seule chose qui me fait encore bouger, c'est la peur de perdre mon enfant.

– Tiago ! hurlé-je à mon tour.

Je n'arrive pas à discerner ce qu'il se passe autour de moi, trop accaparée par la vision de mon enfant qui est en train de se faire kidnapper par un inconnu habillé de noir ainsi que d'un bonnet et d'une paire de lunettes de la même couleur que ses vêtements.

– Laissez mon fils tranquille !

Je tente de me débattre, or je n'arrive pas à me débarrasser de la sangsue qui s'est attachée à moi. Tout à coup, j'aperçois le père du copain de Tiago foncer sur l'armoire à glace qui tente de l'emmener de force jusqu'au véhicule. Il tente d'arracher mon gamin aux mains de ce dernier, et je remarque bien qu'il est apeuré. Il ne m'en faut pas plus pour que l'adrénaline parcoure mon corps entier. Je donne des coups dans tous les sens pour me libérer de la prise de l'homme qui me tient à m'en faire mal.

– Tu vas te tenir tranquille, pétasse ! grogne-t-il mécontent.

– Lâche-moi, espèce de connard !

Tant bien que mal, je réussis à lui donner un coup de talon entre les jambes. Aussitôt, il me relâche en se courbant de douleur. Sans demander mon reste, je commence à courir en direction de Tiago, sauf que l'homme en question se redresse et finit par me rattraper ; cette fois il m'empoigne par le bras et me retourne vers lui. Sans que je le voie venir, il m'adresse une gifle magistrale. Je ne sens pas la douleur, trop inquiète par ce qui pourrait arriver par la suite.

Je suis en train de me battre et personne ne bouge pour me porter secours. Qu'attendent-ils pour m'aider ou même appeler la police ? Je me suis toujours débrouillée seule en tant que maman célibataire, toutefois j'aurais espéré un peu plus d'assistance face à une agression en pleine rue.

– Qui vous envoie ? lui craché-je à la figure.

Pas besoin de lui demander, je sais très bien qui est derrière tout ça. Cependant, je veux qu'il me le confirme de vive voix.

– Parce que t'as vraiment cru que j'allais te le dire en plus ?! me lance-t-il, hilare.

Il éclate de rire et j'ai envie de lui retourner le coup qu'il m'a donné quelques instants plus tôt. Je tourne la tête pour m'assurer que mon fils ne coure plus aucun danger. Je remarque qu'une maman s'en occupe et supplie les papas aux alentours de me venir en aide. Mais personne ne semble bouger.

Quand on se débrouille seule depuis des années… Autant ne plus rien attendre de personne !

– Je sais parfaitement qui vous a demandé de faire une chose pareille ! Et vous pouvez leur dire d'aller se faire foutre ! Jamais ils ne pourront nous séparer.

Je donnerai ma vie pour être auprès de ceux que j'aime. Personne, même pas eux, ne pourra nous détruire ! Cédric et moi avons subi pendant des années, désormais, on va se battre, peu importe ce que ça nous coûtera !

– C'est ce que tu crois !

Et j'en suis persuadée, Ducon !

Voyant que sa réplique ne me fait ni chaud ni froid, il resserre sa prise sur moi. Au même instant, des sirènes de police retentissent au loin.

– Putain ! Ils ont appelé les poulets. Mec, on se casse ! hurle l'armoire à glace qui me maintenait contre lui.

Je le regarde dans les yeux : il est transi de peur. Si j'étais lui, je prendrais mes jambes à mon cou et je détalerais comme un lapin. Terrorisé et affolé, il ne trouve rien de mieux que de me pousser de toutes ses forces. Je m'écroule au sol, le cœur battant toujours la chamade. Quant à celui qui était aux prises avec le papa du copain de Tiago, il semble toujours vouloir se battre. L'homme lui assene un violent coup de poing au visage avant de faire demi-tour pour grimper dans le véhicule au moment où la police débarque.

Je me relève, folle d'inquiétude, et cherche mon enfant du regard. J'observe partout, mais je ne le vois pas.

– Tiago ?! hurlé-je, la peur prenant une nouvelle fois place dans tout mon corps.

Après quelques secondes, une petite voix se fait entendre et je l'aperçois courir vers moi.

– Maman !

Il me saute dans les bras, et tout comme moi il finit par craquer et pleurer à chaudes larmes. Je le serre contre moi de toutes mes forces.

J'ai eu la peur de ma vie !

– C'est fini, mon chéri. Tout va bien !

Si un jour on m'avait dit que mes beaux-parents en arriveraient là, j'aurais certainement rigolé. Au fond de moi, je savais qu'ils étaient capables de tout, mais certainement pas d'essayer de kidnapper leur petit-fils.

Quand je vais dire ça à Cédric…

J'essaie de faire bonne figure devant mon enfant, pourtant je n'en mène pas large. Tout mon corps tremble, et je ne parviens toujours pas à croire ce qu'il vient de se passer. J'ai l'impression que c'est une mauvaise blague, et que dans quelques minutes des caméras vont sortir de leur cachette en nous lançant : « on vous a bien eus ! »

Sauf que tout est bien réel, et que Tiago a failli se faire enlever. Pour l'heure, j'ai du mal à réaliser, mais lorsque l'adrénaline sera descendue, ça ne sera certainement pas la même histoire…

En attendant, je veux juste rentrer chez moi et ne plus jamais sortir ! Je me prépare au pire pour la suite… Mais que va-t-il encore nous tomber sur la tête ?

41

Naya

Mai 2022

Après ce qu'il vient de se passer avec Tiago devant l'école, nous passons plusieurs minutes à reprendre nos esprits. En devenant maman, je savais qu'il était possible qu'il arrive tout un tas de choses improbables à mon enfant, mais jamais je me suis imaginé qu'on puisse vouloir le kidnapper !

– Maman ? Tu penses que le goûter qu'aura préparé papa sera encore bon ?

Je regarde l'heure affichée : presque 18 h. Cédric a tenté de m'appeler à plusieurs reprises, et je n'ai pas eu le courage de répondre. Si j'avais eu le malheur d'entendre sa voix dans mon état, je me serais écroulée.

– Oui, mon cœur, tu sais que les gâteaux que fait ton père ont des superpouvoirs et restent tout le temps bons !

– Ah chouette, alors !

Ce gosse m'impressionne !

Il a failli se faire kidnapper, et je pense qu'il en a conscience au fond de lui, mais qu'il ne mesure pas encore la gravité de ce qu'il s'est produit.

– Tiago ? Tu as bien compris qu'il ne faut pas dire à papa ce qu'il s'est passé à l'école tout à l'heure ?

– Oui, maman ! C'est toi qui lui dis en premier. Motus et bouche cousue, me répond-il en mimant de fermer sa bouche avec une Fermeture Éclair.

Je lui souris, puis tourne la clé dans la serrure pour accéder à notre appartement. Aussitôt, Tiago entre en courant et se précipite vers son père.

– Maman a dit que tu avais fait de super gâteaux ! J'en veuuux !

– Il est un peu tard maintenant, on mange dans pas longtemps. On pourrait les garder pour le dessert ? lui répond Cédric, avant de le prendre dans ses bras pour le faire voler dans les airs à la manière de Superman.

– Ah non ! Le goûter c'est super méga important ! Et c'est tata Maria qui l'a dit, se fâche notre petit bonhomme en braquant un regard noir sur son paternel.

Cédric repose son fils au sol, s'approche de moi pour m'embrasser furtivement et me souffle :

– Vous en avez mis du temps, tout va bien ?

– Oui, t'en fais pas ! J'ai discuté avec des parents d'élèves et je n'ai pas vu l'heure passer, lui mens-je.

Je m'éclipse rapidement vers notre chambre, car j'ai besoin d'être seule. Je mens en disant à Cédric de ne pas s'en faire alors que j'ai vécu une épreuve traumatisante, et je risque de mettre du temps à m'en remettre. Une fois entrée dans la pièce, je ferme la porte et me laisse glisser contre cette dernière. La boule qui avait élu domicile dans mon ventre explose en mille morceaux. Aujourd'hui, je me suis sentie impuissante. Je n'avais jamais vécu une chose pareille.

Je suis terrorisée !

Que va-t-il leur falloir de plus, avant de nous laisser enfin tranquilles ?! Jusqu'où sont-ils prêts à aller ? Je suis consciente que mes beaux-parents sont capables du pire. En acceptant les avances de Cédric, je savais qu'ils feraient tout pour nous séparer. Toutefois, j'espérais qu'ils se fassent enfin une raison et abandonnent.

J'ai fait fausse route, depuis le début !

Si je n'avais pas aussi peur, j'aurais pris mon courage à deux mains et j'aurais débarqué chez les Green, folle de rage. On ne s'en prend pas à mon bébé sans en subir les conséquences. J'imagine déjà la réaction de mon homme quand je vais devoir lui en toucher deux mots. *Il va devenir dingue !* Depuis qu'il sait qu'il est père, Tiago est devenu la prunelle de ses yeux. Il m'a plusieurs fois avoué que c'était la meilleure chose qui pouvait nous arriver.

Assise à même le sol, je sens mes larmes couler le long de mes joues. J'ai la sensation d'être minable ! Aujourd'hui je craque. Je n'arrive pas à garder la tête haute. Je n'aime pas paraître faible aux yeux des gens, mais c'est ce que je suis. Je n'ai pas les épaules assez solides pour faire face aux épreuves que nous réserve la vie. La plupart du temps, je finis en pleurs, car je suis incapable de faire face seule.

Tout à coup, j'entends qu'on frappe à la porte. J'ai envie d'être isolée des autres et de pleurer jusqu'à ce que la fatigue vienne m'emporter. Sauf que la personne en question en a décidé autrement.

– Naya ? m'appelle Cédric de l'autre côté.

– Laisse-moi cinq minutes, et je vous rejoins, lui réponds-je, la voix chevrotante.

– Ouvre-moi ! m'ordonne-t-il.

En entrant dans la pièce, j'ai fermé à clé derrière moi ; il ne pourra donc pas ouvrir. Je me relève, sèche mes joues ainsi que mes yeux sans oser me regarder dans un miroir. Je dois être épouvantable !

Lorsque je me décide à laisser Cédric pénétrer dans la pièce, je fixe le sol. Sur le chemin du retour, je me suis préparée à plusieurs scénarios pour annoncer à mon homme qu'on avait essayé de kidnapper Tiago. À présent, je prends conscience qu'aucun d'eux ne se réalisera. Je n'avais pas prévu de craquer en arrivant ; je devais demander à notre fils d'aller jouer dans sa chambre pour pouvoir discuter avec son père. Mais je me suis comportée comme une lâche et j'ai préféré me cacher... Comme lorsque j'étais enfant.

– Tiago m'a dit qu'il s'était passé quelque chose à l'école. Il refuse de m'en dire plus, mais vu ton comportement je m'attends au pire.

– Je ne vois pas de quoi tu parles, tout va bien ! Tu connais ton fils, il s'inquiète pour tout et n'importe quoi, lui réponds-je, à deux doigts de craquer une seconde fois.

– Regarde-moi, Naya !

Je souffle. Je ne tiendrai pas quand il posera les yeux sur moi. Il s'approche de moi, et l'une de ses mains vient se poser sous mon menton. Au moment où je relève la tête et que nos iris se fixent, j'éclate une nouvelle fois en sanglots. Sans chercher à comprendre, Cédric me prend dans ses bras et tente de me consoler. Aucun mot ne sort de ma bouche. Dans ma tête, la scène qui s'est produite devant l'école passe en boucle sans que je ne puisse rien contrôler.

C'est comme regarder un film d'horreur, mais sur avance rapide, sans avoir à disposition la télécommande pour pouvoir appuyer sur le bouton stop.

– Ne me mens pas et raconte-moi, me supplie-t-il. Je n'aime pas te voir dans un état pareil !

Il me faut plusieurs minutes pour arriver à me contrôler. Après tout ce temps, je devrais savoir que Cédric a toujours été présent dans les moments difficiles, et qu'il sait à la perfection comment les surmonter. Il était l'épaule sur laquelle je pleurais par le passé. Et aujourd'hui, il continue d'être présent. Lorsque je suis enfin prête à discuter avec Cédric, je suis plus stressée par la réaction qu'il pourrait avoir que par la situation que nous avons vécue, Tiago et moi. Je connais mon homme ; à plusieurs reprises il m'a démontré qu'il n'avait pas changé et qu'il partait toujours au quart de tour. Nous nous installons sur le lit, et je finis par lui révéler ce qu'il s'est produit plus tôt. Les expressions de son visage ne me laissent pas indifférente, et je comprends ce qu'il se passe dans sa tête. Il est choqué que presque personne n'ait bougé pour me venir en aide. Puis à la fin de mon récit, il bouillonne de rage si bien qu'il ne tient plus en place. Il arpente la pièce en essayant tant bien que mal de se calmer, sauf que c'est peine perdue.

– Il n'y a qu'eux pour faire une chose pareille ! Je te jure que je vais les tuer, ou mieux on va aller porter plainte ! me lance-t-il en essayant de se canaliser.

– Le problème, c'est qu'on n'a aucune preuve… Nous savons tous les deux que tes parents sont derrière tout ça et pourtant nous ne pouvons rien faire, lui rappelé-je, perdue.

– Je ne vois qu'une chose à faire… Les amener à commettre des erreurs ! Nous devons mettre un point final à toute cette histoire. Je refuse que notre famille vive dans la peur. On doit avancer et mener notre vie comme on aurait dû le faire il y a plusieurs années déjà !

– Et comment comptes-tu faire, exactement ?

– Leur rendre une petite visite surprise !

– Ou alors… J'ai peut-être une solution, mais tu risques de ne pas aimer !

Je me souviens soudainement du journaliste que j'avais rencontré quelques mois plus tôt. Depuis on s'est envoyé quelques messages, sauf qu'on ne s'est jamais revu.

– C'est-à-dire ?! me répondit-il d'une voix hésitante.

Je décide de lui raconter l'histoire du speed dating et comment j'en suis arrivée à rencontrer Nick. Au départ, je ne savais pas si je comptais le recontacter ou non… Puis un jour, j'ai finalement eu des remords et je lui ai expliqué mon histoire pour qu'il n'attende pas après moi.

– Tu veux me demander d'accepter qu'un mec, qui t'a potentiellement dragué, nous vienne en aide ?

– Je t'ai dit que ça ne te plairait pas…

– Oui, mais pas à ce point ! Naya, franchement… C'est comme si tu me demandais d'inviter ton ex à ton anniversaire. C'est le même principe.

– Tu abuses, quand même ! Je ne l'ai vu qu'une seule fois et on a fait que discuter… Je n'ai rien fait de mal !

Il ne va quand même pas me faire le coup du petit-ami jaloux ?!

– Tu sais qu'on n'a pas le choix, Cédric !

On ne peut pas faire plonger son père sans un minimum d'aide. Sinon on finira comme tous les autres qui ont essayé avant nous…

– OK, très bien ! Mais je le fais uniquement pour notre famille et rien d'autre !

42

Cédric

MAI 2022

Dire que je suis fou de rage serait un euphémisme, car en vérité toute la colère que je ressens est encore plus forte. Je suis à deux doigts d'exploser, comme une grenade qu'on aurait dégoupillée. Qu'on s'en prenne à moi est une chose, mais qu'on tente de toucher à la femme que j'aime ou mon fils en est une autre !

Les mots de Naya m'ont touché en plein cœur. Au fond de ses yeux, j'ai remarqué la détresse, la peur et l'inquiétude. Je refuse de la voir dans un état pareil ! Au fond de moi, je sais que je suis l'unique responsable de tout ça. Je veux réparer tout le mal qu'ont causé mes géniteurs ! Je ne sais pas ce qui m'attend derrière cette porte, mais ce qui est certain c'est que quand j'aurai passé cette dernière, je me battrai bec et ongles pour le bien-être de ma famille !

Ils sont ce que j'ai de plus précieux !

Après avoir patienté plusieurs minutes devant l'entrée de chez mes parents, j'ose enfin rentrer. Je ne me laisserai plus faire, et pour qu'ils nous laissent enfin vivre en paix il fallait à tout prix que je les affronte. Face-à-face, et non par téléphone. Je souffle un bon coup et arpente le couloir qui mène au salon. Dire que je suis anxieux face à cette rencontre est un euphémisme. Je sais d'avance que rien ne se passera comme je l'ai prédit… Quand j'arrive dans la pièce, ma mère lit un de ses magazines, assise sur le canapé, tandis que mon père est installé à la table du salon, son ordinateur et toute une pile de documents face à lui.

Je me racle la gorge pour signaler ma présence, et tous deux tournent la tête vers moi. Mon paternel se lève et s'avance vers moi. Dire qu'il y a longtemps, je l'avais pensé capable de changer… Il est habillé d'un costume gris clair, et je présume qu'il porte encore l'une de ses grandes marques dont il a l'habitude. Mon cœur s'emballe ; je sais qu'il ne loupera pas une occasion de lancer l'une de ses piques acerbes.

– Tu as enfin repris tes esprits ? Ce n'est pas trop tôt…

– Désolé de te le dire, mais tu trompes. Je suis ici uniquement pour discuter et rien d'autre, lui apprends-je tout en croisant mes bras contre ma poitrine.

– Ma parole, mais tu es vraiment un abruti ! Cette salope doit être vachement bonne pour que tu souhaites rester à ses côtés, lance-t-il avant d'éclater de rire.

– Mesure tes propos ! Tu parles de ma femme, la mère de mon fils !

Intérieurement, je suis fou de rage. Je ne sais pas ce qu'il me retient de lui décocher un coup en plein visage. Sans doute qu'il me reste encore un peu de respect pour lui.

– Tu sais très bien que ça ne durera pas ! Et parlons de cet enfant : Tu n'es même pas certain qu'il soit de toi, mais tu continues à faire comme si c'était le cas. Le jour où tu te rendras compte que tu as commis une erreur, ce ne sera pas la peine de venir pleurer !

– Ton comportement me dégoûte ! Même un aveugle verrait que ce gamin est mon fils. Toi, tu restes buté et tu continues à vivre dans une haine constante. D'ailleurs, j'aimerais comprendre ce que Naya t'a fait pour que tu la détestes autant ?!

Au même instant, ma mère se lève et se place entre nous deux. Elle tente de calmer nos ardeurs, sauf qu'il est trop tard, à présent mon sang bouillonne. Je ne redeviendrai calme que lorsque j'aurai quitté cette maison pour de bon !

– Arrêtez tous les deux ! On va se détendre et parler calmement comme des adultes. J'en ai marre de constamment vous voir vous déchirer. Nous étions une famille à l'époque, et j'ai l'impression que nous ne sommes plus que des étrangers, crache-t-elle en direction de son mari.

– La faute à qui… lâché-je.

– Toi, tu ne t'en mêles pas, c'est bien clair ?! gronde mon père en direction de ma mère.

Le ton qu'il a employé est si violent que j'en ai presque sursauté. J'ai vu plusieurs fois mon paternel lui répondre durement, mais jamais avec une telle intensité…

– James, je veux qu'on arrête de vivre de cette façon !

Sans que je le sente arriver, il se tourne vers elle et j'ai juste le temps d'entendre le bruit ferme et sec de la claque qu'il vient de lui assener sans aucune raison…

– De quel droit tu oses donner ton avis ?! Je ne t'ai rien demandé. Tu as uniquement le droit de parler quand je te l'autorise !

Je suis littéralement figé ! Je ne m'attendais pas du tout à ça. C'est la première fois que je vois ma propre mère se faire frapper par mon géniteur. À dire vrai, je m'en doutais depuis plusieurs années, mais je n'en avais pas la preuve… Et à cet instant, je tombe des nues. J'aurais vraiment voulu avoir tort !

Au même instant, elle se recroqueville sur elle-même.

Tremblante, elle est effrayée, et je comprends qu'elle ne maîtrise pas ce qui se passe entre eux. Elle ne fait que lui obéir par peur de représailles !

Sans attendre, je me jette entre eux. Je fais désormais face à ce monstre qui lui sert de mari. Les yeux froncés, je le fusille du regard. Qu'il tente donc de me toucher ; je sais me défendre.

– Dégage de là, Cédric ! me menace-t-il

– Tu peux toujours courir !

– C'est entre nous, tu n'as rien à voir avec nos problèmes de couple ! Alors je me répète, mais dégage !

– Et tu cognes souvent ta femme pour régler tes soucis ? Parce que la violence conjugale c'est passible d'une peine de prison, tout de même !

Je me retourne vers ma mère qui à cet instant me paraît si fragile… Je ne l'avais jamais vue dans cet état.

– Malgré tout ce qui s'est passé, je peux encore te pardonner, car je comprends. Pour ça, il faut que tu prennes ton courage à deux mains et que tu oses enfin partir de cet enfer ! Prends tes affaires et viens avec moi, maman.

– Je… Je ne peux pas !

Derrière moi, j'entends James éclater d'un grand rire. Il prend son pied, car il sait qu'elle n'aura pas le courage de le quitter… Elle a si peur qu'elle en est incapable ! Et ça me peine vraiment. Elle continuera de recevoir des coups et elle ne pourra pas s'en aller, même si elle en avait les capacités.

Dans son malheur, elle m'attriste, mais je ne peux pas m'empêcher de lui en vouloir… Car si elle avait eu le cran de quitter mon père plus tôt, on n'en serait pas là aujourd'hui. Je peux parfaitement comprendre qu'elle soit restée, car j'étais jeune et qu'elle voulait me protéger de lui. Mais maintenant, j'ai passé l'âge… Et cet homme est en train de la bouffer.

– Finalement, tu es tout autant responsable que lui… Tu te laisses manipuler sans réagir, par peur. Tu attends quoi ?! tenté-je, afin de lui faire comprendre que tout ceci n'est pas acceptable.

– Je t'interdis de me mettre tout ça sur le dos ! s'écrie-t-elle furieuse.

– Que tu le veuilles ou non, c'est la vérité, maman ! Tu aurais dû partir quand il était encore temps. Mais au lieu de prendre ton courage à deux mains, tu baisses la tête et tu lui obéis au doigt et à l'œil sans réagir…

– Tu ne sais pas de quoi tu parles ! Reste en dehors de ça Cédric…

Ses yeux sont embués, et mon cœur se serre. Ils restent tous deux mes parents que je le veuille ou non, mais entre nous tout est terminé. Depuis toutes ces années, j'ai essayé tant bien que mal de faire des efforts et de tenter de les comprendre. À chacune de mes tentatives, j'en suis ressorti complètement chamboulé. J'ai fini par abandonner.

– De toute manière, je ne suis pas ici pour parler de ça, réponds-je à ma mère, tout en braquant un regard furibond sur mon paternel. Tu vas laisser Naya et Tiago tranquilles, je me suis bien fait comprendre ?! Sache que je resterai avec eux, que tu le veuilles ou non !

Un sourire mesquin se dessine sur ses lèvres. Je me demande encore ce qui me retient de ne pas lever la main sur lui.

– Qu'est-ce que j'ai encore fait ? Cette nana t'embobine, et toi tu plonges la tête la première. Je te rappelle qu'elle t'a toujours monté contre nous et tu ne le remarques toujours pas. Elle te mène par le bout du nez, et tu la suis la queue entre les jambes !

Je vais me le faire !

– Ose me regarder dans les yeux et dis-moi que tu n'y es pour rien dans l'accident de Naya, ou encore dans la tentative d'enlèvement de mon fils ! m'énervé-je en m'approchant de lui, forçant ainsi ma mère à se décaler sur le côté.

– Tu es sérieux quand tu me demandes une chose pareille ? Enfin, Cédric, cette fille est folle !

– N'inverse pas les rôles, s'il te plaît ! J'ai été témoin de tes faits et gestes. À l'époque, je n'étais qu'un gamin. Maintenant je suis adulte et tu n'arriveras pas à m'embobiner !

– Et qui te prendra au sérieux, Cédric ?

– Ne fais pas le malin, papa ! J'ai bien plus de cordes à mon arc que tu ne le penses. Si j'étais toi, je me méfierais.

Mon cœur bat la chamade ; c'est la première fois de toute ma vie que j'ose menacer ouvertement mon père. Certes, notre dernière communication téléphonique était assez claire, mais me voir face à lui va sans doute le faire changer d'avis sur mes intentions.

– Ce sont des menaces ? me demande-t-il en perdant toute la prestance dont il fait preuve en temps normal.

– Prends-le comme tu veux. Sache juste que je me battrai jusqu'à mon dernier souffle ! Naya et Tiago sont ma famille, quant à vous deux… vous ne représentez plus rien à mes yeux. Vous êtes morts !

J'entends ma mère sangloter derrière moi, mais je ne m'en formalise pas. Il faut qu'ils comprennent que désormais ils sont seuls.

– Comment oses-tu… crache-t-il, furieux.

– Un conseil ; ne t'approche plus de ma famille ou je te le ferai payer !

Je pointe un doigt dans sa direction, les sourcils froncés et le regard dur. Je veux qu'il comprenne que je ne bluffe pas cette fois. Je n'ai jamais été aussi sérieux de toute ma vie !

– Ne joue pas avec moi. Qui sait ce qu'il pourrait arriver la prochaine fois…

– Donc tu admets que tu es derrière tout ça !

– Certainement pas ! réplique-t-il en haussant les épaules.

Il a beau nier, ses paroles me prouvent le contraire. De toute manière, qui d'autre serait assez dingue pour organiser une chose pareille ?!

– Le contraire m'aurait étonné !

Le message semble être passé. Je recule de quelques pas, tout en continuant de le fixer sans jamais baisser les yeux. Il ne m'aura pas !

– Sur ce, je crois que nous n'avons plus rien à nous dire, l'informé-je. Je vais rentrer chez moi, et j'espère de tout cœur que tu n'interféreras plus jamais dans nos vies !

– Cédric, je te jure que… commence-t-il avant d'être interrompu par sa femme.

– Laisse-le partir, l'implore ma mère, fatiguée par la situation. Cette conversation ne sert strictement à rien ! Je t'en prie, arrête de vouloir le contrôler. Il doit vivre sa vie comme il l'entend, nous n'avons plus rien à dire désormais,

Je suis choqué. Je ne l'ai jamais vue comme ça. En quelques minutes, elle semble avoir pris vingt ans. Au fond de moi, je pense qu'elle a peur de mon père et qu'elle le suit dans ses délires tête baissée.

Elle me fait de la peine !

Mais je n'interviendrai pas dans leurs histoires de couple. Ils m'ont tellement fait souffrir, autant l'un que l'autre, que je suis désormais sans pitié.

Je lance un dernier coup d'œil à la femme qui m'a mis au monde, puis je me retourne pour quitter définitivement cette maison. Je ne reviendrai pas ici !

Jamais !

43

Cédric

Mai 2022

Être abandonné par ses parents est une chose, mais être déçu par eux en est une autre. Peut-on ressentir tout ça à la fois ? Ils ont beau m'avoir élevé, nourri et logé jusqu'à l'âge adulte, je ne me sens pas libre à leurs côtés. La trahison fait partie de leur quotidien, la violence également.

Et pourtant, je ne ressemble à aucun d'eux. Comment est-ce possible ? Un gamin doit forcément prendre d'un de ses deux géniteurs. Mais la réalité est bien là. Au fond de moi, j'ai la sensation d'être un étranger, et pourtant j'ai la certitude d'avoir une partie de leur ADN. Je n'ai pas été adopté et je suis le portrait craché de mon paternel, physiquement j'entends.

Alors pourquoi ?!

Ce dont je suis certain, c'est que je refuse de reproduire la même chose avec mon fils. Je souhaite qu'il sache qu'on l'aime et qu'il n'a jamais été une erreur pour nous. Malgré les circonstances de sa naissance, sa présence dans nos vies est une bénédiction. Certes, je suis papa que depuis quelques mois, mais au fond de moi j'ai la sensation de l'avoir toujours été.

En arrivant en bas de chez moi, je gare la voiture dans le parking souterrain. Naya et Tiago devraient être à la maison, à m'attendre. J'ai hâte de les serrer dans mes bras et de les embrasser ! Ils m'ont tellement manqué. Mais pour nous assurer que mes menaces pourront peut-être aboutir, il nous reste une chose à faire.

Rencontrer la seule personne qui saura nous sauver !

S'il avait refusé de nous porter assistance, à l'heure actuelle, je serais totalement perdu. Et la seule solution pour vivre en paix serait de partir loin, sans jamais nous retourner, mais grâce à lui, j'entrevois la fin de ce cauchemar !

Après plusieurs minutes, je passe enfin la porte de mon appartement, le sourire aux lèvres. J'entends déjà Tiago râler, car je me suis absenté beaucoup trop longtemps. Quant à Naya, je n'ai qu'une envie, c'est de me perdre en elle…

– Chérie, Tiago ? Je suis rentré !

Je dépose mes affaires dans l'entrée et pose ma veste sur le porte-manteau. Au loin j'entends des bribes de discussions, mais je ne reconnais pas la voix qui accompagne celle de Naya. Finalement, je m'approche du salon et découvre un homme, dans les 1 m 80, les cheveux blonds coupés à la Justin Bieber et des yeux émeraude.

Qu'est-ce qu'un mec fiche chez moi, pendant mon absence ?

Naya est installée dans le canapé, et lui est assis sur le fauteuil à sa droite. Lorsqu'elle m'aperçoit, elle m'adresse un grand sourire.

Punaise, qu'est-ce qu'elle m'a manqué !

– Oh mon cœur ! Je ne t'ai même pas entendu rentrer.

Je m'approche d'elle et l'embrasse furtivement, puis lui adresse un signe de tête. Je n'ai pas envie de paraître jaloux, cependant je me demande qui est cet individu.

– Cédric, je te présente Nick, il est journaliste, et il est d'accord pour nous aider, m'informe Naya.

Je finis par m'installer à côté d'elle. Je remarque que ce mec n'arrête pas de fixer ma nana... S'il espère quoi que ce soit, il peut aller se rhabiller !

– Je suis d'accord pour vous aider, et d'après ce que j'ai compris vous en avez grandement besoin... Je vous promets qu'on les fera plonger, quoi qu'il se passe. Vous avez ma parole.

Son regard s'accroche au mien, et tout au fond de moi, je suis persuadé qu'il est sincère. Il nous aidera, même s'il doit mettre des mois à rétablir la vérité, il le fera.

– Je vous propose de leur tendre un piège ! nous lance-t-il avec un sourire en coin.

Lui, il commence à me plaire !

– Alors, je vous explique mon plan... On est d'accord que cet homme déteste Naya au plus haut point ? nous demande Nick tout en nous fixant l'un après l'autre.

– Tout à fait, c'est même bien plus fort que détester... J'ai l'impression qu'il lui voue une haine sans nom, lui réponds-je tout en prenant la main à Naya.

Ce n'est pas la faute de la femme que j'aime si mon paternel ne peut pas la voir. J'aurais aimé que les choses tournent autrement pour qu'on puisse tous vivre tranquillement chacun de notre côté... Mais ça semble impossible.

– À votre avis, qu'est-ce qui pourrait le rendre furieux au point d'agir sans réfléchir ?

Je ne comprends pas où il veut en venir...

– Pourquoi ne pas faire croire que vous allez vous marier le plus rapidement possible ? Que vous précipitez les choses, car vous avez trop perdu de temps ?

J'imagine d'ici, la réaction de mes parents... Ils vont devenir fous de rage ! Ils pensent déjà que Naya en veut à ma fortune, alors une nouvelle pareille...

– Le problème c'est que je n'ai toujours pas divorcé d'Adriana… lancé-je, gêné, tout en passant une main dans mes cheveux.

– Tes parents sont au courant ?

– J'en sais absolument rien, mais j'ai peur qu'ils ne prennent pas la chose au sérieux… Après tout ce qui s'est passé, ça ne m'étonnerait pas qu'ils soient méfiants. Ils seraient capables d'aller vérifier si je suis bien légalement marié avec cette fille.

Nick semble réfléchir. Il finit par se lever du fauteuil et arpente la pièce. Voilà, notre seul plan vient de tomber à l'eau en seulement quelques minutes. Nous sommes fichus !

– Tu as déjà fait la demande de divorce ?

– Oui, mais mon avocat m'a certifié que je devrais être patient… Entre sept à vingt-six mois en moyenne. Donc j'ai de quoi patienter !

– Admettons que j'ai des contacts et que je puisse faire passer ton dossier en priorité, vous seriez partant pour qu'on parte sur ça ?

– Je tiens juste à dire une chose… J'ai un mauvais pressentiment avec tout ceci, admet Naya qui semble morte de peur.

Son regard à l'air totalement effrayé, et elle tremble comme si elle venait de voir un fantôme. Je m'approche d'elle et la prends tendrement dans mes bras pour la rassurer.

– Nick a l'air de savoir ce qu'il fait. S'il peut nous aider, faisons-lui confiance.

– Je dis juste que j'ai un mauvais pressentiment… Et si ça tourne mal ?

– La seule chose que j'aimerais, c'est qu'il te kidnappe, Naya. À ce moment-là, on pourra mettre en place la seconde partie du plan.

La kidnapper ?! J'étais d'accord pour le premier point. Par contre, on atteint là un autre niveau… Je ne suis pas certain d'être prêt à accepter ceci.

– Dit comme ça, je sais que ça peut être effrayant, mais il ne faut pas vous inquiéter. De toute façon, une fois la nouvelle tombée, il attendra que Naya soit seule pour agir, c'est pourquoi on te fera porter un micro constamment dès qu'on saura qu'il attaquera.

Honnêtement, je ne veux pas précipiter Naya dans la gueule du loup. Je veux qu'on en finisse, mais pas de cette façon.

– Cédric, je le ferais ! Même si j'ai peur, tu peux compter sur moi. Car notre famille est ma priorité ! m'informe Naya tout en me fixant droit dans les yeux.

Je dois lui faire confiance ! Et ensemble, nous y arriverons.

44

Naya

Mai 2022

Je me réveille difficilement, mes yeux peinent à s'ouvrir et ma tête me lance. Très vite, je sens que quelque chose ne va pas…

C'est quoi ce bordel ?!

Je panique. J'essaie de bouger, mais je n'y parviens pas. Mon cœur bat fort contre ma poitrine, j'ai peur et je n'arrive tout bonnement pas à réfléchir. Un bandeau me cache la vue. Je suis comme enfermée dans une bulle et je ne peux donc compter que sur mon ouïe pour parvenir à discerner le moindre mouvement. Tant bien que mal, je plonge dans mes souvenirs pour tenter de comprendre où je me trouve et ce qu'il s'est produit un peu plus tôt. Rien ne me revient, c'est le trou noir ! Je tire sur mes mains, sauf qu'elles sont ligotées à l'arrière de la chaise sur laquelle je suis assise. Quant à mes pieds, ils ont subi exactement le même sort.

Fais chier !

C'est comme si j'avais atterri dans un des films d'action que Cédric a l'habitude de regarder, et que j'étais devenue l'héroïne qui doit trouver un moyen de s'échapper.

Tu délires, Naya !

Au loin, j'entends des talons claquer au sol. Ils se rapprochent de moi petit à petit. La peur s'infiltre dans tout mon corps, j'ai envie de hurler, mais lorsque ma bouche s'ouvre je ne peux prononcer aucun mot. Je suis impuissante face à tout ce qui m'arrive.

– Tu as de la chance qu'ils veulent te garder en vie. Franchement, j'aurais aimé faire ça toute seule. J'aurais pris un malin plaisir à te faire souffrir. Parce qu'à cause de toi, ma vie ne ressemble à rien ! Mon mari est transi d'amour pour une autre femme, et je dois le regarder être heureux tout en gardant le sourire…

Adriana !

Pourquoi n'ai-je jamais pensé à elle ?! Tout simplement, car à mes yeux, les parents de Cédric étaient les plus dangereux. Après tout, il est fort possible qu'encore une fois, elle soit leur larbin pour tout et n'importe quoi. Elle a de la chance que je sois encore attachée, sinon je me serais levée pour lui demander des comptes. Il faut qu'elle accepte qu'entre Cédric et elle, il ne se passera jamais rien.

On ne contrôle pas les sentiments des gens…

Cette situation semble totalement incontrôlable, sauf que ce n'est pas le cas : grâce à Nick, nous avons monté un plan du début à la fin. Pour ma part j'avais quelques réserves sur la réussite de tout ceci. J'étais persuadée que le kidnapping ne réussirait pas… Et pourtant !

Tout à coup, je repense à Tiago. Je n'arrive pas à imaginer dans quel état il doit être. On avait prévu de ne rien lui dire pour qu'il ne fasse pas de gaffe. Mais j'espère que Cédric arrivera à le rassurer en lui expliquant que je reviendrai rapidement. Une chose est sûre : lorsque je sortirai d'ici, tous nos problèmes seront terminés, et j'irai serrer les deux hommes de ma vie dans mes bras.

Je les aime d'un amour inconditionnel.

Même si tout est calculé, je n'en mène pas large, car Adriana est folle et que je ne peux pas anticiper ses réactions. Malgré tout, je veux ressortir d'ici vivante.

– Honnêtement, j'ai pitié pour toi... Tu te conduis comme une gamine ! Tout ça, car un homme ne t'aime pas ? Tu as quel âge pour agir de cette façon ? lui lancé-je, horripilée par ses propos.

– Je t'interdis de me juger ! grogne-t-elle.

Ses pas claquent au sol, et je l'imagine faire les cent pas tout en réfléchissant à comment elle pourrait se venger. Cette fille est dingue, je n'ai pas d'autre mot pour la décrire. Elle pense que parce que j'ai été soi-disant kidnappée, je vais me taire et m'écraser ?

Elle se trompe lourdement !

– Explique-moi ce que je fais ici ? lui demandé-je en espérant l'amadouer pour la suite.

Elle s'arrête de marcher et doit sûrement peser le pour et le contre, car je n'entends plus rien. J'aimerais qu'elle me retire ce satané bandeau pour que je puisse enfin voir où nous nous trouvons.

– Tu n'as pas une petite idée ? Tu m'as piqué mon mari et je devrais vous regarder vivre votre petite idylle sans bouger ? Hors de question !

– Ce n'est pas ce que je t'ai demandé... À part la jalousie, tu n'as aucune autre raison de me retenir ici ?

– Je pense que c'est bien suffisant ! Cédric n'a pas à avoir le moindre sentiment pour toi ! Et à l'heure actuelle, on devrait être heureux ensemble. Si seulement il n'avait pas retrouvé la mémoire, tout serait différent... Mais tout ça, c'est ta faute !

Sans que je le sente venir, elle me pousse. La chaise sur laquelle j'étais assise bascule. Ma tête tape contre le sol, et mon dos cogne contre le dossier qui se brise sous la force de l'impact. Mon corps est submergé de douleurs qui viennent de partout et nulle part à la fois. Je n'arrive pas à déterminer l'endroit qui me fait le plus souffrir, tandis que mon cœur bat à tout rompre.

– Détache-moi ! Si les Green me voient au sol, ils vont te passer un savon mémorable… C'est pas ce que tu souhaites, je me trompe ? tenté-je, n'ayant aucune autre idée pour l'amadouer.

Même si elle a l'air seule pour l'instant, je devine que les principaux intéressés seront présents dès que possible. Depuis le début, ils ont été discrets pour qu'on ne les accuse de rien, mais maintenant que tout a dérapé, ils vont devoir répondre de leurs actes. Nick est derrière nous et ils ne nous laisseront pas tomber. Toute cette opération ne serait même pas possible sans lui ! Une fois les informations récoltées, la justice va pouvoir s'en mêler, mais pour cela, je dois réussir à les faire parler.

– Qui te dit qu'ils sont dans le coup, de toute manière ? me crache-t-elle, sûre d'elle.

– En te regardant, on sait que tu es incapable d'agir seule et surtout d'avoir des idées aussi tordues. Tu es plus du genre à être une bimbo qu'à réfléchir !

– Comment oses-tu…

Ses pas retentissent de nouveau, mais cette fois ils s'approchent de moi. D'un coup, le tissu que j'avais sur les yeux n'existe plus. Très vite, je comprends qu'Adriana me l'a arraché pour que je puisse la regarder. Mes yeux ont du mal à s'accommoder à la luminosité de la pièce. Quand enfin j'arrive à la discerner, elle est furieuse et ne semble pas vouloir être aimable.

En même temps… Ce n'est pas ce que j'attendais d'elle !

– Je n'en ai rien à foutre des Green et de ce qu'ils veulent ! Je vais te saigner et tu vas regretter de m'avoir volé Cédric ! Si je ne peux pas l'avoir, personne d'autre ne l'aura.

Je déglutis péniblement. La lueur qui parcourt ses iris ne me dit rien qui vaille. Ses menaces ne sont pas à prendre à la légère. Quand un sourire machiavélique se dessine sur son visage, tout mon corps se tend et pour la première fois depuis longtemps, j'ai une peur bleue.

Qu'a-t-elle réellement derrière la tête ?!

45

Cédric

Mai 2022

Plusieurs jours sont passés depuis le kidnapping de Naya. Nick m'a demandé d'être patient et de ne pas tout faire capoter en allant la sauver trop tôt. Je ne pensais pas qu'il nous aiderait autant, mais il travaille d'arrache-pied. Je lui en serai éternellement reconnaissant !

Je me maîtrise autant que je le peux face à mon fils, qui lui se referme comme une huître. Je ne peux rien lui dire, néanmoins je peux tenter de le calmer en lui expliquant que sa maman va revenir très bientôt et qu'elle n'est pas en danger.

Hier dans la soirée, je l'ai regardé et je lui ai dit qu'on allait passer quelque temps entre mecs, car Naya a dû s'absenter pour une durée indéterminée à cause de son travail. Il m'a regardé en arquant les sourcils, pas convaincu du tout…

En même temps, je m'attendais à quoi ?!

Ce matin, j'ai décidé de me lever tôt et de préparer le meilleur petit-déjeuner du monde. Sauf que rien n'y fait : il tire une tête de six pieds de long et n'a pas franchement envie de fournir le moindre effort. C'est dur pour nous deux, mais j'essaie vraiment de tout faire pour rendre la situation moins pénible.

– Pourquoi maman ne rentre pas à la maison ?!

Je redoutais qu'il me repose encore une fois la question. Lui mentir est difficile, et en rajouter une couche me tord l'estomac.

– Je te l'ai dit, elle a énormément de travail et elle ne peut pas revenir encore, mais c'est pour bientôt. Je te le promets !

Le petit ange qui se trouve sur mon épaule gauche est en train de me fusiller du regard. J'ose faire des promesses que je ne pourrai peut-être pas tenir à mon fils de pratiquement 6 ans.

Je devrais avoir honte !

– Tu mens ! Elle m'aurait téléphoné, elle l'a fait quand elle est partie te chercher… Elle l'a toujours fait quand elle devait partir !

– Tiago, s'il te plaît. Termine de manger, ensuite il faut qu'on se dépêche pour que tu n'arrives pas en retard à l'école.

Je suis épuisé. Je n'ai pas fermé l'œil de la nuit. Avoir préparé ce plan ne m'empêche pas d'avoir peur pour elle…

– Je m'en fiche, de toute façon, je ne veux pas aller à l'école ! Je veux ma maman ! se braque-t-il tout en croisant les bras contre sa poitrine.

Seigneur !

Au fond de lui, il sait que sa mère n'est pas absente à cause de son travail. Je commence à le connaître, et il est bien trop intelligent pour se laisser berner. Mais c'est encore un petit garçon, et je veux le protéger au maximum.

– Ce soir, c'est Maria qui viendra te récupérer, tu l'aimes bien, non ? Vous allez passer une superbe soirée tous les deux !

– Et toi tu ne seras pas là ? me questionne-t-il, intrigué.

– Non, ce soir je dois finir quelque chose de très important, mais je serai de retour pour te lire une histoire avant que tu ne t'endormes.

– Pfff !

Il replonge la tête dans son petit-déjeuner et boude pour la énième fois de la matinée. Je souffle d'exaspération. Mon fils est une vraie tête de mule, mais je sais que la situation n'est pas simple à vivre. Je devrais lui dire la vérité, toutefois je me retiens, car ce n'est qu'un enfant. En tant que père, mon rôle est de le protéger de tout ça.

– De toute façon, tu es comme maman, tu ne sais pas mentir. Je sais très bien qu'elle n'est pas partie pour le travail, sinon tata Maria n'aurait pas pleuré la dernière fois.

– Tiago, je…

– Non ! Je veux ma maman ! Tu es le papa le plus nul de la terre. Je te déteste, crie-t-il en se levant pour courir jusqu'à sa chambre.

Entendre ces mots sortir de la bouche de son propre enfant fait mal. Mon cœur se brise en mille morceaux. Depuis que je suis revenu dans leurs vies, j'essaie de toutes mes forces d'être un bon père pour lui et je veux surtout qu'il oublie mon absence. Pendant toutes ces années, je ne savais pas que Naya était tombée enceinte. Tout aurait pu être différent, et au fond de moi je m'en veux. Si je n'avais pas rejoint mes parents pour les fêtes ce soir-là, j'aurais eu une vie à l'opposé de celle que j'ai eue pendant ces six dernières années.

Naya et moi, on aurait pu nous découvrir en tant que couple, elle aurait découvert sa grossesse, et on aurait paniqué tous les deux, mais je sais qu'on aurait aimé coûte que coûte ce bébé d'un amour inconditionnel. Puis j'aurais été un futur papa totalement gaga ! On aurait préparé l'arrivée de Tiago comme il se doit. C'est entièrement ma faute si elle n'a pas pu profiter de la joie de sentir son bébé grandir en elle. C'est encore à cause de moi si elle s'est retrouvée devant le fait accompli, seule à l'hôpital.

J'aurais dû être là !

Je suis fou amoureux de Naya et mon fils est la prunelle de mes yeux. Sauf que j'ai encore l'impression d'être un étranger et de ne pas être complètement accepté au sein de ma propre famille. Et ça me blesse plus que je ne le pensais. Je voudrais en être un membre à part entière, sans que les ombres du passé reviennent me hanter.

Je n'y arrive pas…

Je me lève à mon tour de la table, laisse tout en plan et décide de rejoindre Tiago. Arrivé devant la porte de sa chambre, j'inspire un bon coup et frappe trois petits coups.

Aucune réponse.

J'essaie d'ouvrir la porte, mais cette dernière ne s'ouvre pas. Le petit malin a bien pensé à fermer à clé derrière lui. Il est triste et certainement inquiet, et je ne peux pas lui en vouloir de m'avoir parlé comme il l'a fait un peu plus tôt.

– Tiago, ouvre-moi ! Il faut qu'on discute, lui annoncé-je d'une voix douce pour ne pas le braquer.

J'attends quelques secondes, puis le supplie une seconde fois. Il est encore plus buté que Naya et moi…

– Je te promets que demain je t'emmène manger ton repas préféré si tu m'ouvres !

– Je m'en fiche ! répond-il avec des trémolos dans la voix.

– Si tu n'ouvres pas, je rentre de force, comme Hulk !

– De toute façon, t'es pas assez fort, et t'es pas vert ! Donc ça ne marche pas…

– Je suis capable de le faire pour te prouver que tu as tort ! Alors si tu tiens à cette porte, tu ferais mieux de me laisser entrer.

Je patiente et quelques secondes plus tard, j'entends qu'il tourne la clé dans la serrure pour que je puisse le rejoindre. Je décide d'attendre encore un peu, et j'entre dans sa chambre qui est décorée dans l'univers de ses super-héros préférés. Je le retrouve dans son lit, caché sous sa couverture, et je l'entends renifler.

Mon bébé…

Même s'il est déjà grand, il reste un bébé à mes yeux. Sans doute parce que je n'ai pas eu le privilège jusqu'ici de le voir grandir et passer du stade de bambin à petit garçon. Je m'assois au pied de son lit et lui lance :

– Tu sais, tu as parfaitement le droit d'être en colère, triste, ou de m'en vouloir pour certaines choses. Je le comprends tout à fait, mais tu dois savoir que je pense avant tout à ton bien. Jamais je ne voudrais te faire du mal, je t'aime trop pour ça. Je préfère te voir sourire, c'est la seule chose qui me rend heureux, lui confié-je, sincèrement.

– M'en fiche, tu m'as menti ! Maman, elle dit toujours que c'est pas beau de mentir !

– Oui, c'est vrai. Tu comprendras quand tu seras plus grand. Mais parfois pour protéger les personnes qu'on aime du plus profond de notre cœur, on n'a pas le choix que de leur cacher la vérité.

– Je suis déjà grand, et j'ai rien compris ! se vexe-t-il, tout en sortant la tête de sa cachette.

Ce gosse est infernal !

Je m'approche doucement de lui, l'attrape par la taille puis lui ébouriffe les cheveux. Il tente de s'échapper en se tortillant dans tous les sens et en hurlant. Mais peine perdue pour lui : je ne le lâcherai pas.

– Tu as terminé de bouder ? Ou je dois t'attaquer à coups de chatouilles ? le questionné-je sérieusement, alors qu'il essaie de reprendre son souffle.

– Je déclare forfait ! T'es le plus fort papa du monde, je retire ce que j'ai dit, me répond-il en levant les bras en l'air.

– Tu veux qu'on discute de ce qu'il vient de se passer ?

Je veux éduquer mon fils dans l'écoute et le partage. Je ne souhaite pas qu'il se renferme sur lui et qu'il ait peur de nous parler de quoi que ce soit. J'ai connu cette sensation des dizaines de fois avec mes parents et je ne reproduirai pas leurs erreurs.

– On va être en retard à l'école, et la maîtresse va encore te gronder ! Mais on pourra parler de maman ce soir ? me lance-t-il les yeux embués.

– Bien sûr, mon bonhomme !

Il se lève de son lit, prêt à aller s'habiller, puis fait volte-face. Il me regarde hésitant. Je m'aperçois qu'il souhaite me dire quelque chose, mais qu'il n'a pas le courage de le faire.

– Si tu veux me parler, fais-le. Tu n'as pas à avoir peur, Tiago.

– Maman, elle est partie, car elle ne nous aime plus ? lâche-t-il, telle une bombe qui explose en plein vol.

Je me lève à mon tour et m'accroupis pour être face à lui. Je refuse qu'il pense une telle chose !

– Ta maman nous aime de tout son cœur, je te le promets qu'elle n'est pas partie. Elle va bientôt revenir, mais il faudra qu'on soit patients. Si un jour elle devait s'en aller, crois-moi sur parole, elle t'emmènerait avec elle. Jamais elle ne t'abandonnerait.

– Tu en es certain ? me demande-t-il avec un sourire timide.

– À 100 % !

Il me saute au cou, puis me serre dans ses bras avec toute la force qu'il possède. Je préfère le voir comme ça, que triste et roulé en boule. Je ne veux plus entendre sortir de sa bouche qu'il me déteste, car ça fait beaucoup trop mal.

– Papa ? La maîtresse va te gronder ! On est en retard de dix minutes, m'annonce-t-il en fixant son réveil Iron Man.

Oh bordel de merde !

Je déteste son institutrice par-dessus tout ! C'est une femme méchante et aigrie. Heureusement, elle se comporte comme un ange avec les enfants. Sinon j'aurais changé mon fils d'école *illico presto* !

– Et si j'appelle l'école et que je leur dis que tu es malade ?

– Maman risque de ne pas être contente si elle l'apprend.

– Tu as raison… Habille-toi, il est temps d'aller affronter Gargamel !

46

Naya

Juin 2022

La fatigue et la violence font désormais partie de mon quotidien. Je n'arrive pas à déterminer depuis combien de temps je suis ici, enfermée dans une pièce qui ressemble à un garage. Les murs ne sont plus blancs, mais varient entre le jaune et le noir. Des traces d'essence et de saleté parsèment le sol. L'humidité est également présente un peu partout. Et l'odeur que dégage l'endroit est nauséabonde ; un mauvais mélange de renfermé et d'huile de moteur.

J'ai envie de vomir !

Heureusement, le simple fait de penser aux deux hommes de ma vie m'aide à tenir. Sans eux, j'aurais sans doute baissé les bras plus tôt. Ils sont ma force et ma raison de vivre. S'ils n'existaient pas, je ne serais pas la même aujourd'hui. Lorsque nous avons mis en place toute cette mascarade, j'étais loin d'imaginer ce que j'allais endurer… S'il faut en passer par là pour pouvoir vivre avec ma petite famille, alors j'irais jusqu'au bout !

Difficilement, j'ouvre les yeux. Je me suis évanouie ou simplement endormie, je ne sais plus. Après les multiples coups que m'assenent Adriana et le père de Cédric depuis des jours, tout mon corps me fait souffrir.

J'aimerais que tout s'arrête...

– Réveille-toi ! hurle James Green tout en me retournant d'une claque portée à la joue droite.

Ma tête part du côté opposé et je ferme les yeux. Mes larmes menacent de couler, mais je ne dois pas céder. Je refuse de lui montrer que je suis faible ! Il ne mérite pas que je pleure face à lui. Je m'arme de courage, le fixe droit dans les yeux, puis sans prévenir je lui crache au visage.

– Sale petite pétasse ! s'énerve-t-il, tout en s'essuyant à l'aide de sa chemise de grande marque.

Je lui souris de toutes mes dents. Je suis fière de moi, sauf que je sais que je vais le regretter amèrement. Sans crier gare, il s'approche encore plus de moi, m'attrape par les cheveux et tire dessus de toutes ses forces. À cet instant, je n'ai qu'une envie c'est de hurler, mais rien ne vient. Je n'arrive qu'à gémir face à la douleur, et pourtant j'aimerais lui balancer ce que je pense de lui.

– Fais attention à toi ! Ce n'est pas parce que tu te tapes mon fils que je ne pourrais pas tester la marchandise !

– Vous n'êtes qu'un gros porc ! m'époumoné-je.

– Je sais qu'au fond de toi, tu aimes qu'on se conduise comme ça avec toi. Avoue-le ! me dit-il.

– Comment votre femme arrive à rester avec un connard tel que vous ?! Vous avez un sérieux problème !

Au fond de moi, je suis effrayée. James est un homme qui est malade mentalement, et je reste persuadée qu'il pourrait me violer si l'envie lui prenait. Je ne fais plus la maligne, loin de là. S'il passe à l'acte, il me détruira. Et si j'arrive à sortir vivante d'ici, Cédric le tuera de ses propres mains. Dans tous les cas, ma vie est foutue… L'homme que j'aime risquera la prison, et moi je finirai fragile psychologiquement.

– Après tout, je comprends mon fils. Tu es une femme avec des formes là où il faut. Quand tu étais plus jeune, j'ai toujours pensé que tu serais un appel à la tentation quand tu aurais atteint l'âge adulte. Je me suis souvent retenu pour ne pas venir te goûter et réaliser mes plus sombres fantasmes, m'avoue-t-il alors que sa tête se penche dans le creux de mon cou. Je sens ses lèvres se poser contre ma peau.

Je vais vomir…

Je refuse que ce monstre me touche ! Rien que d'y penser, mon corps entier se met à trembler. La tête me tourne, et j'aimerais pouvoir m'évanouir à nouveau pour ne plus avoir à subir ces atrocités. Rien que de le sentir près de moi m'effraie, comment suis-je censée être forte dans une situation comme celle-ci ?

– Pourquoi vous me détestez autant ? tenté-je pour qu'il s'éloigne une bonne fois pour toutes de moi.

Il se fige et finit par éclater de rire. Je n'arrive plus à comprendre pourquoi il agit ainsi.

– Ma pauvre Naya, tu es bien à côté de la plaque ! Je ne te déteste pas, bien au contraire.

– Alors, expliquez-moi ! m'énervé-je.

Sa bouche s'approche de mon oreille, et quand il me souffle ces mots, tout mon corps se fige de dégoût.

– Je t'ai toujours désirée, ma belle…

Mon souffle se coupe, et si je craignais d'être violée un peu plus tôt, maintenant j'ai la certitude qu'il passera à l'acte. Peu importe quand, il le fera. Il faut à tout prix que Cédric et Nick interviennent ! Je ne porte pas ce foutu micro pour faire joli !

Depuis le départ, j'ai une peur bleue qu'ils comprennent qu'on est en train de les avoir magistralement ! Mon angoisse monte en flèche. Je n'ai jamais été aussi effrayée de toute ma vie ! Cet homme ne devrait même pas être en liberté ; sa place est en prison.

À force de l'entendre et de le voir agir, je n'ose pas imaginer ce qu'a dû endurer sa femme… Je suis certaine que pendant toutes ces années elle a dû subir son comportement. On voit bien qu'elle a peur de lui et qu'elle fait tout pour ne pas le contrarier. Dans ma tête, tout un tas de scénarios se met en place, jusqu'au viol conjugal qu'elle a certainement dû endurer… *C'est une horreur !*

– Vous vous rendez compte de ce que vous dites ?! Je n'étais qu'une enfant à l'époque…

– Bien sûr que tu n'étais qu'une enfant, et c'est bien pour ça que je ne pouvais rien te faire. Mais tu vois, ta mère et toi vous vous ressemblez tellement… Puis j'ai une imagination très fertile…

– Que vient faire ma mère dans cette histoire ? le questionné-je, intriguée et ne comprenant pas où il veut en venir.

– C'est pourtant simple. Ton père et elle étaient au bord du divorce lorsque ton frère a été diagnostiqué autiste. J'en ai profité, j'ai été là pour elle, me révèle-t-il avec un grand sourire machiavélique.

– Ce n'est pas possible ! Vous vous êtes tapé ma mère ?! m'écrié-je, indignée.

– C'était soit la fille, soit la mère. Tu étais trop jeune, j'ai dû faire des choix !

C'est une blague ?!

Ma mère ne peut pas avoir fait une chose pareille ? Je me débats entre le dégoût et la colère. Elle qui me donnait de grandes leçons sur l'amour et la fidélité s'est bien gardée de me dire qu'elle avait couché avec le père de mon meilleur ami…

Je suis folle de rage !

Malgré les différends entre mes parents et moi, leur histoire d'amour m'a toujours fascinée. Pour moi, c'était la relation parfaite. Même s'ils ont eu des temps difficiles, à mes yeux, ils vivaient un véritable conte de fées.

Parsemé de mensonges et de trahisons...

James revient à l'attaque en passant une main sur mon épaule pour remonter jusqu'à mon cou, et j'essaie de me débattre, mais il reste plus fort que moi. C'est perdu d'avance, et j'en suis consciente. Mais je me battrai coûte que coûte. Je ne le laisserai pas m'avoir si facilement ! La peur a pris possession de mon être, sauf que je veux lui montrer qu'il ne prendra pas le dessus sur moi, et que je reste maîtresse de mes émotions. Malgré tout, mon corps commence à me trahir et se met à frissonner et à trembler de toutes parts. On pourra certainement mettre ça sur le fait que je suis simplement vêtue d'une jupe et d'un soutien-gorge, et que l'humidité de la pièce ne m'aide pas à me réchauffer.

Si seulement je pouvais me détacher...

– Je vais te confier un petit secret. Te voir te débattre comme ça m'excite à un point... ! J'ai envie de me glisser entre tes jambes et de t'entendre gémir, malheureusement, j'ai du travail qui m'attend.

Je ferme les yeux, comme si je pouvais me téléporter ailleurs. Si seulement Cédric savait ce qu'il était en train de se passer... Je voudrais être capable de m'enfuir.

Cédric... Aide-moi !

47

Cédric

JUIN 2022

Depuis que Naya a été kidnappée, ma vie est devenue un enfer. J'ai énormément de mal à canaliser Tiago, il demande sa maman jour et nuit, et je me sens impuissant. Je suis devenu père sans être préparé au préalable et j'ai encore tellement à apprendre avec lui ! Je commets des erreurs comme n'importe quels parents, mais j'essaie avant tout de penser à son bonheur.

Aujourd'hui j'ai réussi à me faufiler dans l'une des nombreuses entreprises que possède mon paternel. Celle située à Paris est la toute première qu'il a créée. Avec un peu de chance, je pourrais dénicher ne serait-ce qu'un minuscule indice qui indiquerait que mon père est impliqué dans l'enlèvement de Naya. Les réseaux informatiques de toutes ses affaires communiquent entre elles. Même s'il n'a pas mis un pied ici depuis des lustres, je pourrais forcément dénicher une piste.

Ici tout le monde me connaît, c'est pourquoi j'ai décidé de me faufiler dans les locaux le plus discrètement possible.

Habillé d'un jean et d'un sweat à capuche noir, je marche en essayant de ne croiser personne.

C'est du grand n'importe quoi…

J'entends des voix assez proches de moi, et mon cœur s'emballe. Je regarde à gauche puis à droite pour savoir où je pourrais me cacher sans attirer l'attention.

Le placard des agents d'entretien !

Ni une ni deux, je pénètre dans la pièce et referme derrière moi. J'entends deux employées discuter du petit nouveau de la comptabilité.

Bon sang, c'est bien ma veine…

J'attends comme un imbécile, puis lorsque j'entends qu'elles rentrent dans la salle de la photocopieuse, j'entrouvre la porte puis regarde dans tous les sens avant de ressortir dans le couloir.

Je grimpe les étages à l'aide de l'ascenseur pour finir par arriver au 70e étage. Lorsque le « ding » retentit, je sors de la cabine de fer, passe la tête pour observer les environs, mais il n'y a personne à l'horizon.

En même temps, j'arrive pour la pause-café !

Avec un peu de chance, je pourrais atteindre le bureau de mon père sans encombre et surtout sans croiser personne. Je marche le long des couloirs sombres. J'espère vraiment ne pas me tromper et qu'il est toujours au même endroit. Il ne me reste plus qu'une dizaine de pas et je pourrai enfin m'enfermer dans le bureau de mon père, ni vu ni connu. J'enlève ma capuche, vu qu'il n'y a plus personne, mais très vite je regrette !

– Cédric ? Mais qu'est-ce que tu fais ici ? s'exclame la voix d'une femme dans mon dos que je ne connais que trop bien.

Merde !

Je me retourne en direction de cette personne que j'aurais été ravi de revoir dans d'autres circonstances. Sauf que pour l'instant, le temps joue contre moi, et je dois me dépêcher.

– Angélique ! Je suis ravi de te revoir, lui réponds-je avec un immense sourire.

Cette femme m'a presque élevé quand mes parents étaient trop occupés par leur travail respectif. Elle était ma nourrice attitrée jusqu'à ce que je sois assez âgé pour me gérer tout seul. Par la suite, je ne l'ai plus jamais revue. Elle a souvent été présente pour Naya quand c'était dur pour nous de gérer mes géniteurs et leur jalousie maladive.

– Je t'ai vu passer, j'ai cru d'abord à une hallucination. Tu as bien grandi depuis la dernière fois que je t'ai vu… J'ai même pensé que tu ne me reconnaîtrais pas, m'avoue-t-elle penaude.

Les années ont passé, moi j'ai gagné en maturité, mais elle… elle a vieilli. Ses longs cheveux colorés en blonds sont devenus noirs avec quelques mèches blanches. Ses yeux bleus sont toujours là, mais quelques rides en plus sont apparues dans les coins de son visage. Quant à sa silhouette, elle est désormais un peu plus ronde qu'à l'époque.

– Tu n'as presque pas changé depuis la dernière fois qu'on s'est vus, la complimenté-je.

Elle me répond avec un sourire, puis me lance un regard grave.

– Je savais que tôt ou tard tu allais venir jusqu'ici…

– Comment ça ? lui réponds-je en fronçant les sourcils.

– Mettons-nous à l'abri des oreilles indiscrètes, tu veux bien ?

J'acquiesce, et nous nous dirigeons dans le bureau de mon paternel. Depuis qu'elle ne s'occupe plus de moi, Angélique est la secrétaire de mes parents pour l'entreprise de Paris. Désormais elle prend en charge les rendez-vous, organise les réunions, etc.

Nous pénétrons dans l'immense pièce et je suis subjugué par autant de… luxe ? Le bureau de mon père est sculpté dans du verre de couleur noire, et prend toute une partie de l'espace de ses au moins deux mètres de long et de large. Dans un autre coin, deux canapés se font face autour d'une table basse et un immense bar aux multiples alcools occupe un des murs.

L'endroit correspond parfaitement à mon père !

– Il y a des choses que tu dois savoir à propos de mes parents… commencé-je tout en m'installant avec Angélique sur l'un des sofas.

– Je t'arrête tout de suite, c'est plutôt à moi de t'apprendre ce que tu ignores. J'imagine que tu n'es pas ici pour voir comment se porte la société, je me trompe ?

– Tu as raison…

– Tes parents sont des gens dangereux, Cédric… Surtout ton père ! Ta mère, elle, vit dans la peur. Elle subit ce que lui décide.

– Je sais tout ça, et je cherche quelque chose qui pourrait m'aider à les faire tomber !

Elle me fixe avec un regard peiné. Je sais qu'elle m'a toujours aimé et qu'elle aurait voulu que j'aie des géniteurs aimants qui s'intéressent à moi. Toutefois, je n'ai rien eu de tout cela.

– Tu ne devrais pas être ici, Cédric. Tu as beau être leur fils, ils ne t'épargneront pas…

– Au point où j'en suis, j'en ai plus rien à foutre ! Depuis des années, ils m'empêchent de vivre. Et ce sont Naya et mon fils qui en pâtissent… ça me rend dingue. J'aimerais trouver comment faire condamner mon père pour tout ce qu'il a fait, afin qu'il nous lâche et qu'il paie enfin pour ses actes ! Sauf que je n'ai aucune preuve.

Tout à coup, son visage devient blanc comme si elle allait s'écrouler d'un instant à l'autre. Elle m'inquiète…

– Tu te sens bien ? Tu veux quelque chose ?

– Naya est en danger si elle est aux mains de ton père ! Tu n'es pas au courant de tout, mais moi, si… Je connais ta famille depuis longtemps, j'entends tout. James a toujours eu un problème avec Naya.

Elle n'a pas tort… Il s'est mis à détester ma relation avec Naya du jour au lendemain, sans aucune raison. Je n'ai jamais compris sa réaction. Nous nous connaissions depuis toujours, alors pourquoi maintenant ?!

– James est obnubilé par Naya, il a un réel problème avec cette jeune femme. S'il a tenté de t'en éloigner, c'est pour une bonne raison… Il était jaloux de toi !

Jaloux ?!

– C'est une blague, j'espère ? lui demandé-je.

– J'aimerais bien, mais je crois qu'il a toujours été en quelque sorte amoureux d'elle. J'ai plusieurs fois retrouvé des photos d'elle dans ses effets personnels. Je n'en sais pas plus, mais son comportement vis-à-vis de cette jeune fille est à la limite de l'obsession…

Ce qu'elle me dit aurait pu me faire défaillir de dégoût si je n'avais pas été assis… Finalement, je n'ai pas besoin de chercher des preuves supplémentaires contre mon père : Angélique vient de m'en servir sur un plateau d'argent.

– En revenant, je l'ai jetée dans la gueule du loup…

– Il est peut-être encore temps de la sauver, Cédric !

– Il faut que je la retrouve !

Tout à coup mon portable se met à sonner : Maria. Elle devait aller chercher Tiago à l'école, il y a maintenant une demi-heure. Sa maîtresse m'a appelé, car il se plaignait d'être malade. J'ai alors envoyé la meilleure amie de Naya aller le chercher, pour pouvoir essayer de trouver des documents ou même des informations compromettantes concernant mon père et ses associés. Lorsque je décroche, je n'ai pas le temps de placer un mot, qu'elle me saute littéralement à la gorge.

– Tu as envoyé quelqu'un récupérer Tiago ?

– Maria, tu es la seule en qui j'ai confiance pour garder mon fils. À qui d'autre voudrais-tu que je demande ?

– Réponds à ma question, me demande-t-elle d'une voix glaciale.

– Non, je n'ai demandé qu'à toi. Tu vas me dire ce qu'il se passe ?!

Tout à coup, j'entends Maria sangloter à l'autre bout du fil.

– Cédric… La maîtresse de Tiago vient de me dire qu'une femme l'a récupéré il y a quelques minutes. Elle s'est fait passer pour sa grand-mère avec une attestation qui portait ta signature.

– Tu ne bouges surtout pas ! J'arrive !

Cette fois-ci, il n'y a plus aucun doute. Ma mère est passée prendre Tiago et l'a enlevé. Pour la première fois, ils ont commis un faux pas, et je me demande ce qu'ils ont exactement derrière la tête ? Alors que j'allais me lever, mon téléphone sonne une seconde fois. Un message de la part de Nick vient d'arriver et mon visage se décompose.

Nick:

La situation est en train de dégénérer,
il faut qu'on intervienne rapidement !
Il faut qu'on se voie, et vite !!!

Jamais je n'aurais pensé vivre un tel cauchemar… Je suis fou de rage ! Intérieurement, j'essaie de me contenir, car je risque de tout casser sur mon passage. Finalement, Naya avait raison ; ce plan était foireux depuis le début… J'aurais dû l'écouter et lui faire confiance.

Comment j'ai pu être aussi con ?!

Nick est peut-être journaliste, mais il n'est pas magicien ! Je ne pense pas qu'il arrivera à nous sortir de là sans encombre… Pourtant, j'ai quand même envie d'essayer.

Je ferais tout ce qui est en mon pouvoir pour qu'on puisse se retrouver tous les trois en famille !

48

Cédric

Juin 2022

Fou d'inquiétude, j'ai quitté mon ancienne nourrice en lui promettant de la revoir quand tout serait plus calme, et j'ai conduit à travers la ville comme un fou du volant… Je me demande encore comment j'ai pu échapper aux forces de l'ordre.

Nick m'a donné rendez-vous chez lui, mais grâce au GPS j'ai réussi à me perdre au moins une dizaine de fois, et les voitures derrière moi ne sont absolument pas patientes ! Me faire klaxonner, car je ne trouve pas une rue ou parce que j'essaie de faire une marche arrière, m'a plus d'une fois donné envie de sortir de mon véhicule pour aller mettre mon poing dans la tronche de ces enfoirés !

Sauf qu'après avoir traversé la ville bien trop vite, j'ai tout intérêt à ne pas commettre d'autres infractions…

Très vite, je finis par arriver devant une grande maison. Enfin, je devrais plutôt dire une immense villa ! Une dans les tons crème dans le style très américain. Deux garages sont visibles tout au bout, presque invisibles au premier coup d'œil. De multiples fleurs, arbustes et arbres parsèment les côtés de la maison, comme pour lui donner une âme et créer un accueil chaleureux.

Pour finir, une piscine enterrée, qui fait le triple de la surface de l'habitation, se trouve dans le jardin. *Je n'ai jamais vu une chose pareille !* Au centre de cette dernière se trouvent un îlot de terre et une table dont une partie est immergée dans l'eau. Je n'ose même pas imaginer les soirées qu'il doit organiser ici…

En tout cas, je ne savais pas qu'être journaliste payait aussi bien !

Nick a fini par me faire entrer chez lui, et la première chose que j'ai remarquée c'est sa mine grave et inquiète. Aussitôt mon cœur s'emballe, et je crains déjà le pire !

– Dans un premier temps je vais te demander de ne pas t'affoler !

– C'est un peu tard pour me demander une chose pareille…

– Je me doute… Mais il faut vraiment que tu relativises et que tu me laisses continuer sans tout faire capoter, me demande-t-il tout en me fixant droit dans les yeux, comme pour me mettre en garde.

– Écoute, viens-en au fait, car je n'ai pas le temps ! Mon fils a disparu, et je ne sais pas ce qui s'est passé. Mon amie qui est avec la maîtresse et la police est en panique, alors ne me fais pas perdre de temps, claquais-je froidement.

Mon sang-froid commence à se faire la malle depuis un moment. J'ai essayé de garder mon calme jusqu'ici, mais malheureusement je n'y arrive plus ! Je suis inquiet autant pour celle que j'aime que pour notre fils…

– Je sais où se trouve Tiago… Tu peux respirer, il n'est pas en danger.

– Comment ça tu sais où il est ? commençais-je, tout en m'énervant.

Je serre les poings. On n'aurait jamais dû se lancer dans une histoire pareille. Notre plan s'est cassé la figure dès l'instant où Naya s'est fait kidnapper. Même si tout était prémédité, on ne savait pas ce qui se produirait une fois qu'elle serait loin de nous. Je m'en veux de ne pas l'avoir écoutée… Elle a eu peur quand Nick nous a parlé de son idée et elle avait raison !

J'ai conduit ma femme au bûcher !

– De ce que j'ai compris grâce au micro qu'on a posé sur Naya, il est avec sa maman… Apparemment, ton père a envoyé ta mère le récupérer à la sortie de l'école.

C'est une blague ?!

J'ai la sensation de vivre dans un cauchemar ! Il faut vraiment que ça s'arrête. On ne peut plus continuer de risquer nos vies pour deux personnes aussi dérangées mentalement !

– Il faut qu'on fasse quelque chose Nick ! Je ne veux pas que ces gens s'approchent de mon fils…

– Dans la vie, on ne peut pas tout contrôler Cédric ! Mais on est sur la bonne voie !

J'ai presque envie de le secouer pour qu'il me dise enfin ce qu'il se passe ! Malgré tout, je sais comment ça va se terminer… Je suis capable de courir jusqu'à ma petite famille pour les sortir de là !

– Mon équipe, qui est sur place, est en écoute en continu de ce qu'il se passe autour du micro de Naya. Ton père devient de plus en plus ingérable… il faut qu'on se rende sur place. Tous mes contacts sont désormais au courant, et on va devoir tous bosser en équipe, Cédric. Tu vas devoir nous faire confiance.

– Je t'ai fait confiance une seule fois, et regarde où ça nous a menés ! lui lançais-je en le fusillant du regard.

– Si on n'avait pas fait bouger les choses, tu serais encore en train de te demander si tu dois t'enfuir à l'autre bout du monde avec ceux que tu aimes, ou les quitter pour qu'il ne leur arrive rien.

Il n'a pas tort…

Plusieurs fois, je me suis questionné sur notre avenir. Même si j'avais la conviction de vouloir rester auprès d'eux, je refusais de les mettre en danger. Ma dernière solution était de nous enfuir, de changer d'identité et de leur échapper jusqu'à ce que mon père décède un jour. À ce moment-là, nous aurions pu réapparaître…

Sauf que c'était loin d'être une solution !

– D'ailleurs, tu n'as jamais voulu me dire où il avait emmené Naya ?

– Ton père n'est pas allé bien loin je te rassure… Elle est dans le garage de leur maison actuelle.

Je serre les poings. On avait bien décidé d'un plan, néanmoins nous n'avions aucune idée de ce que mon paternel ferait ensuite. Seuls Nick et son équipe avaient la main sur l'écoute du micro de Naya.

Une rage sans nom grimpe à l'intérieur de moi. Je vois rouge ! Sans même répondre à Nick, je me retourne et rejoins l'entrée. Je n'ai pas l'intention de rester tranquillement ici !

– Si tu comptes te rendre sur les lieux, il est hors de question que je te laisse prendre le volant ! Puis tu auras besoin de moi sur place. Mes contacts dans la police nous rejoindront. Je t'expliquerais tout en chemin !

Sans attendre, nous nous dirigeons vers mon véhicule et j'accepte à contrecœur de passer les clés à Nick. Une fois à l'intérieur, il démarre en trombe.

Naya, Tiago, j'arrive !

49

Naya

Juin 2022

Je suis effrayée ! Je ne sais même pas si le micro caché et bien fixé dans les dentelles de mon soutien-gorge est encore fonctionnel. Si c'est le cas, j'espère voir débarquer Cédric ou même les forces de l'ordre pour me sortir d'ici.

J'avais prévenu que c'était se jeter dans la gueule du loup. Sauf que personne n'a voulu m'écouter !

Je ne souhaite pas revoir James. Et pourtant il n'est pas loin, j'entends sa voix quand il parle à sa femme à l'étage. Enfin, parler est un grand mot ; je dirais plus quand il lui hurle dessus. J'ai soufflé de soulagement lorsqu'Ashley a interrompu son mari alors qu'il commençait à vouloir me toucher sans mon consentement. Je lui en serai à jamais reconnaissante… Dire qu'il aurait pu aller beaucoup plus loin !

Quand il a passé la porte après m'avoir lâchée, mon corps s'est mis à trembler de toutes parts. Je n'arrivais plus à tenir debout tant j'étais terrifiée. Mon cœur battait si fort, que j'avais l'impression qu'il allait exploser d'un seul coup.

D'ailleurs, je reste choquée par tout ce qu'il a osé me dire. Cet homme est bien plus dérangé que ce qu'on pensait ! Il a quand même couché avec ma mère, à défaut de pouvoir le faire avec moi... C'est glauque !

Dans le garage où je me trouve, il n'y a rien à part un matelas à même le sol qui semble tellement sale que j'aurais peur de chopper des maladies en m'installant dessus. Un peu plus loin, il y a une bassine qu'on m'a laissée en guise de toilettes.

Tellement glamour !

Ashley Green entre au même moment dans la pièce et me fixe d'un regard peiné. Plusieurs fois, elle me souffle un « Désolée ». Malgré tout, je ne lui réponds pas une seule fois... Elle m'a évité le pire, pour ce qui est du reste, on en reparlera !

Ce qui nous arrive est en partie de sa faute ! Elle aurait dû dénoncer son mari depuis bien longtemps ! Et elle ne l'a pas fait. Ashley m'entraîne dans une pièce pour que je puisse faire un brin de toilette.

– Je te fais la promesse qu'il ne te touchera plus...

J'éclate d'un rire sans joie. Elle est sérieuse ?!

– C'est avant qu'il fallait bouger ! lui signalé-je, amèrement.

– Il n'empêche que je suis désolée de toute cette situation. Si j'avais eu la force de lui faire face, rien de tout ça ne se serait produit !

– Je sais que vous avez dû subir des choses dont je n'imagine même pas l'horreur, je le comprends. Mais je ne peux pas vous pardonner tout ce qu'on a subi par votre faute à tous les deux...

Ashley a suivi James dans toutes ses magouilles, elle avait le pouvoir de parler et de l'arrêter. Elle n'a jamais bougé le petit doigt. À quel moment peut-elle accepter de traiter son fils de cette façon ? Je me demande si elle arrive à se regarder dans un miroir sans avoir honte de son comportement. À sa place, j'en serais incapable.

– J'admets être coupable. Je savais que mon mari était obsédé par toi, mais j'étais loin de m'imaginer que c'était à ce point. Quand tu n'étais qu'une enfant, j'ai compris qu'il y avait quelque chose de bizarre avec James…

– Pourquoi tu n'as jamais bougé ? la coupé-je violemment.

– Au fond de moi, j'étais terriblement jalouse. Ma haine envers toi m'aveuglait. Après tout, l'homme que j'aimais depuis tant d'années était en train de se détourner de moi pour une gamine de plus de vingt ans ma cadette. Comment aurais-tu réagi à ma place ?

– J'aurais parlé ! Un homme de son âge qui est attiré par une enfant, c'est tout sauf normal ! On parle de pédophilie, là ! Je ne comprends pas pourquoi tu as laissé cette histoire durer autant de temps… Regarde où nous en sommes ?! C'est ça que tu souhaitais pour ta famille ?

Ashley est une femme qui n'a sans doute pas été heureuse dans sa vie. Mais je refuse de lui trouver des excuses pour ce qu'elle a fait. Si elle avait osé bouger, Cédric n'aurait pas disparu pendant plus de six ans, et Tiago aurait grandi avec son père… Il a loupé les années les plus importantes de son enfant. Certes, il en reste encore plein, mais il n'a pas pu assister à sa naissance ni à ses premières fois.

Comment pourra-t-il se le pardonner ?

– Je m'en veux ! Sauf que James est un homme qui me fait peur… Oui, c'est mon mari, mais lorsqu'il devient violent, je me dois de me taire et de faire ce qu'il souhaite.

– Si tu penses que je vais te plaindre, tu te mets le doigt dans l'œil. Tu aurais dû parler au moment venu…

– Tu ne sais pas ce que j'ai vécu, et tu es bien loin du compte. J'ai épousé un homme dont j'étais éperdument amoureuse. James n'était pas comme ça au début de notre relation. Puis quelque temps après notre mariage, il a commencé à changer. Il est devenu violent… Si j'avais le malheur de faire quelque chose qui ne lui plaisait pas, il me frappait. Souvent ce n'était qu'un coup ou deux, mais parfois je ne pouvais même plus me lever pendant plusieurs jours.

– Pourquoi tu ne l'as pas quitté ?

– J'avais peur Naya... Pour m'empêcher de le quitter, il m'a averti que si j'essayais de partir, il me retrouverait et me tuerait... J'étais terrifiée !

Je sens qu'elle est sincère, et au plus profond de moi j'ai énormément de peine pour elle... En fin de compte, sa vie a été détruite par un homme qui ne l'a sans doute jamais aimée.

– Les coups ont continué année après année en se faisant plus réguliers. Puis je suis tombée enceinte de Cédric, et à ce moment-là il s'est radouci. Tu comprends, je portais son héritier, alors rien d'autre ne comptait... Puis quand notre fils a grandi et qu'il n'est pas devenu comme lui le voulait, tout a recommencé... En t'expliquant tout ça, je ne veux pas que tu me pardonnes, je veux simplement que tu me comprennes.

Comment peut-on faire vivre un enfer pareil à un autre être humain qu'on est censé aimer ?! Ça m'est tout bonnement inconcevable...

Je suis choquée par ces mots !

– Et si je te raconte tout en détail, Cédric n'a pas été conçu par amour... Dès qu'il a commencé à devenir violent, il a décidé que je devais le satisfaire uniquement quand il le souhaitait, peu importait l'heure. Je devais être à sa disposition... Je faisais mon devoir envers lui, et je fermais les yeux jusqu'à ce qu'il ait terminé...

– Ton devoir ?! Tu es mariée avec lui, je le conçois, mais avoir des relations sexuelles avec ton partenaire ne doit sûrement pas être un devoir, mais une envie mutuelle ! Il t'a juste violée pendant toutes ces années... Comment tu as pu tenir ? lui répondis-je, horrifiée par ses propos.

– J'en ai conscience aujourd'hui, mais à l'époque je pensais que c'était moi le problème. Te protéger, c'est ce qui m'a permis de tenir durant tout ce temps.

– Je t'interdis de dire ça… Tu as été sous son influence et je comprends parfaitement que tu aies peur de lui. Mais maintenant, il faut que tu lui tiennes tête et qu'enfin tu te libères de ces chaînes.

On entend du bruit au loin, et aussitôt la mère de Cédric se referme comme une huître. Comme si, notre conversation n'avait jamais eu lieu, elle enchaîne :

– Va prendre une douche, je reviendrai te chercher.

Ashley me prévient qu'elle reviendra dans vingt minutes puis elle sort et m'enferme à double tour. Je n'arrive toujours pas à croire tout ce qu'elle a pu subir…

J'essaie d'enlever mon soutien-gorge le plus délicatement possible, car je ne souhaite pas faire tomber le micro et faire capoter tout notre plan, pas après tout ce que j'ai pu vivre jusqu'à présent. Lorsque j'ai terminé de me déshabiller, je me glisse sous la douche qui est à moitié défoncée. Le banc est fendu et les portes vitrées sont fissurées, mais tant qu'elle fonctionne, ça me convient parfaitement. Des produits sont mis à disposition pour que je puisse me laver. J'actionne l'eau chaude et me glisse dessous. Quand je ferme les yeux, je revois Cédric et Tiago. Ils m'aident à tenir et à rester debout.

Je m'écroule en larmes ; j'ai besoin de retrouver les bras de mon homme pour qu'il me rassure et qu'il puisse me donner un peu de sa force. J'ai besoin de le voir, qu'il me retrouve et qu'il me dise qu'il m'aime.

J'ai besoin de lui, quoi qu'il puisse se produire dans ma vie. Lorsqu'on est loin l'un de l'autre, j'ai la sensation qu'il me manque une partie de moi. Avoir une âme sœur est un sentiment indescriptible. Tel Tic et Tac[9], nous ne pouvons pas nous

9 - *Tic et Tac :* sont deux écureuils de l'espèce des tamias, et voisins turbulents de Donald, créés par les studios Disney en 1943. Ils apparaissent pour la première fois sans être nommés dans le court-métrage *Pluto soldat*, et il faudra attendre 1946 pour qu'ils aient un nom : Tic et Tac ou, Cheap and Dale en anglais.

éloigner l'un de l'autre sans ressentir un sentiment de vide intense. Malgré ce qui m'est arrivé, je me dois de rester forte. Ma famille va me retrouver !

Dans tous les cas, je me vengerai…

Plusieurs minutes plus tard, je suis fraîchement lavée et habillée. Ashley m'a mis à disposition un jean, un tee-shirt et des baskets. Elle n'ose pas m'adresser un regard ; elle a honte, ou alors est-elle mal à l'aise ? Je n'en sais rien ! De toute façon, je ne comprends pas cette femme…

Ce qui est certain, c'est que Tiago n'entendra jamais parler de ses grands-parents paternels. Cédric et moi sommes tombés d'accord, et nous préférons éviter qu'il les rencontre. Si plus tard, il nous pose des questions, nous serons enclins à lui en parler, mais pas tout de suite…

Quand Ashley me ramène dans le fameux garage. La pièce s'est métamorphosée. Maintenant, deux lits sont installés côte à côte. Un deuxième pot de chambre est posé sur le sol au fond de la pièce, et pour finir, une minuscule table en bois trône au centre.

– Pourquoi il y a deux lits ? questionné-je suspicieuse.

– Je suis désolée, je ne peux rien te dire…

Si je suis seule, pourquoi installer un second lit ? Je ne comprends rien… Résignée, je pars m'allonger. Je m'installe dos au mur, et je fixe la porte. Il faut que je réfléchisse pour m'enfuir d'ici, mais à quoi bon ? Il a plus de force que moi…

Je me réveille lentement, mais mon corps se tend d'un seul coup. Je sens quelqu'un contre moi et je sais parfaitement qui c'est…

– J'ai un petit cadeau pour toi, me chuchote-t-il à l'oreille, fou de joie.

Il se lève et se rend jusqu'à la porte d'entrée. J'angoisse, car je sais pertinemment que je ne vais pas apprécier ce qu'il va se passer.

Très vite, il se décale et je ne m'attendais pas à tomber sur ce visage. Malgré mon angoisse, mon sang ne fait qu'un tour. Mon instinct maternel refait surface, et je n'ai qu'une envie, c'est de me jeter sur lui pour avoir osé poser les mains sur mon bébé !

– Maman ? m'appelle mon fils.

James le pousse dans ma direction, Tiago trébuche, mais se rattrape pour finir par sauter dans mes bras. Je l'accueille chaleureusement et le serre de toutes mes forces. Je hume son odeur à pleins poumons. Le retrouver me donne envie de pleurer, tant j'ai cru mourir ici sans pouvoir le revoir une dernière fois.

Dans d'autres circonstances, je serais heureuse de le retrouver, toutefois cette situation n'est pas normale. Pour protéger Tiago, je lui demande de se mettre derrière moi. Je sais pertinemment que James est capable du pire et je ne le laisserai pas toucher à mon enfant.

Jamais !

– Pourquoi tu mêles un gamin à tes histoires de déjanté ? Il n'y est pour rien dans tout ça ! Pour une fois dans ta vie, tu ne pourrais pas faire preuve de compassion ?

– Ton fils n'était pas prévu dans l'équation… C'est un dommage collatéral !

Donc, pour la première fois, il avoue avoir commis une erreur ? La police ne reste jamais les bras croisés face à une disparition d'enfant ; les forces de l'ordre mettront tout en œuvre pour retrouver les coupables, et pour ça, elles iront forcément chercher du côté des grands-parents paternels de Cédric, surtout si celui-ci les guide.

– J'ai sans doute fait une connerie je l'avoue ! Je n'aurais pas dû m'en prendre directement à ton fils… J'ai agi dans la précipitation !

– Honnêtement ? J'ai du mal à te croire ! Tu n'aimes pas Tiago, arrête d'essayer de me faire croire que tu as ne serait-ce qu'une once de compassion pour lui ! m'énervé-je tandis que Tiago s'accroche à moi en cachant sa petite tête contre moi.

– Si j'étais toi, je ferais attention à ton langage ! Ça m'amuserait de te punir sous les yeux de ton fils.

Je ne préfère pas répondre, car je ne veux pas tenter le diable. Tout mon corps est tendu ; j'ai à la fois peur de lui, et envie de protéger la chair de ma chair.

– Maman, j'ai peur ! Quand est-ce qu'on rentre à la maison rejoindre papa ? me supplie Tiago.

– Je sais, mon poussin, on rentrera bientôt. Je te le promets !

James éclate de rire, puis me lance tout en m'adressant un regard noir :

– Naya, voyons, c'est très mal de mentir à un enfant, tu devrais avoir honte…

Je serre les dents pour essayer de me maîtriser. S'il y a bien une chose que je ne supporte pas, c'est qu'on touche à Tiago. Je pourrais tuer pour sa sécurité. C'est mon enfant !

– Je vais vous laisser vous retrouver, mais je reviendrai. Profitez bien de ce moment de répit, car il sera de courte durée.

Fumier !

Ce qui est certain, c'est que je ferai tout mon possible pour le protéger. Maintenant qu'il est à mes côtés, ma rage de vaincre est revenue. Je ne me laisserai pas démonter ! Cédric ne tardera pas à venir nous sauver tous les deux. Ce n'est plus qu'une question de temps avant qu'il nous rejoigne. Je ne connais pas l'issue de cette histoire, mais au fond de moi je suis intimement convaincue que tout ne se terminera pas aussi bien que je l'aurais espéré.

50

Naya

JUIN 2022

Tiago et moi sommes seuls depuis plusieurs heures. Mon fils est effrayé et je ne l'ai jamais vu comme ça auparavant. D'habitude, il illumine mes journées avec son rire et sa joie de vivre. Tandis qu'ici, il est blotti contre moi sans bouger une oreille.

Ce n'est pas un endroit pour un enfant…

– Tu sais j'ai eu très peur que tu m'aies laissé tout seul avec papa…

Mon poussin…

– Pourquoi tu as pensé une chose pareille ?! Tu sais que je ne vous laisserai jamais, tous les deux !

– Je ne sais pas… Je me suis dit que, vu que papa était revenu, toi tu allais partir. Peut-être que tu ne nous aimais plus et que tu ne voulais plus nous voir, m'avoue-t-il penaud.

Je tourne son visage pour qu'il me regarde dans les yeux. Je refuse qu'il puisse penser une chose pareille.

– Je t'interdis de croire que je ne vous aime pas ! Tous les deux vous êtes les deux personnes les plus importantes de ma vie. Et toi, je t'aime tellement fort qu'encore à tes 50 ans je serai derrière tes jolies fesses ! Tu ne te débarrasseras pas de ta mère comme ça !

– Tu es sûre ? Tu m'aimes beaucoup fort ? me questionne-t-il, soucieux.

– Bien plus que ça même…

Je le prends dans mes bras, pour le rassurer. Le voir aussi inquiet me fait mal au cœur. Je dois lui prouver que je ne l'abandonnerai pas. Il m'est inconcevable de faire une telle chose.

– Je peux te poser une question, maman ?

– Tout ce que tu voudras, mon bébé !

– Est-ce que tu es heureuse avec papa ? me demande-t-il, préoccupé.

– Si je ne l'étais pas, nous n'habiterions pas avec ton père. Il est revenu, et à mes yeux c'est comme avant ta naissance. Le petit plus, c'est que tu es avec nous, et je n'ai pas besoin de plus.

Il semble réfléchir à ma réponse, puis finit par me sourire. Si j'en crois sa réaction, il est content de ce que je viens de lui dire. Ce gosse m'étonnera toujours à prendre soin des autres avant de penser à lui.

Comme sa mère…

– Est-ce que vous allez vous marier ? Et pourrais-je avoir des frères et sœurs ?

J'écarquille les yeux. Je n'imaginais pas qu'il irait aussi vite en matière de questions sur son père et moi. Il est vrai qu'avec Cédric nous n'avons jamais parlé du futur… Nous nous sommes contentés de vivre l'instant présent, mais sans penser à l'après. Peut-être qu'on aurait dû ?

– Dis donc tu es bien curieux ?!

– Non, mais je veux un petit frère ou une petite sœur ! C'est pas drôle d'être tout seul…

Je le comprends parfaitement ! Mon frère et moi étions proches lorsque nous étions petits. Puis la vie nous a éloignés, et il s'est renfermé sur lui-même, alors je me suis raccrochée à Cédric. Mon meilleur ami était bien plus à mes yeux : pour moi il faisait partie de ma famille.

Jusqu'à ce que je comprenne ce que je ressentais réellement…

– Pour le moment, ce n'est pas prévu, mais pourquoi pas plus tard ? Promis, tu seras le premier au courant !

– Chouette ! dit-il en levant le poing en l'air.

Alors que nous éclatons de rire, la porte s'ouvre d'un seul coup. Je me tends puis me redresse pour mettre Tiago en sécurité derrière moi. Le voir, là devant moi, me fait revenir en arrière. Il y a plusieurs heures, je vivais un cauchemar sans nom. Désormais, il se pavane avec un immense sourire.

Il est fier de lui !

– Je vois que les retrouvailles ont été un vrai succès ? Que c'est touchant !

Je vais le tuer de mes propres mains s'il continue.

– Qu'est-ce que tu veux ?

– Toi et ton bâtard allez me suivre, sans faire d'histoire !

– Si tu fais du mal à mon fils, je te promets que tu le regretteras ! le menacé-je ouvertement.

Il s'approche à grands pas de moi, et je tremble de toutes parts et mon cœur loupe un battement face à la peur que m'inspire cet homme. Il m'attrape par les cheveux et colle sa bouche contre mon oreille puis me souffle :

– Ne me manque pas de respect ! Maintenant, levez-vous !

Je prends Tiago par la main, puis nous nous exécutons. Encore une fois, je suis mortifiée par ce qu'il nous réserve. Mais j'avance la tête haute pour mon fils. Il est aussi terrifié que moi, mais je me dois de donner l'exemple.

– J'ai peur, maman… Je veux retrouver papa ! pleure-t-il.

– Je sais, mon amour, ça sera bientôt terminé. Ton père va arriver d'une seconde à l'autre et il va nous sauver de là, le rassuré-je avec un grand sourire.

– Comme le font mes super-héros ?

– Exactement !

Nous faisons quelques pas, puis James nous demande de nous asseoir sur les deux chaises qui trônent au milieu du salon. D'après ce que je vois, nous sommes chez eux.

Ils sont dérangés ! Ils séquestrent des personnes dans leur maison !

Je jette un œil à mon fils, qui essaie de se comporter comme un grand garçon, mais il n'en mène pas large. James nous ligote les mains et les jambes, et je grimace quand il resserre les liens. La corde frotte contre ma peau et la douleur me fait grimacer.

– Je sens que la suite promet un spectacle grandiose !

– Tu es complètement taré ! craché-je en direction de James.

– Peu importe ce que tu penses de moi, tu m'appartiens, me répond-il en souriant.

Sa possessivité fait froid dans le dos !

– Tu finiras en prison ou dans un asile !

Je le provoque et j'en suis consciente, sauf que Cédric est certainement en route. Du moins je l'espère… Avec ce micro, ils savent ce qu'ils se passent. Avec Tiago auprès de moi, ils se doivent de réagir au plus vite. Il faut que je gagne du temps en les faisant parler pour continuer de collecter des preuves contre cet homme. S'il patiente trop longtemps, James perdra patience.

Quoi qu'il arrive, j'y parviendrai !

51

Cédric

Juin 2022

Ma vie est loin d'être simple. J'ai connu des déceptions et des trahisons. Mais celle que j'ai le plus de mal à avaler, c'est bien celle de mes parents. Au fond de moi, j'espérais vraiment qu'ils parviennent à changer pour qu'on devienne enfin une véritable famille…

J'ai très vite déchanté !

Sauf qu'aujourd'hui, j'ai atteint le point de non-retour avec eux. Depuis que j'ai décidé de claquer la porte de chez eux suite à leurs menaces envers Naya, ils sont devenus insupportables ! Naya est la mère de mon fils, elle est celle que j'aime depuis des années et elle est la femme qui a toujours été présente lorsque j'en avais besoin. Je sais qu'elle n'a jamais trouvé grâce à leurs yeux, mais je ne peux vivre sans cette femme.

Lorsque nous sommes arrivés sur place, un grand camion nous faisait face. La maison de mes parents se situe à quelques mètres de là, mais ils ne pourront pas nous voir, car nous sommes situés au bout de la rue sur un grand parking qui n'est pas visible de l'intérieur de la maison. Quand nous sommes entrés dans le véhicule, je suis tombé des nues : ce dernier est entièrement aménagé. Des écrans, et des postes d'ordinateurs de partout.

Je n'ai jamais vu ça… À part dans les films !

Très vite on nous a expliqué ce qu'il s'est passé. James est devenu ingérable envers Naya, à la limite de l'obsession. Et honnêtement ? Ça ne m'étonne même pas !

Quand nous étions jeunes, il était aux petits soins avec elle. Plusieurs fois j'ai eu des doutes, mais sans plus. Puis il a commencé à la regarder avec insistance… Maintenant je regrette de ne pas avoir parlé de mes doutes à des adultes qualifiés.

Le plus important c'est que les choses bougent ! Pendant le trajet, Nick m'a avoué que la police essayait de faire tomber mon père et ses associés depuis des années, mais qu'ils n'arrivaient pas à avoir de preuves tangibles. Tout disparaissait d'un claquement de doigts. Mais ils ont fait une erreur : ma mère s'est montrée à l'école de Tiago et c'est la première fois que l'un d'eux se mouille au lieu d'engager un larbin pour faire le sale boulot…

Maintenant ? C'est à moi de jouer ! On a installé un micro dans ma veste pour permettre d'enregistrer tout ce qu'il se dira. Dire que je suis totalement stressé est un euphémisme… Je ne sais pas comment tout ceci se terminera, toutefois je suis certain que je repartirai avec ma femme et mon fils !

Les contacts de Nick dans les forces de l'ordre sont bien au rendez-vous dans le camion. La priorité est de sauver mon fils ! De toute façon, grâce à Angélique, la secrétaire de mon père, nous avons de nouvelles preuves. Je vais enfin pouvoir faire pression sur lui et le faire parler.

Une fois le plan mis en marche, je sors escortée par deux autres policiers qui m'expliquent une dernière fois que je ne dois pas prendre de risque inconsidéré.

Le camion est près de la maison de mes parents, mais assez loin pour que ces derniers ne se rendent compte de rien. Après tout, ils ont assez à faire…

Intérieurement, je suis totalement déboussolé. Jamais je n'aurais pensé qu'une chose pareille se produise. J'ai failli à ma tâche… Je devais protéger ma famille, et au lieu de ça, tout est devenu incontrôlable. Comment suis-je censé pouvoir me regarder en face ? J'aurais dû réagir plus tôt et ne pas laisser les choses s'envenimer. Mais j'ai patienté tranquillement que Nick me donne des nouvelles. Malheureusement, l'histoire a assez mal tourné, vu que maintenant Tiago est retenu contre son gré. Qu'ils s'attaquent à Naya est un fait auquel je suis habitué, mais qu'ils ciblent mon fils est la goutte de trop !

Lorsque j'aperçois l'entrée, je m'y précipite sans plus de cérémonie. Je ne sais pas ce que je trouverai à l'intérieur, mais une chose est sûre : cette histoire prendra fin dès aujourd'hui !

52

Cédric

Juin 2022

La porte claque derrière moi, et l'obscurité m'accueille. Je souffle d'exaspération ; ça ressemble en tout point à l'effet de surprise que mon père adore faire subir à ses ennemis. J'en ai été témoin à de nombreuses reprises lorsque j'étais plus jeune.

Pour autant, je ne suis pas rassuré.

– Je sais que tu es là, montre-toi ! hurlé-je.

J'attends. Le silence me répond, puis d'un seul coup la lumière s'allume. Au début, mes yeux ont du mal à s'adapter, mais petit à petit j'arrive à discerner les formes du salon. Bien vite, mon sourire se fane. À plusieurs mètres, mon père est debout face à Naya et Tiago qui sont tremblants de peur.

Je promets de les sortir vivants d'ici !

Quand mon regard se pose sur sa main, l'angoisse grandit en moi ; il tient un fusil de chasse, pointé en direction des deux personnes les plus importantes de mon existence. Tout dans sa posture m'indique qu'il sait pertinemment ce qu'il fait. Il ne semble pas hésiter et il a l'air très confiant.

Je dois me calmer et analyser la situation. Ma famille est menacée d'une arme. Si tout dérape, l'issue de cette histoire risque d'être bien plus tragique que je ne l'aurais imaginé.

Je suis dans la merde !

– Mon fils ! On t'attendait avec impatience. Mais n'aie pas peur, approche-toi, s'exclame joyeusement James Green.

Je ne le considérerai plus comme un père, c'est terminé. Pour moi, ce monstre n'a jamais mérité ce titre. Il est mon géniteur, et ça s'arrête là.

– Par contre, nous avons commencé à nous amuser sans toi. Tu ne nous en voudras pas, j'espère ?

Salopard !

– En vérité, tu as toujours été un porc ! Tu ne mérites pas de vivre… Ta place est en prison ! Comment tu as pu oser poser tes sales pattes sur ma femme ?! Tu n'as aucun respect ni aucune retenue !

Si j'avais pu, je me serais rué sur lui et je lui aurais cassé la gueule depuis bien longtemps. Je suis persuadé que les coups que je lui aurais donnés m'auraient vengé de tout ce qu'il nous a fait subir : le manque de respect, le kidnapping de Naya et Tiago, l'horreur qu'a subie la femme de ma vie…

La liste est tellement longue !

– Tu n'as toujours rien compris, fils. C'est toi qui me l'as volée au moment où j'allais attaquer ! Si tu savais combien j'étais fou de rage quand j'ai appris que tu l'avais mise enceinte. Alors il me semblait logique de t'éloigner d'elle, et de te faire souffrir autant que tu m'as fait souffrir.

– Mais t'es complètement taré, putain ! T'as pas la lumière à tous les étages ! Et maman dans tout ça, tu as pensé à elle ?

– Si tu savais ce que j'en ai à foutre ! Elle n'a même pas été capable de me donner le fils que je voulais ! À la place, j'ai hérité d'un incapable.

Ses attaques devraient me toucher, mais ça fait bien longtemps que tout ça ne m'atteint plus…

Le bonheur, je l'ai toujours vécu en compagnie de Naya, jamais avec quelqu'un d'autre et sûrement pas avec mes géniteurs. J'ai été malheureux une bonne partie de ma vie, mais être avec elle me redonne goût à la vie. Sans s'en rendre compte, elle a été ma lueur d'espoir face à la noirceur de mon âme. Si Naya n'avait pas fait partie de ma vie, je serais sûrement devenu comme *lui* : un homme sans aucune limite…

Un monstre !

– Tu me donnes envie de vomir… Comment oses-tu parler de la femme que tu as épousée de cette façon ?! Souvent, je me suis demandé si tu avais un cœur… Aujourd'hui, j'ai ma réponse, lui réponds-je, dépité.

– De toute façon, ce qui se passe entre ta mère et moi, ne te regarde pas !

Il finit par se déplacer pour s'arrêter derrière mon fils. S'il le touche, peu importe les conséquences, je lui saute dessus ! Contrairement à lui, Tiago compte plus que tout au monde à mes yeux. Je pourrais me sacrifier pour lui.

– D'ailleurs, parlons-en de ton bâtard ! Tu as osé faire un enfant hors mariage, et en plus avec la femme qui m'était destinée ?! Tu n'as donc aucun scrupule ?!

Il est encore plus cinglé que je l'imaginais…

– Je ne vous appartiens pas, James ! hurle Naya assise sur sa chaise, les pieds et mains liés.

Je tente de garder mon calme. Pour l'instant, il vaut mieux maîtriser la situation. À n'importe quel instant, tout peut déraper. D'ailleurs, il y a encore trop de choses qui restent en suspens et je veux des réponses.

– J'aimerais qu'on parle de là où tout a commencé… Mon accident en était vraiment un ou tu as tout manigancé, encore une fois ? le questionné-je en le fixant dans les yeux.

– Tu penses réellement que tu aurais pu avoir un accident aussi stupide sans mon intervention ?

Espèce d'enfoiré !

– J'aurais pu y passer ! Tu t'en rends compte ? lui fais-je remarquer, hors de moi.

– L'important, c'est que tu aies fini par t'en sortir, me répond-il tout en haussant les épaules.

Je n'arrive pas à y croire ! Je savais que j'étais invisible pour lui, mais certainement pas à ce point… Comment suis-je censé encaisser ce genre de révélation ? Je dois garder le sourire et faire comme si je n'avais rien entendu ?

Impossible !

– Et Adriana dans tout ça ? Pourquoi l'avoir mêlée à tous tes délires ? Elle n'avait rien demandé à personne, et tu l'as entraînée sans prendre en compte ce qu'elle souhaitait !

– Pour ta gouverne, cette fille est dingue de toi depuis tellement longtemps ! Puis il était important pour mes affaires que nos relations soient scellées par une union entre nos deux familles. Pendant ce temps, j'avais le champ libre avec ma sublime créature, me lance-t-il avant de caresser la joue de Naya qui ferme d'instinct les yeux.

– Je t'interdis de poser les mains sur elle ! m'énervé-je tout en m'approchant de lui.

– C'est moi qui décide, ici !

Je déglutis. La folie qui prend place dans ses iris me donne la chair de poule. Je ne l'avais jamais vu dans cet état, mais il pourrait tuer n'importe qui si l'envie lui prenait. Et pour la première fois depuis longtemps, je suis effrayé par l'homme qui me fait face. J'ai peur pour moi, mais également pour ma famille. Je voudrais les protéger quoi qu'il puisse se produire.

Si seulement…

– Mais parlons de ton fameux associé ! Comment pouvez-vous, vous regarder dans un miroir… Vous avez rendu des gens malades, et d'autres sont morts par votre faute, hurlé-je.

– Mon fils… Dans les affaires il faut bien servir ses intérêts. J'en ai absolument rien à faire de toutes ces personnes ! Je leur donne un salaire, c'est quand même suffisant. Puis ça me rapporte tellement d'argent que si je peux continuer sur ma lancée, rien ne m'en empêchera !

– Tu es vraiment cinglé !

Intérieurement, je souffle de contentement. Voilà une preuve pour qu'il paie, les forces de l'ordre se chargeront du reste.

– Tu aurais dû laisser Adriana vivre la vie qu'elle entendait ! Au lieu de ça, tu l'as enchaînée à toi comme une esclave, continuais-je tout en changeant de sujet pour qu'il ne comprenne pas ce qu'il se trame.

– Tu crois vraiment que je n'avais pas préparé ce qui était en train de se dérouler ? Adriana n'était qu'un pion ! Je comptais me débarrasser d'elle tôt ou tard. Et de toute façon, le fait qu'elle soit totalement amoureuse de toi m'arrangeait largement.

– Tu t'es servi d'elle également ? Pourquoi ça m'étonne encore ?

Je m'approche de mon géniteur, lentement, sans aucune précipitation. Je garde tout de même un regard sur Tiago et Naya, qui ne savent plus ce qu'ils peuvent faire sans déclencher la fureur de mon paternel. J'aimerais leur dire que nous allons rentrer à la maison très bientôt. Mais je refuse de leur mentir…

Sans qu'aucun de nous ne l'entende arriver, Adriana fait surface, comme sortie de nulle part. Bien vite, je déchante… Elle est folle de rage. Les propos de mon père n'ont pas dû la ravir, et elle a l'air prête à les lui faire regretter.

Sauf qu'elle est loin d'être la seule.

Adriana avance sans se précipiter, et tout a l'air parfaitement contrôlé. Elle pointe un révolver en direction de mon géniteur. Il laisse tomber ses premières cibles, et s'approche désormais de celle qui le menace ouvertement.

Cette journée est un véritable cauchemar, je vais finir par me réveiller !

53

Cédric

Juin 2022

– Vous vous êtes foutus de moi depuis le départ ! Qu'est-ce que je pensais ? Que j'allais pouvoir vivre une vie parfaite avec l'homme dont j'étais amoureuse depuis tellement longtemps ? J'aurais dû comprendre, lance Adriana à James tout en avançant lentement vers lui.

Sans m'en rendre compte, je viens de passer à l'état de spectateur. La scène qui se joue devant mes yeux est invraisemblable. J'aimerais me glisser au milieu pour aller délivrer mon fils et ma femme, sauf que c'est impossible. James se tient encore à côté de Tiago et il ne semble pas vouloir s'en éloigner. Dire que je redoute qu'il lui fasse du mal est un euphémisme. Si jamais on le perdait, Naya et moi serions dévastés… Je préfère donner ma vie plutôt que de vivre sans lui. Je fixe Naya dans les yeux, et par ce regard je tente de lui transmettre tout mon amour et lui demande de ne pas s'inquiéter. Je ne suis pas certain que tout rentrera dans l'ordre, toutefois je ferai tout pour. Finalement, James s'avance en direction d'Adriana et se détourne de ceux qui me sont chers.

Discrètement, et sans attirer les regards, ma mère se fraye un chemin jusqu'à ma petite famille. Mon rythme cardiaque ne cesse d'augmenter. S'il la voit… Elle est morte !

Sans prendre de précaution, et profitant de l'intervention d'Adriana, elle libère d'abord mon fils de ses liens, puis Naya.

Toujours sans faire le moindre bruit, les deux personnes les plus importantes à mes yeux s'approchent de moi. Je ne veux pas les mettre en danger, alors je les place directement dans mon dos pour ne pas attirer l'attention de mon paternel. Je suis mort de trouille et j'ai peur qu'en précipitant les choses, tout dérape. J'attends le moment idéal pour leur demander de courir vers l'entrée de la maison afin de les mettre en sécurité.

– Ma chère Adriana, tu es comme toutes les autres : insignifiante. Tu as beau me menacer d'un flingue, tu ne m'effraies pas. Je suis certain que tu n'as pas le courage d'appuyer sur la détente, et c'est bien pour ça que j'ai accepté de t'avoir à nos côtés. Tu étais le parfait petit toutou ! Toujours obéissante et prête à faire le sale boulot à ma place. C'était le pied absolu, lui lance-t-il avant d'éclater de rire.

Je rêve !

Je l'observe les yeux grands ouverts. Il cherche à se faire descendre ou quoi ?! Je veux bien croire qu'il a une piètre opinion des femmes. Mais on sait tous qu'Adriana est dérangée, sinon elle n'aurait jamais accepté de faire tout ça pour lui.

Ma mère reste en retrait, et je demande à Naya de se mettre à l'abri. Mais malheureusement si nous bougeons trop, nous risquons d'attirer l'attention sur nous.

Je m'approche d'Adriana, tout en contournant mon père. Je lève les mains devant moi pour lui signaler que je ne suis pas un danger pour elle et que je suis là uniquement pour discuter, puis je lui lance avec un calme olympien :

– Écoute-moi, Adriana, tu n'as pas à réagir de cette façon. Tu peux te venger de n'importe quelle façon, mais pas celle-ci. Je le connais mieux que n'importe qui, il cherche à te provoquer. Si tu le tues aujourd'hui, c'est lui qui gagne. Pas toi, pas moi. Il te hantera peu importe la façon et il ne te lâchera pas. C'est vraiment ce que tu souhaites ?

– Cédric, je t'en prie, ne te mets pas en travers de mon chemin, me répond-elle alors que des larmes coulent le long de ses joues. Toute cette histoire n'a été qu'un véritable fiasco ! Il doit payer pour ce qu'il a fait ! James n'est qu'un porc… Il s'est joué des sentiments que j'avais pour toi, il traite ta mère comme une moins que rien, et pour ce qu'il a fait à Naya… Je t'aime, c'est vrai, mais je ne peux pas te forcer à éprouver la même chose. Il a dit des choses à Naya… C'était épouvantable et on était juste à côtés. On était pétrifiées, et on savait que si on avait le malheur d'intervenir, il nous tuerait toutes les deux.

Elle se retourne vers Naya, son arme toujours braquée sur mon père et lui lance :

– Si tu savais combien je m'en veux… J'aurais dû l'arrêter, sauf que j'avais trop peur. Maintenant je me dis que peu importe s'il finit par me descendre, au moins je me suis excusée. Je ne te demande pas de me pardonner, loin de là. Sache que je n'arrive même plus à me regarder en face.

Naya et moi la regardons bouche bée. Je ne m'attendais pas à ce qu'Adriana lui fasse des excuses, et encore moins qu'elle lui montre du soutien. Je suis littéralement estomaqué.

– Je n'ai rien à te pardonner, Adriana. Tout ce qui s'est produit n'est la faute que de James et de personne d'autre. C'est tout à fait compréhensible que tu en aies peur. Cet homme est un monstre sans aucun scrupule, il serait prêt à tuer son propre fils pour avoir ce qu'il souhaite. Le seul à qui j'en veux, c'est James. Il m'a choisie, c'est malheureux, mais dis-toi que s'il l'avait voulu il aurait pu s'en prendre à toi également, la réconforte Naya tout en lui adressant un léger sourire.

– M'en prendre à Adriana ? Sérieusement, vous l'avez vue ?! Elle est tellement vulgaire que je préfère encore ma main droite, claque James avant d'éclater de rire.

Sa tirade n'amuse personne à part lui. Par contre, Adriana est de plus en plus furieuse. Dire que Naya avait réussi à l'apaiser il y a quelques secondes à peine… Elle va finir par lui tirer une balle entre les deux yeux, et il aura tout gagné.

Je ne dirais pas que je souhaite sa mort, toutefois je me demande si nous ne serions pas plus tranquilles sans lui ? Personne ne viendrait nous déranger, et nous pourrions vivre comme nous l'entendons.

– Je ne comprends pas, je te menace ouvertement et toi tu continues à me provoquer. T'es suicidaire ou simplement dingue ? s'exclame Adriana en direction de James.

– Tu n'as pas compris que je n'ai pas peur de toi ? Je te connais, je sais que tu es incapable de tirer !

Encore une fois, il lui rit au nez. Adriana semble folle de rage, elle tremble et son regard s'embrase en direction de mon père. Elle ne reculera pas, elle s'est armée de courage pour l'affronter et je sais qu'elle n'abandonnera pas maintenant.

– Ne fais pas ton malin ! Une balle dans les couilles pourrait te rafraîchir les idées…

– Que tu es mignonne !

Cette fois-ci, je ne pense pas qu'Adriana se maîtrisera encore longtemps.

– Arrête de te foutre de ma gueule, James !

– Dans ce cas, vas-y ! Tire-moi dessus, mais je te préviens, tu n'as pas intérêt à te louper ! aboie James.

Putain, non !

– Ne l'écoute pas ! hurlé-je en direction de celle qui avait été ma femme.

Elle ne doit surtout pas céder face à la pression qu'il lui met, malgré ses tentatives de prouver qu'elle n'a aucune volonté et qu'elle ne lui fera aucun mal…

Ce qui est totalement faux !

Je sais qu'Adriana est capable du pire ; elle me l'a montré à de nombreuses reprises lorsque j'étais encore amnésique. Si James savait, il ne parlerait pas de cette manière.

– Je suis désolée, Cédric, je ne peux plus le voir nous dénigrer de cette façon ! Il doit apprendre…

Elle va le faire…

– Oh, et puis merde !

James finit par diriger son fusil vers moi. Je suis à la fois figé et estomaqué. Je compte si peu pour lui ?! Il faut croire… La peur me tiraille le ventre. Je n'ose plus bouger.

– JAMES ! NON !

Dans ma vie, ma mère a déjà hurlé à plusieurs reprises. Toutefois, jamais je n'ai entendu un cri aussi horrifiant. Mon sang se glace et mon corps tremble d'effroi. À cet instant, elle n'est plus qu'une femme qui crie de terreur pour la vie de son fils. Une mère qui prend conscience qu'elle peut perdre son enfant à n'importe quel moment. Mon père se retourne vers elle et se met à rire sans pouvoir s'arrêter. Si seulement je pouvais lui faire ravaler son rire !

L'amour ne pardonne pas tout ! Qu'elle en soit amoureuse ou non, il a commis des actes impardonnables, et elle était avec lui tout ce temps, sans bouger le petit doigt.

Je ne pourrai jamais passer au-dessus de ça…

54

Cédric

JUIN 2022

Ma mère s'approche lentement d'Adriana. Par sécurité, j'aimerais qu'elle arrête d'aller vers elle et qu'elle recule.

– Maman, recule ! Ça va mal finir…

– Je n'ai jamais été présente pour toi, alors laisse-moi gérer ça et peut-être te sauver la vie !

Je reste bouche bée. Elle n'a pas été une mère parfaite, c'est le cas de le dire. Elle était toujours absente, ne m'a pas donné d'amour, et je me sentais souvent délaissée. Lorsque j'étais seul, je n'avais qu'une envie, c'était de retrouver ma meilleure amie, car c'était la seule qui parvenait à me prouver que je comptais pour quelqu'un. À défaut d'avoir une vraie famille, celle de Naya était devenue la mienne.

– Vous me donnez envie de gerber ! claque mon père. Me débarrasser de toi, Cédric, est la meilleure solution finalement !

– Mais tu t'entends parler, James ?! C'est notre fils… Comment peux-tu faire une chose pareille ?

– Justement ! J'aurais enfin la femme que je rêve d'avoir rien que pour moi… Je n'ai plus besoin de vous !

Ni une ni deux, il actionne la clé de bascule qui permet d'actionner l'ouverture du fusil. Je n'ai pas le temps de voir ce qu'il se passe autour de moi, car tout va très vite. J'entends des voix au loin, mais ne discerne pas ce qu'il se passe. La seule chose que j'entends est un coup de feu, et je ferme les yeux en acceptant la sentence qui est désormais la mienne. Les voix de Naya et de ma mère résonnent en boucle lorsqu'elles poussent un cri de terreur alors que mon géniteur appuie finalement sur la détente.

Suis-je mort ?

J'essaie de comprendre, mais j'ai l'impression de ne pas avoir été touché. Pourtant j'ai bien entendu un coup de feu. Ou alors… M'a-t-il loupé ?

Je décide de rouvrir les yeux pour comprendre ce qu'il se passe. Mon père est face à moi, son arme bien droite. Son regard fixe le sol avec un sourire en coin.

Il jubile…

En termes de folie, on est bien plus loin que ce que j'avais imaginé jusqu'à présent. À ce moment-là, je comprends que mon paternel n'est ni fou ni dérangé, il est simplement dangereux. Que ce soit pour lui ou même pour l'humanité… La seule solution pour lui est de rester enfermé à vie ou de mourir. Si je n'avais pas Naya et Tiago, j'aurais sans doute pu le tuer de mes propres mains et vivre avec ça sur la conscience. Et je reste persuadé qu'on m'aurait félicité pour cette bonne action.

Malheureusement, ma vie a changé. Je ne suis plus le petit garçon qui avait la trouille de son père, ou l'homme amnésique qui se laissait embarquer dans ses plans les plus absurdes les uns que les autres.

Jusqu'à présent, je n'arrivais plus à bouger, choqué par

ce qu'il vient de se produire. Jamais je n'aurais imaginé qu'il puisse me tirer dessus…

– Tu vois Cédric, peu importe que tu sois la chair de mon sang. Je n'ai aucune pitié pour les faibles ! crache-t-il dans ma direction.

Je baisse les yeux au sol, et j'y découvre Adriana grimaçante de douleur. À première vue elle a été touchée à l'épaule droite. Je ne m'avance pas vers elle, car j'ai peur que James profite de la situation pour retenter son coup si j'ose bouger.

– Tu devrais avoir honte James ! Tu dépasses les bornes, ce n'était pas du tout ce qui était prévu, et tu le sais ! lui lance ma mère, outrée. À aucun moment il n'était question de s'en prendre à la vie de notre enfant !

– Oh toi, ferme-la, tu veux ?! Tu n'es qu'un pion sur l'échiquier. Tu as été la parfaite petite bonne pendant des années, mais malheureusement tu n'as même pas été foutue de me faire un fils à la hauteur de mon nom de famille… J'aurais dû t'éliminer il y a de ça bien longtemps !

Intérieurement, j'espère que les forces de l'ordre n'interviendront pas tout de suite. Il faut faire parler mes parents, et leurs disputes sont de bonnes opportunités d'obtenir leurs aveux !

Pile ce qu'on attendait, et je vais en profiter !

Je bouge la tête, et j'aperçois Naya qui cache Tiago dans le coin d'un mur, au cas où ça dégénérerait et qu'il faille courir le plus vite possible. Je n'imagine même pas dans quel état il doit être. Je finis par mimer un « sors d'ici » à la femme que j'aime pour qu'elle soit en sécurité. Il faut qu'elle profite que l'attention de James est captée par ma mère pour courir se mettre à l'abri.

– Tu m'as toujours traitée comme une moins que rien. Je devais te regarder faire du mal aux gens autour de toi sans jamais lever le petit doigt. Aujourd'hui, j'en suis malade ! Il y a des années que j'aurais dû parler et tout dire à la police.

– Le problème avec toi Ashley, c'est que dans la vie tu n'as aucun but ! Tu n'es rien sans moi, ne l'oublie jamais. Alors tu vas me faire croire que, toi, tu serais allée dénoncer ton cher mari au détriment de notre fils ?! Laisse-moi rire.

Sans faire le moindre bruit, ma petite famille réussit à sortir de cet enfer. Je reporte mon attention sur mes géniteurs, et honnêtement ? J'ai envie de prendre mes jambes à mon cou.

– Tu t'entends parler ? fis-je remarquer à mon père. C'est ta femme tout de même ! Je savais que le respect et toi ne faisiez pas très bon ménage, mais y a des limites…

– Alors toi, je ne t'ai rien demandé ! Tu n'as jamais su comment faire pour qu'une femme t'obéisse au doigt et à l'œil.

– Je ne veux pas qu'elle m'obéisse ! Un couple, c'est deux personnes qui s'aiment. S'il faut un dominant et un dominé, être à deux ne m'intéresse pas du tout…

– C'est que tu n'as rien compris à la vie, mon pauvre fils !

Je constate que je ne le connaissais pas jusqu'à présent. Plus je le découvre et plus je me dis que j'ai vraiment été aveugle ou qu'il cachait très bien son jeu.

Comment ai-je pu être élevé par des parents pareils ?!

Dans mon malheur, je suis vraiment soulagé d'avoir eu la famille de Naya à mes côtés. Je n'ose pas imaginer comment je serais devenu sinon…

– JAMES ! ça suffit ! hurle ma mère dans un accès de rage. J'en ai plus que marre de toi et de ton comportement d'homme des cavernes ! On est plus au Moyen Âge, il faut que tu comprennes que, nous, les femmes avons des droits même si ça te tue de le reconnaître. Arrête de croire que tu es au-dessus de tout et de tout le monde, ça me donne envie de vomir.

Adriana, que j'avais complètement oubliée et dont personne ne s'était préoccupé à cause de mon père, fusil à la main, tente de se relever malgré sa douleur à l'épaule. Du sang parsème son tee-shirt au niveau de l'endroit où elle a été touchée, et j'espère pour elle que ce n'est que superflu.

– Ashley, si tu avais écouté ton fils et que tu avais eu le courage de me quitter bien avant, on n'en serait pas là, aujourd'hui.

– Arrête de remettre la faute sur moi, James ! Ce n'est pas moi qui ai empoissonné des centaines d'employés en les regardant du haut de ma tour, bien installée dans mon fauteuil en cuir, un verre de whisky à la main. Ce n'est pas moi non plus qui les envoyais consciemment à la mort, tout en faisant disparaître les preuves ! Tu es un assassin James, que tu le veuilles ou non ! À ta place, je ne pourrais pas me regarder dans un miroir, et pourtant... Tu continues chaque matin à sourire comme si de rien n'était...

– Comment oses-tu...

– Mais ce n'est pas tout, tu as blanchi de l'argent James ! Tu crois sérieusement que je ne voyais pas toutes tes magouilles ?! Et les pots-de-vin que tu versais à tes fameux contacts dans les forces de l'ordre, on en parle ?! Pour vous enrichir, toi et tes associés, vous avez préféré tuer des innocents que de faire ça de manière légale...

– Je te jure que si tu l'ouvres encore une fois, je te fais la peau, Ashley !

Mon père, transpire à grosses gouttes. Je ne sais pas s'il a peur ou si c'est parce qu'il hésite à la faire taire à tout jamais. Pourtant son fusil s'est instinctivement braqué sur elle. Et je n'arrive pas à bouger d'un pouce, comme si le tir de mon géniteur me visant m'avait tétanisé de peur.

– Je n'ai plus rien à perdre James, alors fais-le si ça te chante ! De toute façon, j'ai tout perdu à cause de toi. J'espère que tu pourriras en prison jusqu'à la fin de tes jours !

Adriana me lance un regard qui traduit exactement le même sentiment que le mien : l'angoisse. Désormais nous savons qu'il en est capable. Après tout, il m'a bien tiré dessus, alors pourquoi pas sur sa propre femme ?!

Rien ne l'en empêche !

– Tu joues avec le feu, Ashley !

Je retiens ma respiration, comme si le fait d'être en apnée pouvait changer quelque chose. Mon rythme cardiaque s'est emballé d'une manière incontrôlable. Je ne sais même plus ce qu'il se dit entre mes parents et j'attends le dénouement final tout en ayant la gorge sèche et le ventre serré.

Que nous est-il arrivé ?!

Au départ, notre avenir semblait tout tracé… Et maintenant, il ne reste plus rien. Tout n'est plus que ruine et désolation ! Les Green ont construit un empire, qui s'est écroulé comme un château de cartes.

Tout un coup, nous entendons la porte d'entrée s'ouvrir avec fracas. Puis des dizaines d'hommes des forces de l'ordre pénètrent dans la pièce où s'est déroulée cette scène plus qu'invraisemblable. Je ne sais plus où regarder ni qui. Tout va beaucoup trop vite autour de moi. Est-ce que ça veut dire que tout est terminé ? Que notre vie va pouvoir enfin démarrer ?

– Cédric ! s'exclame ma mère pour attirer mon attention alors qu'on lui menotte les poignets. Sors d'ici ! Va rejoindre ta famille, ils ont besoin de toi.

– Je…

– Elle a raison Cédric ! Ton fils doit être apeuré, il a besoin de son papa, et Naya doit attendre que tu passes cette porte sain et sauf. Cours les retrouver ! ajoute Adriana.

Ils ont besoin que je sois à leurs côtés après tout ce qu'ils ont vécu. Il faut que je les serre dans mes bras tous les deux et que je leur dise que tout est terminé. Je décide de les écouter et pars en direction de la sortie. Au fond de moi, j'ai la mauvaise impression que je ne reverrai ni Adriana ni ma mère, et encore moins mon père, avant leur procès. Mais des personnes plus importantes ont besoin de moi… Et je ne peux pas les faire passer au second plan.

Quand j'arrive à l'extérieur, je suis ébloui par la luminosité du jour. À l'intérieur, les volets étaient fermés et les lumières allumées. Lorsque mes yeux s'adaptent enfin, j'aperçois les deux personnes qui me sont chères, ainsi que plusieurs voitures de police qui commencent à arriver de part et d'autre de la route.

– Papa ! crie Tiago tout en courant vers moi.

Je l'attrape en plein vol et le serre fort contre moi. Naya n'est pas loin derrière lui, et je m'approche d'elle pour la prendre dans mes bras, alors que je tiens notre fils. Au moment où sa tête touche ma poitrine, elle craque. Elle sanglote contre moi et relâche toute la pression qu'elle a dû encaisser depuis le début de sa captivité.

– Je vous aime tous les deux et je suis tellement désolé pour tout ce qui s'est passé, leur soufflé-je.

Au même moment, nous entendons un coup de feu, ce qui affole les hommes en uniforme tout autour de nous. Malgré tout, mon cœur se serre. Dans sa folie, mon père a entraîné des personnes innocentes avec lui. Elles ont subi des horreurs, mais lui sont toujours restées fidèles tandis qu'il s'est amusé à les détruire à petit feu.

Désormais tout est terminé, nous allons pouvoir tirer un trait sur toute cette histoire. Pour en débuter une nouvelle

.

55

Naya

PLUSIEURS MOIS PLUS TARD

Après tout ce que nous avons vécu, notre vie s'est stabilisée et nous pouvons enfin vivre comme nous le voulons. Nous avons tous les trois étés marqués pour toujours lors de cette fameuse journée. Mais à force de nous soutenir et de travailler sur nous, nous sommes parvenus à remonter la pente, et nos démons sont maintenant loin derrière.

Pour ma part, j'ai eu plus de mal que mes deux hommes. Quand la police a débarqué, nous avons dû chacun notre tour témoigner séparément. Puis j'ai été conduite à l'hôpital pour être examinée.

Adriana et Ashley ont fini par servir de témoins à charge pendant le procès. James a été bien entendu incarcéré et toutes ses manigances ont été dévoilées au grand jour. Il n'est pas tombé seul ; tous les pourris qui ont contourné la loi pour et avec lui se sont donc retrouvés derrière les barreaux.

Émotionnellement, ce procès nous a demandé énormément.

Nous avons dû tout revivre, étape par étape, jusqu'à la toute dernière seconde.

J'ai vécu un enfer !

Pour ce qui est de mon couple avec Cédric, cette épreuve nous a grandement rapprochés. Nous sommes devenus encore plus fusionnels qu'avant, jamais l'un sans l'autre. Et surtout, nous prenons toujours le temps de discuter et de nous dire les choses. Tous les mois, nous essayons de nous organiser une soirée en tête-à-tête sans Tiago, car même si nous sommes parents, nous ne devons surtout pas nous oublier. Je ne pensais pas vivre une histoire d'amour aussi… passionnelle !

Officiellement, nous sommes ensemble depuis début janvier 2022, et dans quelques jours cela fera tout juste un an. On a parcouru du chemin depuis que je l'ai retrouvé, et j'étais bien loin d'imaginer vivre une histoire aussi dingue !

Mais on l'a fait !

On a tenu bon et désormais nous nous aimons comme au premier jour. Il m'a fallu du temps pour combattre mes démons, et je suis enfin prête à passer un autre cap. Jamais je ne lui ai dit « je t'aime », car j'aimerais le fixer dans les yeux pour enfin prononcer ces mots qu'il mérite d'entendre.

Je regarde l'heure sur mon téléphone, et constate qu'il nous reste encore du temps avant d'aller récupérer Tiago à l'école. Installé sur le canapé devant un film que je ne suis absolument pas, Cédric me tient tout contre lui. Ma tête posée contre sa poitrine, je relève celle-ci pour capter son regard. Mon cœur bat la chamade. Je n'aime pas me lancer la première dans ce genre de déclarations, mais après tout, je connais Cédric depuis tellement longtemps que je ne devrais pas stresser de cette manière.

– Merci de me rendre aussi heureuse !

Ce n'est pas du tout ce que je voulais dire…

– Tu n'as pas à me remercier, tu le mérites amplement.

Et je continuerai à le faire jusqu'à mon dernier souffle, me répond-il avant de capturer mes lèvres pour un baiser doux et léger à la fois.

– Je t'aime, lui soufflé-je tendrement.

À cet instant, je n'ai qu'une envie c'est d'aller me cacher dans un minuscule trou de souris et de ne plus jamais en sortir.

Et si c'était trop tôt ?!

Dans un premier temps, Cédric ne réagit pas, sûrement choqué par ce que je viens de prononcer. Ensuite, j'aperçois un immense sourire plaqué sur son visage.

– Tu peux répéter ?

Aussitôt je m'éloigne de lui et m'empare d'un des coussins qui traîne sur le canapé pour plonger ma tête dedans. Je suis morte de honte ! C'est tout ce qu'il trouve à dire ?!

– Ne me force pas à le redire ! Ça aura l'air tout sauf naturel !

Sans que je le voie venir, il me prend doucement des mains l'oreiller que je tiens entre les mains, et tente de capturer mon regard, avant de me lancer d'une voix passionnée :

– Je t'aime aussi, Naya ! Pour toujours et à jamais.

Mon cœur dégouline d'amour !

– Je ne veux plus qu'on soit séparés, toi et moi ! lui réponds-je amoureusement. Quand tu n'es pas avec moi, je me sens incomplète, comme s'il me manquait une partie de moi. Je ne veux plus revivre ce que j'ai dû affronter pendant six ans.

– Je te promets que tu ne le revivras pas ! Je resterai à tes côtés autant de temps que tu me le permettras. Tu es la femme de ma vie, et il m'est impossible de ne pas être avec toi. On a encore tellement d'années devant nous ! Et c'est avec toi que je veux les passer pour construire une famille à nous. Avoir d'autres enfants, faire des projets et surtout acheter une maison, car à trois dans ce petit appartement on commence à être à l'étroit !

– Je signe tout de suite, répliqué-je, folle de joie à l'idée que tout ça puisse enfin se réaliser sans encombre.

Notre histoire d'amour n'a pas commencé de la plus simple des façons. Mais une chose est certaine : c'est que la force de nos sentiments est indescriptible. Plus rien ni personne ne pourra se mettre entre nous !

– Tu penses qu'il nous reste combien de temps avant d'aller chercher Tiago ?

– Hum… Si on arrive en retard, tu diras que c'est la voiture qui n'a pas voulu démarrer ? tenté-je avec un sourire coquin au bord des lèvres.

Sans crier gare, Cédric fond sur ma bouche pour que nos langues dansent à l'unisson. Nos mains partent à la rencontre du corps de l'autre pour un ballet de sensations extraordinaires. Grâce à lui, je revis un peu plus chaque jour et je me sens désormais désirée… Je me sens femme, tout simplement !

Mon désir pour lui monte en flèche, et instinctivement mon bassin bouge en rythme contre le sien. Tout en moi n'est plus qu'un brasier sur le point de s'enflammer. Quand Cédric se décide à tirer l'élastique de ma culotte pour venir titiller mon clitoris, je perds pied alors qu'une vague de chaleur pointe le bout de son nez. Allongée sur le canapé du salon, je n'arrive pas à retenir les gémissements qui sortent de manière incontrôlée de ma bouche.

Très vite nos vêtements finissent en tas sur le sol et Cédric me pénètre d'un magistral coup de reins qui m'envoie directement dans les étoiles. Je m'agrippe à ses épaules tandis que ses va-et-vient gardent un rythme soutenu.

– Cédric…

Ses lèvres se nichent dans le creux de mon cou, un des endroits les plus sensibles de mon corps que j'aime particulièrement qu'il titille.

Encore plus que mon antre !

Tandis qu'il augmente la force de ses poussées, mon ventre se contracte. Je suis proche de la libération et pourtant je n'ai pas envie que ça s'arrête. Une chaleur inattendue élit domicile au fond de mon ventre et tout mon être se tend. Le septième ciel est une fin plutôt paisible en soi.

Sous l'intensité de toutes ces agréables sensations, ma tête part d'elle-même en arrière et je sens au fond de moi que notre instant fusionnel tire sur sa fin. Mes gémissements se font de plus en plus réguliers et forts.

Même la voisine du dessous doit m'entendre hurler !

– Cédric… je vais… jouir !

Un feu d'artifice éclate de toutes parts sans prévenir. Je ne m'attendais pas à avoir un orgasme d'une telle ampleur. C'est tellement fort que tout mon être tremble sans pouvoir s'arrêter. S'il n'était pas bientôt l'heure d'aller chercher Tiago à l'école, je n'aurais pas été contre un second round !

Je suis une vraie nymphomane !

Après plusieurs coups de reins, Cédric grogne dans un dernier effort et s'écroule sur moi. Je suis incapable de me relever et pourtant je suis une femme comblée.

Cédric est mon âme sœur… Pour toujours et à jamais.

56

Cédric

Septembre 2022

Depuis plusieurs mois, je tourne en rond comme un lion en cage. Je veux que ma relation avec Naya devienne officielle. Mon plus grand souhait serait de lui passer la bague au doigt, et qu'elle porte enfin mon nom. Mais pour ça, je dois en parler avec Tiago. J'ai été absent pendant plusieurs années, et il est tout à fait normal que je discute de ça avec lui avant de faire ma demande.

Naya est sortie avec Maria, j'ai donc le champ libre pour plusieurs heures afin de convaincre mon bonhomme que j'aime sa maman de tout mon cœur. Installé à la table de la cuisine, je lui ai préparé son goûter favori : chocolat chaud et pancakes au Nutella.

Maintenant, je dois prendre mon courage à deux mains !

– Je voulais te parler de quelque chose d'important… commencé-je en hésitant sur la manière d'aborder le sujet.

Il lève les yeux de sa boisson et me fixe en attendant que je me lance.

– Tu sais que j'aime ta maman de tout mon cœur ? Et qu'il est important pour moi qu'elle soit la plus heureuse du monde ?

– Oui, je sais ! Maman est heureuse depuis que tu es revenu… Jamais elle n'a pleuré depuis. Elle sourit tout le temps et moi, j'aime qu'elle soit comme ça.

C'est encore pire que de demander la main de celle qu'on aime à son père…

– Je voudrais savoir… Si je demandais à ta maman de m'épouser, est-ce que ça te poserait un problème ? lâché-je, mort de trouille.

Tiago va avoir 7 ans cette année et certes, il est déjà grand, mais il est important à mes yeux d'avoir son avis sur la question. Il m'observe tout en plissant les yeux, l'air de chercher comment me répondre.

– Alors, ça dépend…

S'il continue, je vais finir par faire une crise cardiaque tellement je suis stressé !

– Tu peux pas simplement me dire oui ou non ?!

– Désolé, mais ça serait trop simple ! C'est une question méga importante !

– J'te jure, tu as de la chance d'être mon fils et que je t'aime, car je t'aurais déjà passé par la fenêtre ! répliqué-je, agacé.

Je commence à le connaître… Il est en train de se payer ma tête !

– Sauf que c'est puni par la loi ! Et si tu fais ça, maman ne t'épousera jamais, me répond-il avec un immense sourire.

Tête à claques !

– Revenons au sujet le plus important : en quoi ça dépend ?

– Bah si je te dis oui, va falloir que tu assures avec une bague ultra-belle parce que maman c'est pas n'importe qui. Et te connaissant, tu vas prendre n'importe quoi !

Voilà comment on est remercié ! Je refuse de croire que ce

gosse est le spermatozoïde gagnant. Y a erreur sur la marchandise !

– Ta mère mérite la plus belle ! Une avec plein de diamants dessus.

– Ne t'emballe pas non plus ! De toute façon, t'es pas assez riche pour des diamants…

Je vais le tuer !

Finalement, je vais demander un test de paternité. Je refuse d'être le père de ce gamin ! Il est insupportable…

– Et de toute façon, y a pas que le bijou qui pose souci, me lance-t-il. On va devoir négocier tous les deux !

Je ne sais pas si je dois m'inquiéter ou prendre mes jambes à mon cou.

– Je veux un petit frère ou une petite sœur, et c'est non négociable.

– Euh… C'est pas moi qui décide, c'est une décision qu'on doit prendre ensemble, ta mère et moi. Je peux pas te dire oui, car si elle ne veut pas, je ne pourrai pas l'y forcer.

– Pas besoin ! Maman, elle veut un autre bébé, mais elle a peur de t'en parler.

Où est passé le petit garçon que j'ai rencontré l'an dernier ?! On dirait presque un homme…

– Comment t'es au courant de ça ? le questionné-je, intrigué.

– Papa… T'es aveugle ! Elle est tout le temps en train de regarder des magasins pour bébé quand on va faire les courses. Elle s'arrête devant des mamans avec leur gros ventre puis elle m'a déjà demandé si ça me dérangeait qu'un jour un autre enfant vienne agrandir notre famille.

Je rêve ! *Pourquoi elle ne m'en a pas parlé ?!* Je pensais qu'on se disait tout ! J'aurais certainement dû être plus attentif à elle…

– Je te promets d'en discuter avec ta maman. Maintenant, j'ai le droit de lui demander de m'épouser ?

– Oui, tu peux ! Mais attention, si tu choisis une bague toute pourrie, je te le ferai regretter.

Je vais finir par le passer par la fenêtre…

– Et si tu continues, je t'abandonne et t'attache sous un pont ! le menacé-je.

– Tu n'oserais pas ? me demande-t-il, anxieux.

– Tu veux parier ?

– Rappelle-toi que je connais le numéro de la police par cœur ! me tacle-t-il avant de partir en courant jusqu'à sa chambre.

Je déteste ce gamin !

Maintenant que j'ai son approbation, il ne me reste plus qu'à poser un genou à terre pour enfin faire ma demande à Naya.

ÉPILOGUE

Naya

JUILLET 2023

Je cours à droite et à gauche comme une folle. Voilà désormais un peu plus d'un an que j'ai démissionné de mon poste de directrice que j'ai occupé pendant plus de six ans. Aujourd'hui est un jour spécial, car avec Cédric, notre rêve se réalise enfin. Nous avons mis du temps à y arriver, mais notre librairie ouvre ses portes. Et en guise d'événement, le dernier livre de mon homme sort le jour de l'ouverture.

Après mûre réflexion, il a pris la décision d'écrire notre histoire d'amour. Ce n'est pourtant pas son genre de prédilection, sauf qu'il avait envie de montrer au monde entier ce qu'on avait vécu.

Les chiffres de ventes sont d'ailleurs exorbitants. Je savais que Cédric était un auteur avec un immense fan-club régional, toutefois, je ne m'attendais pas à une vague de succès aussi folle ! En à peine une demi-journée, son roman devient le livre le plus vendu du moment.

Du jamais vu !

Je suis tellement fière de lui ! Il a travaillé comme un acharné sur ce manuscrit, me demandant de le lire et le relire inlassablement. Il souhaitait que ce soit parfait et il a réussi à ne laisser aucun détail de côté. Cédric voulait que ce bouquin soit un roman, mais aussi une autobiographie.

Il désirait se livrer à cœur ouvert…

Je m'empare d'un énième carton qui contient des exemplaires à vendre. Je dois réapprovisionner les rayons, et si je ne me dépêche pas, nous risquons une Troisième Guerre mondiale. Je traverse la salle noire de monde, et tente de passer parmi la foule. Très vite les étagères sont toutes remplies à nouveau.

Je peux enfin souffler cinq minutes !

Au moment où je passe près de lui, Cédric se retourne et m'adresse un sourire en coin. Mon cœur loupe un battement. Il me fait toujours autant d'effet qu'au premier jour. Tendrement, je lui adresse un baiser de loin.

– Beurk ! Vous êtes vraiment dégoûtants… glisse Tiago derrière moi.

Je fais demi-tour, puis lui fais face. Il a bien grandi depuis que son père est revenu dans nos vies. Mon âme de maman saigne, car le temps où mon gamin avait besoin de moi est bien loin. Désormais, c'est Cédric qu'il va voir en premier. Au début, j'en ai voulu à mon homme, sauf que j'ai fini par prendre sur moi et j'ai compris qu'il n'était plus un petit garçon. Dans quelques années, il deviendra un adolescent qui sans doute nous enverra tous les deux sur les roses, mais il faut que je m'y fasse. Le principal, c'est qu'il sache que nous serons toujours là pour lui, et qu'il restera notre bébé à tout jamais.

– On verra si plus tard tu diras la même chose quand tu auras une petite copine, lui charrié-je.

Pitié, faites que ce moment arrive le plus tard possible ! Il va avoir seulement 8 ans en avril…

– Les filles, c'est chiant ! Elles aiment rien et elles sont toujours en train de se disputer…

– On en reparlera !

– Maman !

Je lève les mains en signe de paix. Si je m'attire les foudres de mon fils, il va bouder tout le reste de la journée, et je ne veux pas l'avoir dans les pattes quand il fait une tête de six pieds de long !

– Je peux aller dans ton bureau, regarder Netflix ? me questionne-t-il en m'implorant du regard.

Je le lui autorise, car après tout, nous allons être ici jusqu'à la fin de l'après-midi. Et il n'est même pas encore midi. Ça va être long, mais c'est pour la bonne cause. De toute façon, il va presque être l'heure d'aller manger pour nous, avant de reprendre à 13 h 30. J'attends le retour de nos trois employés avant de pouvoir prendre à notre tour notre pause déjeuner.

Ce soir, je vais m'écrouler de fatigue !

L'heure commence à tourner, et j'avertis l'agent de sécurité, que nous avons embauché, qu'il est l'heure pour nous de faire un roulement. Après ce qu'il nous est arrivé, je suis beaucoup plus rassurée d'avoir un vigile à nos côtés pour veiller sur nous. Après plusieurs minutes, nous sommes enfin seuls.

Cédric s'approche de moi puis me prend dans ses bras. Depuis que nous formons un couple, je ne vois plus mon existence sans lui. Et il y a plusieurs mois, nous avons officialisé notre relation en nous mariant.

Et c'était parfait !

J'avais la sensation d'être une princesse et ce fut le plus beau jour de ma vie, après la naissance de mon fils. Toutes les personnes que j'aime étaient présentes. Le soir, quand tout fut terminé, je me suis endormie avec des étoiles dans les yeux.

– Dire qu'il reste encore quatre heures et demie de dédicace ! Je vais mourir bon sang, m'avoue-t-il avant de plonger sa tête dans mon cou.

– Tu prends plus d'heures pour écrire par jour, alors arrête de te plaindre ! C'est pour la bonne cause, de toute façon.

– Certes, mais quand je suis derrière mon Mac, je suis productif. J'adore rencontrer mes lecteurs, sauf que j'en ai marre de me faire draguer ! Pourtant, elles savent que je suis marié, mais elles s'en fichent…

Sourire et ne pas lui montrer que je suis jalouse…

– En même temps, elles ont bon goût. Je ne peux qu'approuver !

– Certes, mais je vous appartiens corps et âme, madame Green !

– J'aime quand tu m'appelles comme ça, lui réponds-je en souriant niaisement.

Il s'approche de mes lèvres, puis sa bouche se dépose contre la mienne. Je ferme les yeux pour apprécier son baiser. Si Tiago n'était pas dans mon bureau, j'aurais demandé à Cédric de m'y faire l'amour, à l'abri des regards. Toutefois, je crains qu'on doive patienter jusqu'à ce soir…

– Je t'aime, me souffle-t-il, tout en me fixant amoureusement.

J'ai toujours l'impression d'être une adolescente en sa compagnie. J'ai fini par épouser mon meilleur ami, et je l'aime plus que tout au monde. Nous nous connaissons tellement sur le bout des doigts que rien n'échappe à l'autre.

– Il y a quelque chose que je voudrais te demander. On n'en a pas reparlé depuis que je t'ai demandé de m'épouser, et cette fois je pense qu'on est prêts tous les deux.

– C'est-à-dire ? demandé-je, intriguée, tout en fronçant les sourcils et ne comprenant pas où il veut en venir.

– J'aimerais qu'on mette un bébé en route. Tiago va avoir

8 ans cette année, et si on ne s'y met pas rapidement, notre fils risque d'avoir un trop grand écart d'âge avec sa sœur ou son frère.

Je suis bouche bée. Il est vrai qu'il y a un an, on avait déjà discuté de l'éventualité d'avoir un autre enfant. Malheureusement, je n'étais pas encore prête après tout ce qu'on venait de vivre. Je voulais d'abord vivre enfin tranquillement et voir comment allait se dérouler notre existence. C'était beaucoup trop tôt pour mon bien-être. On avait décidé d'en reparler plus tard, quand j'irais mieux, sauf que l'occasion ne s'est jamais représentée, et on a continué d'avancer.

– Je ne pense pas que c'est utile de faire ça maintenant…

– Si tu n'es pas encore prête, je peux le comprendre. C'est juste que notre fils a déjà 8 ans et que la différence d'âge entre eux risque d'être conséquente, me répond-il, peiné.

– Non, ça n'a rien à voir avec le fait que je ne me sente pas prête, Cédric.

Je ne sais pas s'il m'en voudra ou non. Avoir un enfant, c'est des responsabilités, du temps et de l'énergie. Et même s'il m'en fait la demande aujourd'hui, mettre en route un bébé prend du temps. Tout le contraire de l'annonce que je m'apprête à lui faire…

Est-ce qu'on est vraiment prêts pour tout ceci ?

J'attrape ses mains et les dépose contre mon ventre avant de lui lancer :

– C'est un peu trop tard pour mettre en route un bébé.

– Tu fais machine arrière ? Tu ne veux pas qu'on ait un dernier enfant ? me questionne-t-il, surpris.

J'éclate de rire ; sa tête est à mourir de rire. Le pauvre, il va vraiment croire qu'il a épousé une folle.

– Faut vraiment t'expliquer longtemps les choses… Je suis déjà enceinte, Cédric !

Il m'observe, sans un mot. Puis ses yeux se posent sur mon

bidon encore plat. Je ne sais pas ce qu'il en pense, mais mon cœur est en train de battre à tout rompre dans ma poitrine. Certes, on voulait mettre en route un bébé, mais va-t-il accepter que ce soit arrivé un peu plus tôt que prévu ?

– Je t'en prie, dis quelque chose...

– Je... Tu ne me fais pas une blague ?

– Je te promets que non. Si tu veux, je peux te montrer l'échographie et le test de grossesse que j'ai fait, lui apprends-je, tout en lui souriant pour l'apaiser.

– Depuis quand tu le sais ?

– Je te rassure, ça fait que deux ou trois jours. J'avais pris un rendez-vous chez le médecin, car j'étais très fatiguée ces derniers temps. Elle a fini par me proposer de faire une échographie... Et surprise ! Par contre, je ne l'ai pas cru et en rentrant j'ai fait un test de grossesse. Je sais, c'est complètement débile ! Sauf que dans ma tête, c'était impossible !

– Pourquoi impossible ? Depuis le mariage, on se protège une fois sur deux. On ne fait plus vraiment attention de ce côté-là... Et j'ai même loupé de plusieurs mois la date pour renouveler mon stérilet. C'est rare, mais ça arrive. Du coup je l'ai fait enlever en urgence.

Au fond de moi, je suis toujours autant stressée. Cédric ne semble pas réagir plus que ça, et je n'arrive pas à comprendre ; d'accord il est fatigué, mais je veux le voir sauter de joie !

– Sinon, tu es content ? lui demandé-je inquiète.

– J'ai du mal à l'assimiler, mais... putain oui !

Il m'attrape, me soulève du sol puis me fait tournoyer dans les airs. Je le serre de toutes mes forces en riant. Ma première grossesse a été assez particulière, et cette fois j'ai envie d'en profiter à fond. J'ai hâte de voir mon ventre s'arrondir et de pouvoir râler contre la terre entière, car je ne rentrerai plus dans aucun vêtement. Je vais enfin sentir bébé bouger et donner des coups.

Je vais en profiter, car je ne sais pas si Cédric et moi aurons d'autres enfants, plus tard.

– Je t'aime tellement, bébé ! me souffle-t-il avant de capturer une nouvelle fois mes lèvres.

– Il faut que je te prévienne quand même…

– Il y a un problème avec la grossesse ? s'inquiète-t-il.

– En fait, il n'y a pas un bébé… Mais deux.

– On va avoir des jumeaux ?! s'exclame-t-il en écarquillant les yeux de surprise.

Ce qui est sûr, c'est que ces futurs bébés seront deux petites filles et que tout le monde les gâtera avant même qu'elles ne viennent au monde. J'aimerais bien voir Cédric courir dans tous les sens lorsque l'une pleurera et que l'autre suivra !

Si un jour quelqu'un m'avait dit que ma vie ressemblerait à ça aujourd'hui. Je ne l'aurais jamais cru. Car je suis heureuse, j'ai un mari qui m'aime comme je suis et un fils qui a toujours été présent pour moi, dans les bons comme dans les mauvais moments.

Que demander de plus ?

REMERCIEMENTS

Avant toute chose, je tiens à remercier mon éditrice, Amandine. Sans elle, vous n'auriez pas ce roman entre les mains. Un grand merci à elle de m'avoir donné ma chance.

Un immense merci à ma correctrice, Élise, pour son travail et son professionnalisme. J'ai adoré travailler avec vous !

Merci à toutes les personnes présentes depuis le premier jour dans ma toute petite carrière d'autrice, vous me donnez la force de continuer à faire ce que j'aime : écrire des histoires comme on les aime !

Merci à toi lecteur, d'avoir laissé une chance à *Remember our love* !

Et pour finir… Je sais que tu ne liras jamais ces mots et que tu ne pourras jamais me féliciter, mais un grand merci à toi, papi. J'avais abandonné l'écriture… Ton décès et ton absence m'ont forcée à faire de l'écriture ma thérapie, car je n'aime pas parler de ce que je ressens. Je préfère largement l'écrire… Je sais que ce roman est avant tout une romance, toutefois pendant que je couchais les mots sur papier, j'ai versé des torrents de larmes en pensant à toi… À chaque fois qu'on aborde le deuil, c'est toi que j'ai en tête.

Je ne t'oublierai jamais !

Responsable éditoriale : Amandine Schmit
Éditrice : Élise Marchand
Composition et mise en page : Thibault Beneytou
Illustrations intérieures : © Shutterstock
Conception graphique de la couverture : Keti Spirkoska
Illustration de couverture : Keti Spirkoska

Dépôt légal : juillet 2023

Printed in France by Amazon
Brétigny-sur-Orge, FR

13006853R00223